丛书主编　吴 岩
丛书选编　郭 凯　孙 薇

少年科幻小说大奖书系

探索者

（法）儒勒·凡尔纳　等著
何 锐　等译

化学工业出版社
·北京·

图书在版编目（CIP）数据

探索者/（法）儒勒·凡尔纳等著；何锐等译．—北京：化学工业出版社，2019.6（2021.8重印）
（少年科幻小说大奖书系/吴岩主编）
ISBN 978-7-122-34183-9

Ⅰ.①探⋯　Ⅱ.①儒⋯②何⋯　Ⅲ.①科学幻想小说-小说集-世界　Ⅳ.①I14

中国版本图书馆CIP数据核字（2019）第054978号

出 品 人：李岩松　　　　　　　　　文字编辑：刘　莎
特约策划：李兆欣　　　　　　　　　营销编辑：龚　娟　郑　芳
责任编辑：笪许燕　汪元元　　　　　装帧设计：尹琳琳
责任校对：宋　玮

出版发行：化学工业出版社（北京市东城区青年湖南街13号　邮政编码100011）
印　　装：三河市双峰印刷装订有限公司
710mm×1000mm　1/16　印张19　彩插2　字数206千字
2021年8月北京第1版第3次印刷

购书咨询：010-64518888　　　　　　售后服务：010-64518899
网　　址：http://www.cip.com.cn
凡购买本书，如有缺损质量问题，本社销售中心负责调换。

定　　价：45.00元　　　　　　　　　　　　　　　版权所有　违者必究

为什么读科幻?

（序）

科幻小说是200年前出现的一种小说类型。1818年，英国作家玛丽·雪莱创作了《弗兰肯斯坦》，这是一部科学家怎么在实验室创造生命的传奇故事。在那样的年代里，科学、科学家都还是新颖的东西，但文学家已经敏锐地捕捉到这些事物，并设想了它们的未来。由于科幻小说携带着时代的精神，因此受到读者的热烈欢迎。自玛丽·雪莱之后，科幻作品逐渐在世界各地发展。1902年，中国的梁启超在他主编的《新小说》杂志上也开始发表科学小说。他所说的科学小说，就是今天的科幻小说。

看科幻小说时间长了，你会发现，这类作品中的故事多数发生在我们不熟悉的世界里：遥远的过去、被改变的现在、还未到达的将来。因此科幻小说虚构的成分更多，其中饱含了人类的期盼和愿望。我们希望科学带给我们一个美好的未来，也对科学发展可能造成的种种风险怀有警惕。因此，在建构的同时批判，又在批判的同时建构，是科幻小说的故事核心。乌托邦描述人类的理想世界，反乌托邦说人类想要逃离的世界。这就是为什么有人说，科幻中可以读到乌托邦，也可能读到反乌托邦。

科幻小说读多了还能发现其他一些有趣的东西。例如，我们的世界其实处于永恒的变化之中。在17世纪，天文学家开普勒撰写了小说《梦》，在这个作品中，人类可以通过"鬼魂"进行太空飞行。因为在那个年代，人们真的认为鬼魂是存在的，还能升空。

在今天的科幻小说里，飞向太空的方法多数是用火箭或者飞船。这些飞行器通过喷气推进。也有的作家走得更远，设想用引力波或者空间弯曲来飞行。飞行方法的变化，反映了人类科技的变化。同样，在19世纪凡尔纳的《环游地球八十天》里，绕地球一圈要接近三个月。但今天的科幻作品中，喷气式飞机用不了一天就能完成这次旅行。如果改用《哆啦A梦》里的任意门，一瞬间就可以到达地球上任何一个地方。再举一个例子。20世纪初俄国作家别利亚耶夫撰写了一系列关于永生的小说，那时候我们还完全不知道基因的存在，永恒的方法纯粹是表面的推测。但今天的科幻小说中充满了以调整基因序列或修复带病基因来抗拒衰老、延长寿命的方法。1978年作家叶永烈发表了《小灵通漫游未来》。后来他说，没有提到电脑网络真是一个失误。今天的小说中，微信、微博、VR（虚拟现实）等社交方式随处可见。

有人说，变化不是我们世界的常态吗？是的。但如果变化太快，人就无法适应。举个简单的例子。当下知识更新速度太快，我们学习到的东西很快就会过时。如果不会新的技能，你后面的人生之旅将怎么顺利通过呢？再举个例子。机器人技术的发展已经可以取代大量蓝领工作，而人工智能的发展可能使律师、金融投资专家甚至教师和医生都统统失业。这就是快速变化给我们造成的危机。我们必须学会预学习和预创新。而所有这些在科幻作品中都提到过。科幻作品是未来的风向标，是适应未来的练习本。

当然，最重要的是，读科幻小说让我们思考：我们是谁？我们将向何处去？科学带给我们怎样的未来？我们是否需要这样的未来？如果不需要，我们该怎么行动？读科幻小说还会让我们更深入了解社会生活，更理解课本上的知识。我在人大附中听过他们的科幻物理学课程。教师通过科幻作品，真正把物理学投射到社会生活之中。"超人有多大力气？""蜘蛛侠的行走方式真的更快吗？"看似天马行空，却是真实世界的物理学。我还在其他地方听到过如何用《饥饿游戏》《移动迷宫》《分歧者》等小说分析现实的研究。

科幻小说能够增进我们的想象力和创造力。作家异想天开的故事、令人深思的情节、多种多样的人物，以及无法想象的结局，常常会令我们掩卷遐思。小时候读凡尔纳的作品，常常会为了寻找故事中的位置去打开地图。跟随主人公的旅行其实是一种心灵上的发现、想象中的漫游。阅读威尔斯的小说，既能让我们在大脑中构筑起四度空间的神奇形象，也能构筑起建设公平社会的蓝图。任何一个阅读阿西莫夫、海因莱因、布拉德伯里、克拉克作品的人，其创造和想象的热情都会被激荡起来。和他们一样去创新科技、去建构未来，是许多科幻迷的美好愿望。

今年夏天我在硅谷出差，听到不少这里的创业大佬爱读科幻的故事。像谷歌的创始人拉里·佩奇和谢尔盖·布林，像微软的创始人比尔·盖茨和保罗·艾伦，像亚马逊的首席执行官杰夫·贝索斯，像脸书的发明者马克·扎克伯格，他们从童年就开始大量阅读科幻作品。在这个队伍中还有PayPal（贝宝）的创始人彼得·蒂尔。据说他的发明来自科幻小说《编码宝典》。特斯拉公司的埃隆·马斯克要用自己的飞行器奔向火星的呼吁，也来自他喜欢的科幻作品。在中国各地也有许多科技企业家大谈科幻小说的妙处。联想的创始人柳传志、小米的创始人雷军、百度的创始人李彦宏、360的创始人周鸿祎都是代表。他们无一例外都喜欢刘慈欣的小说《三体》。据说，雷军还让公司里的所有员工都熟读这一作品，原因是作品中包含了高科技企业的创业法则。

科学家对科幻的热爱，丝毫不逊色于企业家。美国航空航天局的工程师维纳·冯·布劳恩、杰弗里·兰迪斯、弗诺·文奇、安迪·威尔等都写过脍炙人口的科幻作品。天文学家弗雷德·霍伊尔、卡尔·萨根等更是人尽皆知的科幻大师。行为主义心理学家斯金纳也写过科幻小说。还有人工智能专家马尔文·明斯基。中国的水利专家潘家铮、生物学家王立铭等都写过很好的科幻小说。

收录在这套选集中的作品，是编者从过去多年阅读的优秀科幻小说中精选的。全套一共四册，分别为《探索者》《创造者》《勇敢者》和《倾听者》。我个人的建议，应该从《探索者》读起。因为探索是发现之母，没有探索也就没有创新。第二本应该读《创造者》，在探索的基础上创造出改变世界的方法嘛！如果说探索者需要灵敏的感官，那么创造者需要强大的思想，需要永葆变革的心态。无论是探索还是创造，都需要勇敢，因此第三本要去看《勇敢者》。没有勇敢者，人类不可能走向宇宙，也不可能洞察宇宙深处的结构和生命的最终奥秘。即便我们能在这个宇宙中立足，也不能忘记和轻视大自然。第四本看《倾听者》吧，这本书讲述了更加高等的生命存在。与《三体》所讲的故事一样，人类必须成为一个好的倾听者，战战兢兢地、小心地发现宇宙，才能保证我们自己更好地发展。

赶快打开书，开始你自己的未知世界探索之旅吧！

目　录

国外篇

2889年的一天 / 003
（法）儒勒·凡尔纳/著
何锐/译

火星归来 / 023
（英）伊恩·沃森/著
梁杉/译

一跃万丈 / 049
（美）杰伊·沃克海瑟/著
何锐/译

偕外星人同游 / 069
（美）卡罗琳·艾维斯·吉尔曼/著
罗妍莉/译

来自陶乐德的旅人 / 116
（英）伊恩·R.麦克劳德/著
程静/译

冰 / 150
（加）里奇·拉森/著
傅临春/译

国内篇

寻夜 / 167
韩松 / 著

烤肉自助星 / 177
梁清散 / 著

清道夫 / 191
孟槿 / 著

夜巡 / 205
糖匪 / 著

向上！向上！ / 228
提沙 / 著

夏日往事 / 246
王腾 / 著

涛声依旧 / 283
张冉 / 著

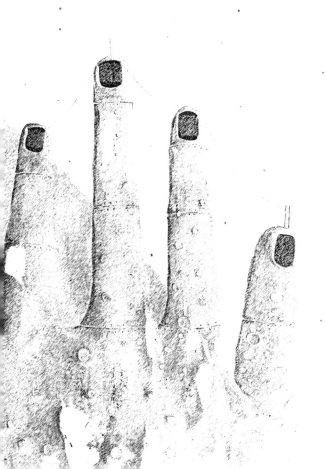

国外篇

2889年的一天

(法)儒勒·凡尔纳/著
何锐/译

29世纪的人其实一直生活在梦幻之中,虽然他们似乎很少这么想。对于奇迹他们已然司空见惯,再出现任何新的奇观,他们也都无动于衷。对他们来说,一切都是自然而然的事情。不过,要是他们能将当下和过去做个对比,那他们对人类如今取得的进步必将有更好的理解吧!那样的话,当他们再看现如今那些人口超过千万的城镇,宽达300英尺①的街道,四季恒温、高达1000英尺的房屋,纵横交错、四通八达的空中交通线,必定会觉得更加美妙了吧!然后,再去脑补一下过去的景象——靠着马匹牵引、架在轮子上的车厢在泥泞的街道上隆隆而过。马车是唯一的交通工具。再想想旧日的铁路,你就会更加欣赏今日的气动管道了,人们在其中能以每小时1000英里②的速度旅行。假如29世纪的人们不曾忘记电报这回事,他们就会对电话和传真有着更高的评价。

---

① 1英尺≈0.3米(本书注释,如无特别说明,均为译者注——编者)。
② 1英里≈1.6千米。

不可思议的是,所有这些变化基于的法则,古人早已知道,只是他们对此熟视无睹。热能,和人类的历史一样古老;电力,3000年前就为人所知;蒸汽,1100年[①]前就存在。不仅如此,早在1000年前,人们就知道,化学能和机械能之间的差别仅仅在于以太[②]粒子的振动模式不同。当人们最终发现所有能量之间的亲缘关系后,居然还要再过500年,人们才能解析和描绘构成这些差异的振动模式,这委实让人震惊。最最不可思议的是,直接用一种能量来制造出其他能量,或者无须其他能量就能复制出某种能量的方法,居然始终不为人知,直到不足100年前。然而,事实就是如此,因为直到公元2792年,著名的奥斯瓦尔德·尼尔才有了这个伟大发现。

他确实是全人类的大恩人啊。他的发现催生了许多其他发现,由此涌现出了一大批杰出的发明家,其中最耀眼的明星就是伟大的约瑟夫·杰克逊。正是因为杰克逊,我们才有了那些神奇的装置——新型蓄能器。它们当中,有些会吸收并凝聚太阳光线中蕴含的自由能;有些会吸收并凝聚储存在我们星球中的电能;有些可以利用来自任何源头的能量,比如瀑布、溪流、风,等等。

他还发明了换能器。这一发明就更加奇妙了,它能从蓄能器中提取自由能,只要在按钮上轻轻一按,就可以把能量以任何想要的形式返还到外部空间,无论是热能、光能、电能或者机械能,都没问题。

---

① 1789年前后,蒸汽机用于纺织业。
② 古希腊哲学家亚里士多德设想的一种物质。17世纪的物理学家认为它是光传播的媒质,但后来的实验和理论都不能证实以太存在。

这两件装置的发明，标志着一个真正进步的时代就此开始。它们向人类提供了几乎无穷无尽的能源。要说它们的应用，那真是数不胜数。通过把夏季储存的多余热量返还到大气中，冬日的严寒得以缓解，由此带来了农业革命。通过为空中航运提供动力，它们极大地促进了商业发展。全靠它们，我们才得以源源不绝地产生电能，却无需电池或者发电机；制造光明，却无需借助燃烧；工业所需的全部机械能也找到了可靠的供应来源。

所有这些奇迹都是蓄能器和换能器创造的。最近它们又创造了新的奇迹，就是253号大街上气势磅礴的环球纪事报大厦，前不久刚刚投入使用。如果曼哈顿纪事报的创办人乔治·华盛顿·史密斯在今日复生，得知这栋黄金与大理石建造的殿堂属于他隔了三十代的子孙弗里茨·拿破仑·史密斯，不知会有什么感想？

乔治·华盛顿·史密斯的报社代代相传，有时被家族之外的人买去，但很快又被他们重新买回。200年前，当美国的政治中心从华盛顿搬到中央城时，报社也随政府迁来此地，并更名为《环球纪事报》。不幸的是，它未能保持与这个了不起的名字相称的高水准。那些更为现代化的竞争对手的刊物四面围攻，让它长年濒于破产。20年前，它的订户列表中只剩下几十万个姓名，弗里茨·拿破仑·史密斯先生只花了点小钱就买下了它，并且开创了电话报业务。

如今人人都对弗里茨·拿破仑·史密斯这套系统相当熟悉，这得益于过去100年中电话技术的巨大发展。《环球纪事报》不用纸张印刷，而是每天早上播报给订户们听——订户直接和记者、政治家或是科学家们进行兴味盎然的交谈，从而得知每日的新闻。不仅如此，每个订户还拥有一部留声机，一旦他碰巧没有及时收听，就可以靠着这个设备把新闻收藏起来，等到有空时再听。至于那些偶尔买份报纸的人，他们只需付出微不足道的一点钱，就能得知报社当天提供的所有消息，有无数留声机设立在世界各地，任凭他们挑选收听。

弗里茨·拿破仑·史密斯在技术上的革新激发了这份老报的活力。短短几年当中，订户的数量就增长到了8500万，而史密斯的财富也随之增多，已经达到一个几乎无法想象的数字：100亿美元。巨额的财富增长，让他有实力建造起他的新帝国。

这是一栋巍峨的大厦，四面均宽达3250英尺，联盟的百星旗在楼顶上傲然飘扬。他成了报业领域的国王。说真的，如果美国人能接受国王统治的话，那他早就成为全体美国人的国王了。你不信？好吧，那就请看：来自各国的大使们和我国的高官们挤在他面前，恳求他的建议，乞求他的赞许，哀求他那无所不能的宣传机构伸出援手。再看看他赞助的科学家和艺术家，还有他雇佣的发明家，简直数不胜数。

没错，他确实是位无冕之王。不过，这位王者的负担太沉重了。他成天连轴转，从来没有节假日。这要是放在过去，毫无疑问，他早就被压垮了。幸运的是，拜保健学的发展所赐，现在人类的平均寿命从37岁上升到了52岁[①]，身体也比之前更为强健。虽然营养气体尚未发现，但如今人们摄

---

① 此处法文版为"58岁"。

入的食物是按照科学原则合成和准备的；他们吸入的空气中，那些对人体有害的微生物已经被清除。所以他们比前人活得更久，而且不会得旧时代普遍存在的、数之不尽的各种疾病。

即便如此，弗里茨·拿破仑·史密斯的生活方式仍然令人震惊。他那副铁身板的承受能力已到了极限。他的工作强度简直无法估量，随便举个例子就能证明这一点。所以，让我们花上一天的时间跟随他，参加那些花样繁多的各项活动吧。哪天？具体哪天没多大关系，反正每天都一样。那就随机挑一天好了：2889年（也就是今年）的9月25日。

这天早上，弗里茨·拿破仑·史密斯先生醒来时心情十分糟糕。他太太8天前就去了法国，这让他郁郁寡欢。听起来似乎难以置信，不过自从他们10年前结婚以来，伊迪丝·史密斯太太这位绝色佳人还是头一次离家这么久——她频繁造访欧洲，通常每次只待个两三天就够了。史密斯先生做的第一件事就是接通他的有声传真机，线路那头连着他在巴黎的豪宅。

传真机！这是在我们这一时代科学取得的又一伟大胜利。传送话语已经是老生常谈了，但通过用线缆连接在一起的光敏镜面传送图像是最近才出现的。这确实是项可贵的发明，史密斯先生今早也不吝赞美它的发明者——靠着它的帮助，他才能把自己的太太看得一清二楚，哪怕他们之间相隔万里。

尽管此时的巴黎已经快到中午了，史密斯太太仍然躺在床上，酣然沉睡。是不是昨晚去剧院或者舞会让她太疲倦了？她那可爱的脑袋枕在罩着蕾丝枕套的枕头上，她在翻身？她的嘴唇动了。她大概在做梦吧？对，在做梦。她在说话，说出了一个名字——他的名字，弗里茨！这美妙的景象让史密斯先生的心情峰回路转。然后，他愉快地从床上一跃而起，走进了机械穿衣装置。

两分钟后，机器已经将打扮整齐的史密斯先生送到了办公室门口。新闻工作的巡视这就开始了。首先，他走进小说作者大厅，这是个巨大的套间，上方罩着个硕大的透明穹顶。在一个角落里有部电话，100名《环球纪事报》的文学家们每天通过电话，轮流向公众讲述100部连载小说。有些作者正在排队等候轮到自己播报的时刻，他朝其中之一开口道："棒极了！顶呱呱！我亲爱的伙计，"他说道，"你最新的一段故事，那位乡村少女跟她的恋人探讨有趣的哲学问题的场景，显示出你十分精准的洞察力。你对乡土风情的描绘堪称前无古人。保持下去，我亲爱的阿基巴德①，保持下去！多亏了你，从昨天开始，我们增加了5000名订户。"

"约翰·拉斯特②先生，"他又冲着一个新来的作者开了腔，"我对你的作品可不怎么满意。你的故事缺乏真实可信的要素，没有对生活进行很好的描绘。为什么？完全是因为你的故事直奔结局，不做任何分析。你的主角们出于各式各样的动机，去做各种各样的事，你给他们分派动机和行为的时候，压根就没考虑过要对他们的精神状态和道德品性进行剖析。你一定要记住，我们的感情比什么都要复杂得多。在现实生活中，每个行为都是上百个生灭来去的念头形成的结果，要创造出一个生动的角色，你就必

---

① 来自德语的名字，意为"大胆的天才"，接下来男主角公司几名雇员的名字似乎都若有所指。

② 原文为last，"最后一名""最后来的"意思，很可能是作者的一个双关文字游戏。

须逐一对这些念头进行研究。'但是,'你可能会说,'要写出那些转瞬即逝的念头,就必须了解它们,必须能追踪它们反复无常的轨迹。'哎,你也该知道,任何小孩子都能做到这一点。你只需要借助催眠,电子或者人工催眠都行,它会赋予你双重的存在,释放出见证者人格,这样一来,这种人格便能看到、理解、记住决定角色行为的那些原因。在你的日常生活中也要研究你自己,我亲爱的拉斯特。效法一下我刚刚表扬的那位同事吧。接受催眠。什么?你已经试过了?那就是你还做得不够!"

史密斯先生继续巡视,进入了记者大厅。1500名记者各就各位,面对着同样数量的电话机,正向订户播送在夜间搜集到的全球新闻。这项无与伦比的服务,时常为人称道。在每个记者的电话机旁都放着一套交换机组,让他可以连上任何一条远程图像传送线路。如此一来,订户们不仅能听到新闻,还能看到图像。描绘过去的某次事件时,主要特写照片也会随着声音一同发过去,而且不会出现图文不符的情况。和小说一样,记者们报道的新闻也会由一个巧妙的系统进行自动分类,然后按照合适的顺序发给听众。不仅如此,听众们还可以自由选择那些特别关注的内容来听,也可以随自己的喜好关注或无视某位编辑。

史密斯先生的下一个目的地是天文学部门,这个部门还处于草创阶段,却即将在新闻业内扮演重要角色。

"嗯,喀什[①],有什么新闻?"

"我们收到了来自水星、金星和火星的传真电报。"

[①] 原文为 cash,意为"现金"。

"火星的消息有趣吗？"

"是的，相当有意思。中央帝国发生了一场革命。"

"木星呢？"史密斯先生问道。

"目前还没有消息。我们还无法完全理解它们的信号，要么就是我们的信号并未发送到木星上。"

"这可不妙。"史密斯先生大叫着匆匆离去，心情有些不快地朝着科学编辑厅走去。30位科学家正埋首在电子计算机前，全神贯注地进行超越数①计算。史密斯先生的到来犹如在他们中间投下了一颗炸弹。

"啊，先生们，我听说了什么？木星没有回音？一直这样？喂，库利②，你在这个问题上已经花了20年工夫了，可还是……"

"确实如此，"库利回答道，"尽管我们已经拥有1.75英里的望远镜，但是我们的光学技术仍然还有很多缺陷。"

"听到了吧，皮尔③，"史密斯先生打断了库利，转向第二位科学家，"光学技术缺陷！光学技术是你的专长。不过，"他再度朝库利发话，"木星不行，那我们有没有从月球上获得什么成果呢？"

"那里的情况也差不多。"

"这回你可不能怪光学技术了吧。我们跟火星的通信渠道都已经完全建好了，而月球离我们比火星要近不知多少倍，我猜，这次你又会拿望远镜做借口了。"

---

① 又称非代数数，指不成为任何系数为有理数的代数方程的根的实数。圆周率和自然对数都是超越数，它们在小数点后有无穷多位数字，数字的出现规律也难以捉摸。

② 意为"干枯的河床"。

③ 意为"窥探"。

"望远镜？噢，不是，这里的麻烦在居民身上。"

"正是如此。"皮尔附和道。

"那么，也就是说，月球上肯定无人居住？"史密斯先生问道。

"至少，"库利答道，"在朝着我们的这一面上没有。至于背面，谁知道呢？"

"啊，背面！那你觉得，"史密斯先生若有所思地说，"能不能够……"

"能够什么？"

"哎呀，把月亮给翻个面嘛。"

"啊，这可是个好点子！"那两人立刻喊道。真的，他们的神态如此自信，似乎毫不怀疑这件事可能获得成功。

"还有，"史密斯先生沉默片刻，又问道，"你们今天没什么有趣的新闻吗？"

"有的，"库利回答，"奥林匹斯星的基本特征获得了最终确认。这颗巨大的行星位于海王星之外，在引力作用下运行，到太阳的平均距离为11 400 799 642英里，绕它那漫长的轨道一周需要1311年294天12小时43分零9秒[①]。"

"你干嘛不早点告诉我这件事？"史密斯先生喊道，"马上向记者们通报。你知道，公众对于这些天文问题的好奇心有多旺盛。这条新闻必须放进今天的头条。"

然后，那两人还在点头哈腰，史密斯先生已经走进了下一厅，那是道超长的走廊，足有3200英尺长，专门用于投放大气层广告。这些广告会反

---

① 这个轨道半径和公转周期基本符合开普勒第三定律。

射到云层上，尺寸之大，足以让全城甚至举国上下的人都能看见。这也是弗里茨·拿破仑·史密斯先生的主意，在《环球纪事报》大厦里，有上千部投影仪用于在云层上播放这些硕大无朋的广告。

今天，史密斯先生进入天空广告部时，他发现操作员们都抱着胳膊，坐在静止不动的投影仪前，于是询问他们为何无所事事。被问到的那人只是朝天上指了指，作为回答。天空一片碧蓝。

史密斯先生嘟哝道："万里无云！这可太糟了，但是该怎么办呢？我们要不要造场雨？这我们也许能办到，但那有什么用呢？我们需要的是云，而不是雨。"他对首席工程师说道，"去萨缪尔·马克先生那边看看，他在科学部门的气象学分部。替我告诉他，看在我的分上，认真工作，去研究人造云朵的问题。我们绝不能永远这样任由无云的天气摆布！"

史密斯先生在报社几个部门的日常行程到此结束。接下来，他穿过广告厅，走进了接待室。在这里，美国政府承认的各国大使正等候着他，渴望着从这位无所不能的主编口中获得一句忠告或者建议。当他走进接待室的时候，一场讨论正在进行。

"阁下还请见谅，"法国大使正在跟俄国大使说话，"但我看不出欧洲地图有任何需要修改的地方。'北方属于斯拉夫人？'呃，好，没问题，但南方属于拉丁人。我们共同承认的边界——莱茵河，在我看来非常恰当。除此以外，您必然清楚，我国政府会坚决反对任何变动，不仅限于我们的首都巴黎，或者是我们的两大辖区罗马和马德里，也包括耶路撒冷王国、圣彼得自治领土，法国决心成为这些地方可靠的守护者。"

"说得好！"史密斯先生高声道，"怎么，"他转向俄国大使问道，"你们俄国人还不满足吗？你们辽阔的帝国是全世界面积最大的，从莱茵河畔一直延伸到天山和喀喇昆仑山，你们的海岸濒临北冰洋、大西洋、地中海以及印度洋。还有，威胁有什么用呢？鉴于现代的这些发明，还有可能发动战争吗？窒息弹能射到60英里外；电弧射程90英里，一击就能毁灭一个营；更不用说还有鼠疫、霍乱、黄热病，交战双方都可以向对手散布这些病毒，几天内就能消灭最庞大的部队。"

"确实，"俄国人答道，"我们岂能为所欲为？只能不惜代价努力向西推进。"

"噢，仅此而已吗？这样的话，"史密斯先生说道，"我们可以做出安排。我会跟国务卿谈谈这事。"

"这样的话，当然——"俄国大使表示满意。

"啊，约翰爵士，有什么我能为您效劳的吗？"史密斯先生转向大不列颠人民的代表，他迄今一直保持着沉默。

"很多。只要《环球纪事报》能为我们展开一场宣传活动——"

"为了什么事情？"

"无非是为了取消将不列颠诸岛并入美国的国会法案。"

尽管由于风水轮流转，大不列颠成为了美国的殖民地，可英国人至今仍对此耿耿于怀。每隔一段时间，他们就会定期朝美国政府发出徒劳的抱怨。

"去宣传反对已经实行了150年的合并法案！"史密斯先生叫道，"你们的人怎么会觉得我能干出这么不爱国的事呢？"

"你们的国民现在肯定已经心满意足了。《门罗宣言》的要求完全得到了满足，整个美洲都属于美国人了。你们还想怎样呢？而且，我们会为我们的要求付账的。"

"真是的！"史密斯先生回答的时候没有流露出丝毫怒意，"嗯，你们英格兰人永远是这个样子。不，不，约翰爵士，别指望我帮你们。放弃我们最美丽的省份不列颠？为什么不去要求法国慷慨地声明放弃对非洲的主权，哪怕彻底征服这片了不起的殖民地前后花了800年的辛劳？你们会受到热烈欢迎的！"

"你拒绝了！那就全完了！"这位不列颠人的代表伤心地喃喃道，"联合王国沦为了美国人的属地；印度归于了……"

"俄国人。"史密斯先生补完了这句话。

"澳大利亚……"

"有一个独立的政府。"

"于是我们已经一无所有了！"约翰爵士沮丧地哀叹道。

"一无所有？"史密斯先生笑着反问，"哎呀，你看，不是还有直布罗陀嘛！"

这次正式会见就以这句俏皮话告终。12点的钟声敲响，是吃第一顿饭的时候了。史密斯先生回到自己的房间里。早上放床的地方，现在有一张偌大的桌子从地板下冒了出来。史密斯先生是一位讲求实效的人，所以他将生活这件麻烦事简化到了极致。对他来说，一个装备有巧妙的机械装置的房间就够了，无需昔日那样的房间多得数不清的豪宅。他睡觉吃饭都在这里，总而言之，他生活于此。

他坐下来。有声传真机的镜面上，显示的还是早上那间巴黎寓所。与这边一样，那边也有一张准备妥当的桌子。尽管有着数小时的时差，史密斯先生和他的夫人已经安排好了同时用餐。这样跟一个远隔3000英里左右的人面对面地一起吃饭才有意思。只是现在史密斯太太的房间没人。

"她迟到了！女人的时间观念啊！进步无处不在，唯独这件事例外！"史密斯先生嘟哝着拧开了第一道菜的龙头。和当今的所有富豪们一样，史密斯先生家中撤销了厨房。他是"美味供餐公司"的订户，该公司通过一个巨大的管道网把各式各样的菜肴送到订户们的居所，花样繁多，全都是做好了的。确实，订餐要花不少钱，但烹饪水平是顶级的。这套系统有个好处，可以免去跟蓝带厨师①竞争的烦恼。史密斯先生独自收菜、独自用餐，吃完了正餐中的头盘、前菜、面包和豆子。甜点快要吃完的时候，史密斯太太才出现在有声传真机的镜面上。

"怎么了，你去哪儿了？"史密斯先生通过话筒问道。

"什么！你都吃到甜点了！那我迟到了。"她的惊呼带着一种惹人怜爱的纯真，"你问我去哪儿了？哎，去我裁缝那儿了。这一季的帽子好可爱！我猜我忘了看时间，所以来迟了点儿。"

"是啊，就一点儿，"史密斯先生咆哮道，"真是才一点儿，我差不多都吃完了。我现在要离开你了，请原谅，但我必须走了。"

"噢，没问题，亲爱的，晚上再见。"

史密斯的空中飞车已经在一扇窗户外等着他了，他迈步走进车里。"您想去哪儿，先生？"司机问道。

---

① 法国蓝带协会承认的法餐厨师，被认为代表着法式西餐的高水准，至今仍然如此。

"我想想,我有3个小时。"史密斯先生沉思了一下,"杰克,带我到尼亚加拉,上我的蓄能器工厂那里去。"

史密斯先生租下了尼亚加拉大瀑布的使用权。很久以来,瀑布产生的能量都白白浪费了。如今,史密斯利用杰克逊的发明,将这份能量收集起来,然后出租或者出售。他造访工厂花费的时间比预料的要久。等他回家的时候已经4点了,刚好赶上他答应来访者们每日接见的时间。

像史密斯这种地位的人,肯定会被各式各样的请求烦扰,这点想必不难明白。这会儿来个需要投资的发明家;那会儿又来个空想家,前来推销一个自以为会产生数百万收益的天才计划。他必须在这些项目之中做出选择,拒绝无益的、考察可疑的、接受确有价值的。这项工作每天都要花上史密斯先生整整两个钟头。

今天的访客比往常要少,才12个。他们当中,有8个人提出了一些不切实际的计划。实际上,其中一个想要振兴绘画——这门艺术由于彩色照相术的发展而陷入了衰亡。另一个是医师,吹嘘自己发现了鼻膜炎的治愈方法!这些不切实际的家伙被迅速打发走了。在4个被顺利接受的项目中,头一个是位年轻人提出的,他那宽阔的前额显示出他的智力非同凡响。

"先生,我是一名化学家,"他开口说道,"我前来找您也是为了化学。"

"哦!"

"大家曾经认为,"这位年轻化学家说道,"基本的物质的数量有62种[①];100年前,这个数字减少到了10种;现在,正如您所知,只有3种仍

[①] 1862年法国科学家的螺旋元素表中的元素数量。在法文版中,这个数字被改成了当时已知的元素数量75。

然无法进一步分解。"

"没错,是的。"

"接下来,先生,我将会证明这3种也是复合体。几个月,甚至几个星期内,我将会成功地解决这个问题。实际上,也许只需要几天。"

"然后呢?"

"然后,我就确切地判明了绝对真理①。我只需要足够的金钱,以便开展研究、取得成功。"

"很好,"史密斯先生说道,"那你的发现会带来什么实用结果呢?"

"实用结果?啊,我们应该可以轻松地制造任何形式的物质:石头、木头、金属、纤维……"

"以及血肉?"史密斯先生插口询问道,"下一步,你是不是能造出一个不折不扣的人来?"

"为什么不能呢?"

史密斯先生预付了10万美元给这个年轻的化学家,聘用他为《环球纪事报》的实验室工作。

4名成功的申请者中,第二位从一个远在19世纪就开始,之后被一再重复的尝试说起,他构想出了一个办法,可以把整座城市一口气从一个地方搬到另一个地方。这个不同寻常的项目要搬迁的是葛兰顿城②——众所周知,这座城市距离海岸约有15英里。他提出用轨道运输把这座城市搬到一个临水的位置。其收益无疑会相当巨大。史密斯先生被这个计划所吸

---

① 这属于中世纪炼金术思想。
② 美国加州小城,面积约4平方公里,历史上以盛产苹果闻名。

引，买下了一半的股权。

"如您所知，先生，"3号申请者开口说道，"靠着太阳能和地球能蓄能器及转换器，我们得以让四季如一。我建议进一步加以改进：把多余能量转换为热量，再把这些热量送到两极。极地区域没了冰雪覆盖之后，将会成为一大片能为人类所用的土地。您觉得这个计划如何？"

"把你的计划书留给我，一周后再过来。我会在这段时间内让人审查一下。"

最后，第4位来客宣布，一个重量级的科学问题得到了初步解决。每个人都应该记得100年前纳撒尼尔·费思伯恩①大夫做的那个大胆实验。这位医生坚信人体冬眠技术——换句话说，他相信我们可以将我们的生命机能暂时中止，过一段时间后再度唤醒——于是他决心将这一理论付诸实践检验。为此，他首先立下了遗嘱，并指明唤醒他的正确方式。然后还指明他的沉睡要持续100年整，从他表面上死去那天算起。接着他就毫不迟疑地亲自求证这一理论。处于木乃伊状态下的费思伯恩大夫被放进棺材，埋入坟墓。时光流逝，公元2889年9月25日正是他预定复活的这一天，此人建议史密斯先生，今晚就让这实验的第二部分在他的住所中进行。

"10点过来。"史密斯先生简短回答道。今天的接见也就此结束。

他独自一人，感觉疲惫，躺倒在一张长椅上。然后，他碰了碰一个按钮，就连上了中央音乐厅，在那里，我们最伟大的音乐家们在给订户播放一系列令人心旷神怡的曲调，其旋律都由深奥的代数定律决定。夜晚临

---

① 意为"神所赐予·信仰燃烧"。

近，史密斯沉醉在和谐的音乐中，忘却了时间，没注意到天色正在变暗。天黑了，他被开门的声音惊醒。

"谁在那儿？"他边问边碰了下换向开关。空气振动起来，突然间就发亮了。

"啊！是你吗，大夫？"

"是的，"那边答道，"你还好吗？"

"我感觉挺不错的。"

"很好！让我看看你的舌头，没问题！你的脉搏，规律！胃口呢？"

"只能说还过得去。"

"嗯，胃部有些磨损。你工作太过劳累了。如果你的胃无法治好的话，就只能手术修补了。那需要仔细研究一下。我们必须考虑这个问题了。"

"同时，"史密斯先生说，"你可以先与我共进晚餐。"

跟上午一样，桌子从地板中升起，食物管道送来了浓汤、面包、炖肉，还有豆子。这顿饭快要吃完的时候，与巴黎那边的有声传真接通了。史密斯看到了他的妻子，正独坐在餐桌前，闷闷不乐。

"亲爱的，请原谅我撇下你一个人，"他通过话筒说道，"我跟威尔金斯大夫在一起。"

"啊，那位好大夫！"史密斯太太说道。她的表情愉快了些。

"是的。不过，算我求你了，你什么时候回家？"

"今晚。"

"很好。乘坐管道还是空中列车？"

"哦，管道。"

"好的，还有，你几点到呢？"

"我想大概是11点吧。"

"你是指中心城时间11点？"

"是的。"

"那么，再见，先暂别片刻吧。"史密斯先生说完就切断了跟巴黎的通信。

晚餐后，威尔金斯大夫想离开。

"我希望你10点能来，"史密斯先生说道，"今天是那位著名的费思伯恩大夫要复活的日子。我猜你没想到这事吧。唤醒仪式就在我家举行，你一定要来看看。"

"我会回来的。"威尔金斯大夫答道。

史密斯先生又只剩一个人了，他开始忙着检查账目——这是一项极其重要的工作，每天他必须处理的交易金额高达80万美元。当真幸运，当今时代，机械技术惊人的发展使这一工作变得相对容易。拜皮阿诺的电子计算机器所赐，最复杂的计算也能在几秒钟内完成。两小时后，史密斯先生完成了他的工作，时间刚刚好。他才翻过最后一页账本，威尔金斯大夫就来了。他身后跟进来一大群科学工作者，簇拥着费思伯恩大夫的尸体。他们立刻着手工作起来。棺材放在房间正中，传真机准备就绪。全世界都得知了此事，正在焦急期盼，因为想目睹现场，在此期间，一位记者会全程通过电话进行口头解说，就像是古代戏剧中解释剧情的合唱队①一样。

---

① 古希腊戏剧设置。

"他们正在开棺,"他解说道,"现在,他们正把费思伯恩从棺材里抬出来。这是一具不折不扣的木乃伊,呈黄色,坚硬而干燥。敲一敲,这尸体像一大块木头似的梆梆响。加热,通电……没效果。实验暂停一会儿,威尔金斯大夫给这具尸体做了下检查。这人死了。"

"死了!"所有人都惊叫道。

"是的,"威尔金斯大夫答道,"死了!"

"那他死了多久了呢?"

威尔金斯大夫再度做出解释:"一百年了。"

事情的发展正如记者所说。费思伯恩死了,彻底死透了!

"这种方法还需要改进。"史密斯先生对威尔金斯大夫说。与此同时,冬眠科学委员会的人把棺木抬了出去。"这个实验到此为止了。但尽管可怜的费思伯恩死了,至少他睡了个好觉,"他继续说道,"我希望我也能睡个好觉。我累坏了,大夫,真是累坏了!你不觉得洗个澡会让我恢复元气吗?"

"当然会。不过你去走廊之前,必须把自己裹好,绝不能着凉了。"

"走廊?哎呀,大夫,你清楚得很吧,这里什么都是由机械来完成的。我不用去浴室,浴室会过来的。请看!"于是他按下一个按钮。几秒钟后,隐隐传来一阵轻微的辘辘声,越来越响,房门骤然敞开,浴缸出现在门外。

这就是在基督降世的第2889年,《环球纪事报》主编一天的生活。每一年的365天都是如此,唯有闰年例外,因为有366天。

关于本文的版本：

本文和早先国内刊载过的一篇凡尔纳短篇有相似之处，但也有很多不同。这种差异并非由于译者失误，而是因为原文存在两个不同版本：英文版《公元2889年》和法文版《一个新闻业巨头在2890年的一天》。两个版本中的人名、地名等许多文字和叙述都有差别，特别是结尾处大不相同——英文版的结尾是作者顾忌美国读者的反应有意为之的。法文版小说已有中文译本《2889年一个美国新闻界巨子的一天》，译者在翻译时，将故事发生的年份又改回了2889年。现代有研究者认为，本文的许多理念应该来自于儒勒·凡尔纳，但主要执笔者是他的儿子米歇尔·凡尔纳，法文版刊发前做修订的则主要是儒勒·凡尔纳。

儒勒·凡尔纳，19世纪法国小说家、剧作家及诗人。凡尔纳一生创作了大量优秀的文学作品，以《在已知和未知的世界中的奇异旅行》为总名，代表作为三部曲《格兰特船长的儿女》《海底两万里》《神秘岛》《气球上的五星期》《地心游记》等。他的作品对科幻文学流派有着重要的影响，与赫伯特·乔治·威尔斯一道，被称作"科幻小说之父"。

凡尔纳是世界上被翻译的作品第二多的名家，仅次于阿加莎·克里斯蒂，位于莎士比亚之上。在法国，2005年被定为"凡尔纳年"，以纪念他百年诞辰。

火星归来

（英）伊恩·沃森/著
梁杉/译

我们的升空引擎坏了，一行五人被困在了火星。所有的努力和来自地球的建议都无济于事，我们真的被困住了！

为了防止碰到诸如沙尘暴一类的意外事件，导致回程推迟，我们随行携带足够消耗十来天的氧气、食物和水，但更多的物资存放于停留在火星轨道上的飞船里。归途漫漫，我们需要它们。

还好，截至目前无人惊慌，毕竟遇事波澜不惊才能被选为火星宇航员。同行的三男两女皆是已婚人士，需要近距离待上差不多两年的时间，性格当然要温和、好相处些。同样的，我们都没有孩子，地球上为我们牵肠挂肚的人又少了一些。以防万一，我们每个人都提前储存了精子和卵子。

在火星上，食物和水可以省着用，空气怕是不行，于是"末日"终于到了。我们先是向地球上的爱人发送了爱的遗言，接着是写给公众的"英雄式宣言"。至于NASA（美国国家航空航天局），这可没提前准备好，我们几个人不得不冥思苦想了一阵。

突然，无线电波中传来一阵静电干扰声。紧接着，一架比我们的登陆舱大了好几倍的飞行器下降悬浮在我们身旁。我不想用"飞碟"这样的词语来形容这架飞行器，虽然它看上去确实圆乎乎的，周身灰色，连个视窗也没有，只看到机身上有几个管状的出入口。

一阵怪里怪气的声音盖过了静电声，说的还是英语。我分不清这到底是人工智能模拟合成的人声，还是外星人经过翻译程序加工处理的讲话，抑或是人类使用了可以掩盖真声的电子语音装置。

怪里怪气的人声邀请我们上飞行器，说我们可以活着返回地球，以表达对我们无上勇气的敬意。位于飞行器下方的舱门随即打开，伸出一段斜梯。我们必须赶紧上去，机不可失，时不再来。所以没时间记录并向地球报告这后来发生的事情。

我们还穿着火星宇航服，照相机和数据板放在衣服口袋里。这身宇航服和库布里克经典电影《2001太空漫游》里的特别像，设计得超棒。NASA的一位专家建议我们就穿成电影里那样。

登上斜梯后，我们来到一个椭圆形的房间，灯光柔和，四周密闭无窗，空气也已被迅速加压。我们摘下头罩，呼吸着温暖清新的空气。

靠墙摆放着五张带软垫的沙发，没有绑带或安全带，显然这里并不需要。一间敞着门的卫生间，还有个淋浴房。装有食物的橱柜，放着温水和用保鲜膜裹着的三明治。三明治啊！我赶紧打开一个狼吞虎咽起来，大半个都被我吃掉了：是配有酸菜、奶酪和火腿的凯撒三明治，搭配德国风味的芥末酱。我留了一点点，重新用保鲜膜包好放进口袋，想着回去后让NASA分析分析。我很想知道，外星人到底上哪儿买到的三明治呢？

"我们已经离开火星，"怪声很快传来，但其实我们什么也没感觉到，"三小时后到达地球。"

不是几个星期，而是三小时？这简直是对我们长达七个月航程的巨大嘲讽。这艘飞行器使用的技术绝非人类所有。

"你是谁？"朱诺问道。

"你是什么生物？"查克紧随其后发问。

"你们不必知道。"这就是我们得到的回答。嗯，我们确实无法知道，永远都没法知道。

我们随心所欲地使用飞行器里的设施，刚开始没有感受到重力。随着离地球越来越近，重力感也越来越强——这可能是为了让我们适应而故意为之。整个旅途中，我们一直试图与怪声对话。

"这不是你们该知道的。"怪声一直只有这句话。

终于，怪声说："请戴好头盔，以防止任何污染。"

我都忘了回地球后要接受十天的强制隔离呢。我们站起身，乖乖地戴好头盔。为什么怪声要提醒我们这些检疫隔离的细节呢？因为我们会降落在NASA附近吧？是希望我们能看上去像是专业的、刚刚归家的宇航员吗？

穿戴完毕后，舱门打开了，阳光倾泻而入。乍一看好像还在火星上，不过，脏兮兮的沙地和上面稀疏的植被告诉我们，这里的太阳似乎更大些。是不是在亚利桑那州啊？还是内华达？新墨西哥？得州？

"请离开飞船。"怪声响起。

"非常感谢你救了我们，"朱诺说，"上帝保佑你。"我们也跟着附和道了谢。

远远近近能看到些布满沟壑的小山丘，根据太阳的高度判断，这会儿应该还没到中午，不过也可能是下午到黄昏那段时光。现在我们都有可供使用两小时的氧气。

我完全理解这艘飞行器并不想降落在休斯敦或者范登堡空军基地附近。它就近选了一个渺无人烟的地方。从这儿走两步应该就能到最近的高速公路吧，可能很快就会有人来接我们，虽然没人注意随身配备的无线电装置是不是在接发信号。我猜，飞行器一定记得使用某种隐身的技术吧。

地球上的人会怎么想呢？刚收到我们颇为英勇悲壮的告别宣言，几小时后这几个人竟然奇迹般地出现在新墨西哥或亚利桑那州？

"我们是被一艘不知底细的飞行器接回来的。"

"哈？不是吧？"我对人们的反应了如指掌。

我们爬上一个缓坡，发现往下不远处有几幢木制小房子，就像以前西部拓荒者住的那样。"我们活着回来了……但是，回到了过去是吗？我们确实被救了，但与我们同时代的人都认为咱们死在火星了。"我对着无线对讲机说。

"过去？"朱诺满腹疑虑地说。

"如果是这样的话，"吉姆说道，"咱们可得把照相机和数据板找个地方埋了，越深越好，咱们可不能干扰历史的进程啊。啊对了，还有咱们的宇航服。"

"用什么挖坑呢？"查克说，"头盔吗？"

"然后咱们只穿着内衣突然出现在小镇上？"朱诺问，"嗨老乡们，我们被印第安人洗劫一空，能借几条毯子吗？咱们这可不是在酒吧里跳舞，能这样展开新生活吗？就像《黑美人》和《伯南扎的牛仔》里演的那样？吉姆，你又打算怎么养活自己？铲马粪吗？"朱诺发出一长串疑问。我明白她的意思。那么问题来了，到底是什么污染导致我们被要求戴着头盔呢？显然很快就得把这个东西摘下来啊。

我们很快就有了发现，一个牛仔骑着马快跑向我们所在的山坡。

他脚蹬长靴，身穿白色裤子和松垮的白衬衫，外罩没有系扣的皮马甲，脖子上围着领巾，腰间则挎着一支转轮手枪。这人长了一张麻子脸，黑色的长发看着油腻腻的。他勒住马，打量着我们，张口说了一串西班牙语，嗓音嘶哑。我勉强能讲点西班牙语，于是立即从狂野西部切换到现代模式，并打开了头盔面板。隔离什么的就算了吧。热空气扑面而来。

我告诉其他人："他问我们是哪个剧组的，他说他不知道今天要拍科幻主题的商业广告。"我转头又去问这位像是墨西哥人的牛仔："你会讲英语吗？"

"我会的，先生。学过一点。"

"为了成为美国公民吗？"

他一脸不明白的样子，"我叫帕布洛。"

"我们在哪儿，帕布洛？"

"你们在拍《迷失荒原》？哎别说，你们还真像火星人！服装棒极了！"

"我们确实刚从火星回来。"吉姆正色说道。

"我们到底身处何地呢?"我再次问道。

"这里是得州好莱坞。"

"好莱坞不在得州。"朱诺立即反驳道。

"这里是西班牙的得州好莱坞主题公园,"帕布洛告诉我们,"靠近阿尔梅里亚省。"

我突然想起来:"拍意式西部牛仔片的地方?"

"现在主要用来拍广告了,这儿还有小好莱坞。朋友,你需要喝一杯吗?看看你们,"帕布洛狂笑道,"怎么这么像火星人啊!"

糟了,真是坏消息。该死的飞行器把我们扔在了影视基地。有人想看《摩羯座一号》①吗?这可绝对不是巧合。

这部电影里,三名准备前往火星的宇航员被火速带到某个沙漠基地,被告知他们的火星之旅和探险都要在这里模拟完成。原来在升空前,飞船的生命系统出现了故障。为了国家的荣誉,此次火星任务必须"执行"下去。谁知两年后,"载有"宇航员但实际是空着的返回舱在地球大气层爆燃殆尽,这下麻烦可大了。实际还好好地活在沙漠基地里的宇航员可怎么办呢?

我们的情况看起来和电影情节非常相似:我们并非身处美国,我们的返程经历会被禁止公开,当局会给每个人安排一个新身份,就像证人保护计划那样。我们消失了,国家也就不用应付什么特别的尴尬事件了。不仅如此,恐怕也免除了我们被干掉然后葬身荒野的可能性。飞行器上的家伙

---

① 1997年美国拍摄的一部科幻电影。影射美国1967年7月16日的登月是一场惊天骗局。

看科幻电影吗？我看很有可能，毕竟他们买的是德国风味的三明治。

帕布洛引我们走下山坡的过程中，我低声告诉队友们："大家注意了，有关我们的事情，谨言慎行。"

我们走进了这个西部小镇，沿途路过围着尖木桩的公墓，里面遍布低矮歪斜的十字架。公墓附近有一个高台，上面是个绞刑架，绞索正下方摆着一张凳子。帕布洛领我们穿过灰扑扑的主路，几个喂马的西班牙牛仔直盯着我们看。街这边有一间土砖砌的银行，治安官的办公室则用红砖建成，窗子上钉着长木板。街那边，从饱经风霜的招牌可以看出，是用隔板搭建的理发馆和殡仪馆。

我们正走着，一个矮胖的男人从殡仪馆推门而出。他戴一顶宽边圆顶毡帽，鼻梁上架着墨镜，脖子上挂着照相机。跟他一起的女士穿着粉色长款条纹连衣裙，戴着一顶棒球帽。男人一看到我们立即举起相机咔咔拍照，女人则朝屋里大喊："梅，快出来看啊！"一会儿被唤作梅的女子就出来了，拿着手机对着我们拍照，显然是之前女子的姐妹。

"殡仪馆"里面应该是小旅馆，游客可以在这里以真正的西部风格歇歇脚。这条街上的其他建筑物恐怕也有此用途。

帕布洛领着身穿库布里克风格宇航服的我们，穿过酒吧常见的翼状门来到大堂。一个男子倚靠着吧台，身旁放着一把来复枪，一头金色长发又长又乱，身上的外套像抹布一样，一副标准亡命徒的模样。

舞台边上有四个打扮得像跳法国康康舞者的姑娘，在那儿边聊边笑。亡命之徒不怀好意地打量着我们，我猜他还沉浸在角色中。康康舞女孩向我们走来，像是要向我、吉姆和查克讨要点我们辛苦挣得的美元似的。沿楼梯而上是一个占据酒吧三面墙那么大的包厢。我猜想，酒吧最热闹的时候，康康舞女孩会不会领着宾客进私人包间做点什么呢？不会！两个打扮成牛仔的熊孩子笑闹着在楼梯上玩耍起来，互射空包弹。嗯，这里是家庭娱乐场所。

我们把头盔取下来，在吧台上依次摆开，好像我们是自行车运动员似的。

"喝点什么？"脸瘦瘦的服务员叼着一根没有点燃的雪茄用英语问道。他的衬衫袖子上还戴着袖箍，像在赌场工作似的。

"不好意思，"朱诺说，"我们没钱。"

帕布洛大笑："他们可不会带美元去火星。这顿我们请了。"

"咱们最好喝可口可乐。"朱诺说。

"我要啤酒。"查克说。

"我也要啤酒。"吉姆紧随着说。

"现在还是早上呢。"作为队长，我必须指出这一点，"一年都没沾酒精了，还是喝可乐或者果汁吧，这样才明智。"

"我们刚死里逃生，"查克说，"今天应该喝香槟才对。"

"我有很棒的香槟。"服务员说。

香槟和啤酒的酒精程度差不多，比较了一下还是选择更安全的啤酒吧，既然查克和吉姆这么想喝。我指了指啤酒，"两杯，我喝可乐。"

"太好了。"朱诺说。

"我也要可乐。"芭芭拉说。

"先生，先生，"有个小孩子欢声雀跃地问我，"你们是要演一部太空电影吗？"毫无疑问，他们是美国人。

"不，我们不是演员。"芭芭拉说。

"你们看着很像演员啊。"一个康康舞女孩高声说道。

在一片喧哗中，一位身穿宽松黄色罩衫和牛仔裤的中年女士走了过来。她身材丰满，肤色健康。

"孩子们，去街上玩吧。"她指挥着说。

"姑娘们，"她对康康舞者说，"帮忙上酒水好吗？帕布洛，怎么回事？"

帕布洛用西班牙语飞快地跟她说着什么，这位女士时不时地点头应和。

"我得坐一会儿。"朱诺朝一张大圆桌子走去，我们剩下四人紧跟着她。

黄衫女士也坐了过来，一口英音："我叫蕾切尔，是得州好莱坞的服装管理员。你们的宇航服从哪儿搞到的？太像真的了，没听说在拍什么广告啊！"

"穿这身衣服太热了。"朱诺抱怨说。

"他们来自火星，"帕布洛告诉蕾切尔，"那儿特别冷。"

几位康康舞女孩端来了我们的饮料，蕾切尔立即把她们支走了。"我说，"蕾切尔语重心长地说，"如果你们愿意去街对面，我可以给你们每人找到舒适的衣物。你们的宇航服可以妥善保管在我这儿，头盔也可以留下来。"

查克一口干掉了冰镇啤酒："我想我们最好先借部手机，给美国使馆打电话。应该是在里斯本吧。不，不对，在马德里。"

"为什么要大使馆打电话呢？"蕾切尔问，"应该打给导演和制片人啊。"

"他们声称从火星而来，但没说怎么来的。"

"天哪，太糟了。"蕾切尔快速地说，"我在电视上看到了。我为你们的同胞感到抱歉，那几位英勇的宇航员。"

"我们就是电视里提到的宇航员，"查克说，"我们说的是真的，一艘飞碟……"

"别！"我赶紧阻止他。

"一艘飞碟带我们回来的，只用了三个小时，你敢相信吗？"

"穿着这套衣服，我看他是热得中暑了，或者是喝醉了。"

"好了，所有人都跟我去街对面。"蕾切尔立即起身领我们过去。

20分钟后我们就焕然一新，跟周遭的狂野西部环境十分搭调。女士们换上了无袖过膝条纹裙，我则身穿蓝色骑兵服，系着黄色的领巾，戴着能显示军衔的臂章。查克穿着制服，戴着警长才有的银色尖头徽章。吉姆只穿了一身普通的牛仔装。发热内衣裤和长袖外衫肯定是不能穿了，所以我们都没有穿内衣，蕾切尔那边也没有存货。换衣服时，我悄悄把之前吃剩下的三明治装到了新衣服里。

我们跟着蕾切尔重回到桌前，查克拿着他的火星照相机，好像游客一样。服务生又端上了几杯可乐和啤酒。

朱诺展开四肢，笑着对蕾切尔说："这样确实舒服多了。"

"好了，"吉姆对查克说，"现在不是宇航员了，感觉怎么样？"

查克喝了一大口酒并打了个哈欠："我们还是得打电话。"

"打给美国使馆，他们能相信我们吗？会派黑鹰直升机来？"

我摇摇头："他们一开始就不会相信我们。"

"那就打给休斯敦吧，"查克说，"他们听得出我们的声音。"

"你知道电话号码吗？"

查克沮丧地摇了摇头："我们现在没有钱，没有护照，什么也没有，只有宇航服、照相机和数据板。我给你看看我们在火星上的照片吧。"查克对蕾切尔说。原来这才是他惦记拿照相机的原因。"看啊，看。"查克向蕾切尔展示我们在一片遍布石块的红色沙漠拍摄的照片：登陆舱矗立在那儿，这座由支脚撑起的钢铁舱室，在照片上看着就像个模型。

我们没有察觉到，越来越多的游客聚集到酒吧里来了。虽然身穿牛仔服装，但还是能从他们抑或苍白抑或红彤彤的脸上看出是游客，更何况他们都拿着相机呢。一位胡子银白理着平头的男子挪了挪他的椅子，离我们更近了，他已经在这儿挺长时间了。

"不好意思打扰了，我叫阿普尔顿，"他说，"你们看过有关阿波罗11号登月其实是在地球模拟完成的那部阴谋论电影吗？那部电影说白宫担心阿波罗11号因为技术原因无法获得登月录像，于是保险起见，便让库布里克在《2001太空漫游》拍摄现场偷偷模拟拍摄了一段。为了拍这段录像，阿姆斯特朗和奥尔德林专程携带宇航服和空空如也的探月舱前往英国与库布里克见面。那个探月舱据说他们训练时用过。

"录像里可以看到基辛格和其他几位白宫大佬授权实施探月计划，不过如果你注意观看的话，会发现他们其实在谈另一个没有说明的计划。画外音则说他们在谈论阿波罗11号。库布里克的遗孀克里斯蒂安娜和她的弟弟贾恩·哈伦在采访中曾说,基辛格对库布里克大为赞赏,克里斯蒂安娜更是在采访中对基辛格直呼其名。也是录像的画外音介绍说,这是库布里克在英国拍摄模拟阿波罗11号登月的录影。库布里克就住在伦敦附近,他不喜欢坐飞机。那部电影的剪辑很棒。我对那些阴谋论特别了解。现在我有资格参与你们的话题了吧。"

"不是,你看啊。"查克急忙向他展示更多的照片,"这可是火星实拍。"

"是真实的数码照片,这点我不否认。可是库布里克在60年代晚期就能拍出《2001太空漫游》那样的片子,我说孩子,现在的技术更不可同日而语了啊。"

查克把相机放到了桌上,一副无精打采的模样。

阿普尔顿接着说:"不好意思,我听到你们说没有携带任何证件也没有钱,只有身上穿着的宇航服。你们刚才去对面换衣服前,我确定你们在谈论飞碟。这个情节设置得太棒了,如果我理解正确的话。请问导演是谁?"

"没有导演。"我告诉他。

"所以是业余制作,就像在拍山寨版的《夺宝奇兵》?只有你们五个人吗?"

"先生,我们说的是真的。您见过没有专业摄像师的电影团队吗?"

阿普尔顿眨了眨眼,"谁还需要摄影师啊?你们一进到这里,人们就把穿着宇航服的你们五人拍了下来,传到了Youtube视频网站上,你们根本不用自己制作电影。我叫迈克·阿普尔顿,我看你们的宇航服能值3000块。"

"一身10万块还差不多。"朱诺呛声道。NASA可不会在火星宇航服上省钱。

阿普尔顿搓了搓下巴："太贪心了吧，我出两万五买下全部五套怎么样？正如我说的，我对阴谋论电影和与之相关的各种装备特别感兴趣，而你们又需要钱。除非……"他机警地瞅了瞅蕾切尔，"有人比我出价更高。"

蕾切尔一脸气愤："五个自称是宇航员的家伙走进酒吧，向我这个幼稚的服装管理员讲了些天方夜谭似的故事。紧接着一个陌生人刚巧出现并过来搭话，'哇，好棒的科幻服装啊！我一定要出几万欧元拿下。'拜托，我不是昨天才出生！"

"是美元。"阿普尔顿纠正道。

"我这个愚蠢的服装管理员是不是应该紧接着说，'我出5000块。'然后掏空自己的银行账户。这下那五个演员和他们的同伙高兴了吧。"

"蕾切尔，"我轻声说，"我们不认识这位先生。阿普尔顿先生，你一直在破坏我们与这位女士的友好关系，她帮了我们大忙，对我们很好。"

"而且，是不是太巧了？"蕾切尔接着说，"阿普尔顿先生那么熟悉库布里克当年的骗局？"

"据称是骗局。"阿普尔顿说，"迷人之处即在于此，我的出价仍然有效。"

查克好像睡着了，吉姆也看着醉醺醺的。五小时前我们几乎要死在火星上，现在却来到了这里，真是酒不醉人人自醉。

"先生，"芭芭拉说，"如果我们把宇航服卖给你，就按照你出的荒唐的甩货价，接下来我们该怎么办呢？每人拿着5000美元巨款，在西班牙展开新生活吗？连个身份证明都没有？"她哭了起来，"我竟然忘了家人了，他们这会儿肯定特别难受，以为我们都死了。"

阿普尔顿很像是载我们回地球的那帮家伙的同伙，把我们五个人扔在他碰巧出现的电影主题公园。在我们走投无路的时候，他的提议为我们指出一条明路，不久前如果有人跟我如此提议的话，我真会觉得荒唐透顶。要是没了宇航服，我们的身份和存在的证明可能会就此消失。

"每人5000块钱，我们就能回美国了，"芭芭拉接着说，"但是没有身份证明我们坐不了飞机。我们得先偷渡到墨西哥，像非法入境者那样穿越边境，搭乘大巴车，在午夜时分出现在家门口。"

阿普尔顿边鼓掌边说："我敢说你们一定看过《摩羯座一号》。"

如果还待在火星，恐怕我早就崩溃了。NASA不会管我们，他们无法再承受一次失败。

"我们有明确要紧的责任，"清醒过来的吉姆突然说，"不仅仅是对肝肠寸断的伴侣，还有NASA、政府和国民。但我们现在却只能待在酒吧里无所事事。"

吉姆还在说着，突然，街上一阵骚动，哪里传来了枪声，吸引了大部分游客的注意。有人赶着一辆马车过来，上面放着一口棺材。服务员见状赶紧跟酒吧的几位游客说："女士们先生们，马上有犯下谋杀罪的恶徒要被送上绞刑架了。"

我们没有心思理会服务员的招呼，查克甚至还打起了呼噜。NASA在遴选宇航员时会排除打呼很大声的人，小呼倒可以接受，朱诺即是如此。也许是西班牙的空气和啤酒让查克呼声震天吧。

"责任？"阿普尔顿说，"告诉所有人是外星人的责任吗？之前官方可是一再否认的。这是你们的目的吗？为了揭穿外星人存在的事实？这样可不好啊，利用那几位在火星上牺牲的英勇的宇航员，虽说你们几个跟他们长得确实很像。说起来，你们怎么跟他们这么像呢？不可能这么巧啊，好像有人提前知道火星登陆舱无法起飞。这么说来NASA也脱不了干系。是的，NASA提前策划了这一切，为了减小悲剧发生的可能性它提前策划了这一切。也许NASA从一开始就不是特别放心登陆舱的引擎。我想你们的伴侣可以分辨出真假宇航员，这么说他们一定签署了某种保密协议。你们回去后一定会来一次世界巡回媒体见面会，需要熟悉宇航员讲话的方式，对火星如数家珍，就跟真的宇航员似的。除非大伙都关注有关外星人的事情，没太多人关注你们……"

阿普尔顿的脑筋转得过快了。而我，开始觉得一切是如此虚幻，好像我们去过火星这一事实都是通过别人催眠而使我们相信的。

"为了避免国家悲剧，NASA策划了这一切，不惜引入飞碟和外星人。哇哦，这对NASA可是一招险棋。如果非要扯谎，干脆扯个大的……"阿普尔顿还在说个不停。

"我们根本没见过外星人，只听到一个怪里怪气的声音。"

"脑袋里的声音？"

"广播里。"

"我们必须打电话。"吉姆说。

"我还是想买你们的宇航服，我很严肃的。35000美元怎么样，为了库布里克？相机也包括在内。美元现金支付。要不给你们欧元吧，欧元更好用，4万欧元怎么样？你们跟我一起去阿尔梅里亚，我去那儿的银行取钱。咱们找个好旅馆住一晚。我租的车可以带三个人。夫人，"阿普尔顿对蕾切尔说，"可以租一辆车给我吗，再找个司机？用来载这两位男士和宇航服？"

"我来开。"帕布洛立即说，显然想赚这笔外快。

"我不知道。"蕾切尔说。

"200欧，包括租车和司机，怎么样？"

"我们无权卖宇航服……"朱诺说，好像卖掉是个好主意似的。我们没一个人能做主下定主意，这也是我们五个人能够和谐相处的原因。

"假设，"阿普尔顿说，"假设你们现在身处亚马孙丛林或者蒙古国的戈壁沙漠，必须想办法活下来。这时，你们可以用宇航服跟亚马孙的希瓦罗人或蒙古人交换财物……哈，看我，都把你们当成真正的宇航员了！为了让NASA的把戏成功，你们的宇航服可不能留，只能留一些照片和视频片段，在网络世界里疯狂传播。最终，宇航服会消失，流入私人收藏家手中。"

"你想倒卖这些宇航服？"蕾切尔厉声责问道，"随便一套你就可以卖100万，给那些土豪收藏家或者俄罗斯亿万富翁。"

"女士，你随时可以参与竞价。除非您觉得这是个骗局，而我跟这几位先生女士是一伙的。"

"你真是选了个好时候来这边游玩啊。"

"女士，他们所说的那艘飞碟之所以把人扔在这儿是因为这里被伪造成了美国，在西班牙国土上，有一块地方被伪造成了狂野西部。而我，就喜欢一切跟伪装和粉饰有关的电影，或者说，我就喜欢伪装本身。'9·11'事件啊，美国登月骗局啊。所以我一直都想来这里玩一玩。不过我确实可以上周或者上个月来，那样就不会碰上你们了。我今时今日在这里出现，皆是运气使然！而这些打扮成宇航员的演员，以及这件事的天才之处就在于，根本不需要特意拍一部电影，互联网就可以自动制作出一部来。"阿普尔顿得意扬扬地说。

不过，阿普尔顿为什么不想想，也许蕾切尔、帕布洛和我们才是一伙的？这位叫作蕾切尔的服装管理员把我们打扮成宇航员的样子，知道迈克·阿普尔顿要在这儿待上几天，并提前通过某种方式得知了他的财产状况。他们很可能是老手了，就静静地待在这儿，请君入瓮。这不，刚刚，通过对俄罗斯土豪的控诉，蕾切尔机智地提高了手中筹码。

"我一直在努力回忆家里的电话号码。但它储存在手机里，而不是我的头脑中。"朱诺说。

我也记不起来。我头脑里的数字在我眼前跳舞，就好像拉斯维加斯赌场里的老虎机那样——眼前有一块大屏幕，上面弹跳着好多数字，就是没有大奖出现。这可不太好，从什么时候起，我连家里的电话号码都记不起来了呢？

"那么，你们打算怎么办？"阿普尔顿问，"卖了宇航服，还是有备选计划？"他讪笑着说。"在外太空你们肯定有备选计划，以防万一嘛。我是说，穿成这样，肯定有同事开车载你们过来吧。"他还是没有怀疑蕾切尔。

"是一艘飞碟，不知道谁制造的飞碟！"我坚称。

"好吧好吧，喜欢影视拍摄地的外星人驾驶的可以了吧。那他们是怎么知道这里的呢？"

"谷歌地图？"我提出猜想，"显然他们很了解地球，他们为我们准备了德国风味的三明治。"

"啊哈！"阿普尔顿惊呼，"还是纳粹版的呢！希特勒的科学家驾驶潜水艇来到南极洲，在那里建了一座地下基地；或在冰层下面，只为给德意志帝国建造飞碟。该基地运转了数十年，自1947年之后观测到的每一次不明飞行物事件都是那个基地的产物。那里还有专门用来培养雅利安人种的大型项目。现在，党卫军正乘坐着飞碟畅行火卫一的洞穴之中，这也刚好解释了为什么你们能立即获救。也许纳粹宇航员暗中跟隶属于光明会的右翼富翁相勾结，或者别的什么人，不然美国政府明明可以使用反重力技术，为什么非得坚持用化学燃料推进的火箭呢？你看，纳粹和外星人，这两个东西不好搭在一起讲。"

"我压根就没提纳粹。"我抗议称。

"你说三明治是德国制的。"

"我只是向你描述事实。"

"嗯，纳粹三明治，我还是认为这是一个隐喻。标明产自德国的三明治是不是一种假象呢？好让你们不要往外星人头上想？这事儿比我想的还要曲折。你们还有什么细节想要告诉我吗？"

"你为什么不想想其实是蕾切尔和得州好莱坞管理层安排了这一切，和我们这些所谓的演员合伙来骗你的4万欧元？蕾切尔指责你设局骗她，实际是为了让你打消这有可能是场骗局的顾虑！"

我是怎么一步步有这些怪想法的呢？

阿普尔顿耸耸肩："我知道这里一直存在非法勾当。吉卜赛人，毒品，诈骗。这个国家到处是非法移民，不过你的想法太不切实际了。"

蕾切尔忍不住大笑起来。"我要记恨你刚才说的话了，杰克。"蕾切尔对我说，"不过我理解你的想法，我还是认为阿普尔顿先生想要转手卖掉你们的宇航服，获取暴利。"

阿普尔顿面露一丝不安，不过他马上又打起精神，好像有人要拿走他最喜欢的冰激凌那样。

"讲得太好了。"他对我说，"你想事情真是面面俱到。如果你们的宇航服看上去真的值更多钱，我也愿意提价。又或者它们其实跟在网上买到的山寨商品一样？最终出价前，我可以近距离看一下吗？宇航服的空调系统怎么样？"

"穿着能热死人！"朱诺还是不想卖，"它们是为火星零度以下环境设计的，不是西班牙。"

蕾切尔站起身。"请随我来，"她对阿普尔顿说，"咱们现在就去看看宇航服。帕布洛，你也一起来吧？"她转头问吉姆："这是你们的宇航服，你们知道怎么用。"

他们出去了。外面传来人群的鼓掌声和叫好声，毫无疑问，绞刑开始了，杀人犯得装作被吊在绞刑架上，虽然绳索并没有勒紧。可是他脖子上还是会留下印记啊！也许他的脖子肌肉比较发达吧。我脑子里乱糟糟的，净想些无关紧要的小事儿，必须赶紧停下来。

我们的宇航服现在成了商品，蕾切尔则成了我们的代卖人。我们必须打起精神，可是我疲倦极了。

我打起盹儿来，半睡半醒间听到阿普尔顿说："看着很不错，都看不出来是假的……"

"可以骗过那些亿万富豪吗？"看来蕾切尔和阿普尔顿已经商量起来了。

"说不定这是NASA在火星之旅开始前，专门送到这里的备用宇航服，或者只是五件次品。"

他们重新坐回桌边。

"我想回家。"朱诺说。

"这可不明智，如果你们说的都是真话。想想《摩羯座一号》里的那些宇航员吧。"

阿普尔顿的这番话貌似一语惊醒梦中人，但听着还是如此梦幻，我又要开始做梦了。

"你说什么？"我抗议说，"我头都要大了，纯粹是妄想。"

"我只是在说一些可能性，并不是说我们都得照盘接受。我有一家公司，就不说具体是干什么的了。我们在非洲几个国家有一些关系。你们五个人可以去那里，我可以帮你们安排工作、身份。你们会安全的，可以在那儿打发打发时间。"

"这个提议比给我们4万欧元实用多了。"蕾切尔说。

"我脑子里已经有计划了。如果真这样做的话，我们可以放一些流言出去，传闻死在火星的宇航员实际好好地生活在非洲某处。其实我已经听到一些类似传闻了。蕾切尔，你可以说：那天上班我遇到了一件特别奇怪的事情……还有你，巴布洛……"

"我叫帕布洛。"

阿普尔顿笑了笑："差不多，不是吗？我妈妈会点通灵的小把戏。帕布洛也可以用西班牙语传播谣言，毕竟这是美国第二大语言。最后我可以想出一整套阴谋论。如果这样的话，那我就太开心了。"

朱诺打了个哈欠："我累死了，重力太大了。"

查克好像又睡过去了。

"打电话。"吉姆嘴里嘟囔道。

"不能在身心俱疲的情况下做决定，我带你们去阿尔梅里亚吧，找间旅馆，好好睡一觉。"

"我觉得行，"朱诺应允道，"不会有什么坏处。我们还可以看看美国有线电视台的报道，看美国那边怎么说。"

"如果照片和视频被大范围传播后，"阿普尔顿接着说，"肯定会有一些爱国分子呼吁禁止展示这些照片，否则就把网站关掉，因为照片的存在是一种大不敬。但用于阴谋论就特别好。没人从外星飞碟的角度考虑这起事件，整个国家悲痛欲绝，至少目前是这样。这之后，NASA怎么可能推翻自己的言论呢？即便咱们这里可能会有人来秘密调查？如果有记者问的话，就扯些UFO之类的话题搪塞过去……"

这时，一架黑色直升机降落在街上，尘埃四起。蒙面特种队员从机上跳下来，端着重型武器指向酒吧门。我还在打瞌睡。

"帕布洛，"我听到阿普尔顿说，"哪儿可以给他们买些合适的衣服？"

"阿尔坎波购物中心不错。"

两名特种队员夺门而入，吓到了舞台上的康康舞女孩，之前见到的枪手朝特种队员开枪。

不，刚刚这一切都没有发生。我在做梦。

"我有一个更好的主意，"蕾切尔说，"带他们离开西班牙，帮他们在非洲获得新身份实在是很费钱，而且容易出差错。你太冒进了。你只是想要宇航服，而不是宇航员。不如你付我点钱照顾这些人？类似于工资。除了生活费，我们拿不出太多钱给他们。我想他们可以在这做演员，帮着他们渡过难关。打打扑克，跟喝醉酒的游客聊聊天什么的。过上一阵子，肯定会有人慕名前来看幽灵宇航员。'无与伦比五人组！''超像幽灵宇航员！'我们确实需要一些新游览项目。"

"我觉着，"阿普尔顿说，"4万欧元够他们支付好一阵子生活费。"

蕾切尔笑了起来："当然，我太傻了。好吧，就当给我一份中间人佣金吧，或者他们的食宿预付款。"

阿普尔顿点点头，背靠椅子思索起来。

"不好意思，"我对蕾切尔说，"是不是得问问我们的意见？"

"天哪，我在向你们提供庇护所啊。"

"真的像在西部世界，庇护所。"吉姆说，"接下来应该是救赎，或墓碑。"

"我们尽量避免用到墓碑好吗?"阿普尔顿说,"不明飞行物在其智慧的指引下带你们来到这里,尽最大可能保护你们,通过伪装成宇航员的方式。当然了你们不是,或者你们真的是。"

查克醒了,抖了一下说:"我好饿。"

"当然饿啦,"蕾切尔说,"你需要吃东西。我们的餐厅正午开始供应午餐,这在西班牙实在是太早了,不过我们得按着游客的需求来。吃完午饭后大家睡上一觉,我正好可以去治安官办公室看看。五个单人间是吗?"她和颜悦色地问我们,"你们在一起待了那么长时间,一个人睡会很孤单吧?要不两位女士睡一间吧?然后两位男士一间?恐怕我们没有三人间。当然,如果你们想自己组合的话……"

"我很乐意和芭芭拉住一间房。"朱诺快速说。

"我和吉姆。"查克转向我,"请别介意。"

我们吃了汉堡包,喝了水果酒,这酒尝着很像果汁,但后劲儿挺大。吃完后我们就来到了治安官办公室外。

"这是监狱,"吉姆抗议道,"窗子外钉了封条。"

蕾切尔笑了:"我向你保证,房间可比牢房好多了,你还能拿着钥匙呢。"

水果酒让我整个人都昏昏沉沉的,我们几个都是。本来没打算睡午觉的,但现在看来必须得眯一会儿。我的房间里有一张好看的现代感大床,挂着格纹窗帘,还有一个冬天用的暖炉、半高的橱柜,屋顶上还有烟雾探测器呢。我一觉睡到下午五点钟,有人敲门才醒过来,梦里正穿行沙漠——西班牙的沙漠而非在火星上。门外走廊站着的是一身牛仔装束的吉姆。

"宇航服不见了。我醒得比较早，就去存放服装的屋子里看了看，没有宇航服。蕾切尔说阿普尔顿和帕布洛带着宇航服跑了。她说帕布洛明天会回来，拿着阿普尔顿给的钱。我说我们根本没同意要卖啊！她看上去很惊讶的样子。咱们所有的摄像装置和数据板都不见了，除非查克把他自己的留了下来。不过他还睡着呢。我们必须让蕾切尔打电话，告诉帕布洛交易不算数，得把我们的东西带回来，我需要你的支持。"

"吉姆，"我十分笃定地说，"宇航服这会儿怕是要不回来了。"

"这个国家不会没有警察吧！"

"好好想想，吉姆，动动脑子。警察会把没有身份证明的人关起来，那样我们就更掌控不了自己的命运了，完全掌控不了。现在我们至少还能四处走动，还能拿着自己房间的钥匙。"

"警察肯定会联系美国使馆核实我们的身份，即便不相信我们是宇航员或者火星宇航服就这么没了！"

"如果政府出于国家利益的考虑，认为我们最好没乘这艘该死的飞行器回来呢？要么我们已经死在火星上了，要么NASA和政府一起完蛋。想想很尴尬是吧？是不是对我们置之不理比较好？我们根本不知道目前的情形，不能随意冒险。等过几个星期或几个月再说吧，那时候事态会明朗一些。说不定非洲就是咱们最好的选择。"

"所以我们现在应该跟蕾切尔商量看今后怎么办……"

"甚至还得学会骑马。我们可以扮成犯罪团伙，成员包括两位心肠歹毒的女士，其中一位还是黑人，更具异域风情。我们最好叫醒查克和两位女士。"对我来说这是当下最好的计划，作为领队我对队员负有责任。

"无与伦比五人组"或"心比蛇蝎五人组"一起去见蕾切尔。我们身后，砖砌的银行正在上演抢劫戏码。前方，两名歹徒持枪对峙，嘴里操着口音浓重的英语大喊着，旁边的游客身穿西部服饰，兴致勃勃地观赏着。这里人声鼎沸，四处喧哗。一位戴着警长徽章的游客决定维护法律，他大胆地举枪上前，朝其中一个歹徒开枪。这名游客一脸邪恶的笑容，没想到歹徒举枪朝他"砰砰"开了好几枪。该名游客极尽戏剧性地捂胸慢慢倒地，他的妻子和朋友立即鼓掌表示对其演技的赞赏。

有东西从我口袋里掉了出来，捡起来一看是之前吃剩下的三明治。这次我注意到一个小标签，展开一看上面印着"冈瑟熟食店，蕾切尔NV"。

NV是内华达州的意思，蕾切尔是个地名，跟服装管理员蕾切尔应该没什么关系。

我想起了早前的飞行员时光。内华达州的蕾切尔，是内利斯空军基地附近的一个小地方，靠近著名的51区。很多人认为那里跟UFO有关，曾在那附近的高速公路观测到不明飞行物。我忘了具体是哪条公路了，几年前内华达州还将那条路命名为"外星公路"。从拉斯维加斯出发，一天就能到那里。

我只去过蕾切尔一次。很奇怪，那里的天气预报站还监测伽马射线值。"冈瑟熟食"我倒是没听说过，可能是当地新开的小店吧。

我突然想，有没有这种可能？美国空军已经掌握了外星技术，但是NASA并不知道？空军不忍心看着我们死在火星上，但也不能因为救我们就把自己给暴露了？对于这个新发现，我可得好好消化消化。

对了，穿过枪战场地时，没有一人朝我们开枪。

伊恩·沃森，英国科幻作家。曾在坦桑尼亚、东京和伯明翰教授文学和未来学。第一部长篇小说《植入》赢得法国的阿波罗奖。作品多次获得雨果奖和星云奖提名。短篇小说集《大逃亡》曾被华盛顿邮报评选为年度最佳科幻/奇幻图书之一。小说之外，沃森在诗歌领域也创作颇丰，并参与了斯坦利·库布里克的电影作品《人工智能》的剧本写作。

一跃万丈

（美）杰伊·沃克海瑟／著
何锐／译

肯特要成为第一个死在金星上的人了。在栏杆断开、滑进酸雾的那一刻，他就对此确信无疑。唯一的疑问是他会被烤熟还是压烂。

不久前，他正在检查浮空平台的走廊，寻找被酸雾破坏、需要修补的地方。他走了那么一小会儿的神，在脑子里回放早上跟那老头的争论。他靠在栏杆上，然后那里脱落了，他往后翻进了空中。

他发出一声惊恐的尖叫。平台在黄色的雾气中渐渐消失不见。在仿佛永无止境的一刻里，他悬在混沌的虚空中，感觉自己仿佛正在沉入浑浊的水中，和海中深潜差别不大。

"你去哪儿了，肯特？"玛丽娜的声音在他的耳机里响起，声音很小，随即升高了一个八度："肯特？"

"我摔到外面了。"这句话说出口之后，一切骤然回归现实，"我在坠落！"恐慌淹没了理性思维。

"天哪！怎么搞的？"

恐惧将愤怒带到了他的咽喉，让他哽咽，止住了他的尖叫。

"肯特？"

"见鬼，我怎么知道。"他深深地吸了几口气，"我猜是因为腐蚀吧。栏杆上的柔性玻璃覆层肯定是有裂缝了。"

"它怎么会——"

"现在那还重要吗？"

"说得是。"玛丽娜停顿了一下，"我最好让司令官听电话。"

"别。"

"他得知道，肯特。"

他吐出一口气，面部罩板上起了雾。"好吧。"他眯起眼睛看向朦胧的雾中，努力想要看见点什么，什么都好。风拖拽着他的胳膊和腿，但没有一丝能穿透他衣服上的柔性玻璃隔绝层。"就……就让我来告诉他吧。"

"随你。"

沉默降临，一股恐惧的战栗，沿着他的脊椎往下蔓延。在潜水的时候他周围有声音，用力呼吸的声音，吐出的气泡的声音，生命的声音。然而此时，他的衣服有效地将生命支撑系统的声音屏蔽掉了。哪怕是此刻以接近100英里的时速抽打着他的狂风发出的声音也没法穿透他的衣服。

"肯特？"

"玛丽娜？"

"给你转司令官。"

他抑制住自己的情绪："好的。"

"该死的，肯特，你最好是有要紧事。"听到这声音就足以让肯特发狂,让他想起了那么多年来挥之不去的恶毒言语,"我正在处理一个大麻烦,有一台无人机——"

"我正在坠落。"

"什么?"

"平台走廊的栏杆断了。我……我将会……"

"天杀的,肯特。你知不知道这对你母亲来说会有多要命?"

(但对我父亲来说无所谓)"我到头来还是个一事无成的家伙。"

"我不是这个意思。"他的耳机里传来一阵长长的、恼怒的叹息,"我看看能不能用无线电联系上她,在——呃——你懂的——之前。"

"你在搞笑吗?到地球的无线电传输时间是多久?三分钟?一来一回。加上飞控中心精确定位她的时间,你觉得我还有多少时间?"

"下面的大气层密度相当高。这里不是地球。"一阵久久的停顿,"给我一分钟。也许浮力……"线路中断了。

距地面50英里。他还有多少时间?快速计算让他的思维暂时避开那无可回避的命运。假设终端速度跟地球上一样是每小时120英里,转换成国际单位制,那他就有差不多15分钟。

但考虑较低的重力和浓密的大气……

在这个高度上,终端速度大概跟地球上的接近。但随着他接近金星表面,空气密度会相当迅速地增大。终端速度反比于空气密度的平方根,那么差不多就是地球上的八分之一。考虑到重力差别,还要再减掉一点。大约在每小时10~15英里之间。见鬼,按照这个速度,碰撞地面后他还能活下来!

但问题并不在于速度，不是吗？

90个标准大气压，热得足以熔化金属。随着每一次呼吸，他都已经能感受到胸口上的压力了。他不可能活着到达地面的。这是个耻辱。在历史书上他连荣誉都不会有，只会被记作许多个在途中就被烧掉的愚蠢废物中的第一人。

他想象着一连串的失败者跟着他垂直掉落，就跟旅鼠似的。他大笑起来。

"肯特？"玛丽娜的声音响起。

"我在。"他吃吃笑着，"我还能在哪儿呢？"

对肯特的关切让她的声调有些低沉："你怎么这么兴奋？"

"只是试着推算了下我还能活多久。"

"哦。"

"往下的密度在变化，让计算变得复杂。我没法靠心算把距离—速度—时间给算清。嘿。我想那老头对我的评价是对的。"他又开始发笑了。

玛丽娜生气了："好啦。我不觉得这有什么可乐的。"

他笑得很真心，很用力，每次大笑，他的胸部都因吸进被压缩了的空气而疼痛。他过了会儿才意识到她声音中的受伤情绪："别担心。我没疯。这多半是氮醉。"

"氮醉是什么？"

"呼吸氮氧混合气体，潜水员潜得太深时会遇到的情况。我现在呼吸的就是这种气体，对不对？"

"氮气和氧气?是的。"

"我潜得有多深了?"

"别开玩笑了,肯特。这不是那些娱乐性的礁区潜水。"

他晃了晃脑袋,强迫自己集中精神。这不是他第一次跟氮醉[①]搏斗了。"没错。压力肯定在持续上升。5~6个标准大气压了。再有两个标准大气压,氧中毒[②]就会成为问题。"

"天哪!我们能做什么?"

"降低O_2的百分比,但只是个权宜之计。真的要潜很深时,我们会用氦氧混合气体。"

"氦气?我们要去哪儿弄这个?"

"你有用剩下的宴会气球吗?"

"该死的,肯特。"

"我突然有了个灵感。你能不能让那个老头来接听?"

"当然可以。"

那边短暂地停顿了下,然后那个刺耳的声音再次响起:"嗯?"

"你能分出一架电解无人机给我吗?"

"那没用,肯尼[③]。我算过了十几种方法了。无人机太轻了,推力远远不足以让你升起来。"

[①] 氮气随着压力增加,在血液中的溶解量增大。超过4个大气压的情况下,(具体阈值因人而异)有可能会作用于神经系统,造成类似醉酒症状。

[②] 人体吸入高压、高浓氧气时体内氧气过剩导致的中毒现象。如果不能及时脱离高氧环境,会导致出现幻觉、昏迷直至呼吸停止、死亡。

[③] 肯特的昵称。

"我知道。我是想要气体。"

"为什么？你应该有足够的氧气——"

"该死的，爸，照办就是了。"他在心中踢了自己一脚。居然承认了他们之间的关系。肯定是那些氮气的作用。"我想要氢气。"

"派了一架下去了。几乎装满。"

"我的潜水经验有时候毕竟还是有用的。"他嘲笑自己，在这样的时候居然会沾沾自喜，"而你还跟我说那是在浪费生命。"

"因为潜水你才会落到现在这个地步。"

"潜水？不，我亲爱的老爸啊，那是因为航天啊。必须够得上标准，不是吗？"

"你侥幸通过的唯一原因就是你的潜水经验。要不然你就会被刷掉了。"

肯特嗤之以鼻："那也不是第一次，不是吗？"

司令官发出一声长长的叹息，在肯特的耳朵里嘶嘶直响："要氢气干嘛？"

"呼吸。"

"呼吸？"

"是啊。在深潜时，我们往混合气体里加入氢气，保持压力的同时防止氮醉。现在我没氢气，但这让我想起一件事。在潜入很深的地方时，人们有时候会用氢气的混合气体。"

"但那太容易着火了！"

"考虑到压力，混合物中的氧含量必须很低，因此这种危险很小。"当然了，他会在飞行中盯着混合比例的。然后还有氢醉的问题，跟氮气造成的醉酒般的晕眩相比，那更像是一场糟糕的药物幻觉。他完全没提到那些。

"处理那些接头所需的东西你都有吗？"

他的心砰砰乱跳，他下意识地摸了摸自己的腰带。他的手碰到了工具包，于是他放心地长出了一口气："我有。"

"很好。玛丽娜，你还在吗？"

"嗯，我在。"

"盯着雷达数据，告诉肯尼探针的大致抵达时间。我要去研究下温度问题。探针肯定有某种绝——"他说到一半，通话就切断了。

稍微停了一下之后，玛丽娜说道："探针要不了一会儿就会到了。还有，你正在接近云层底部。你很快就会看到一幅壮丽的景观。"

他本想回一句挖苦的话，但咽了回去。玛丽娜只是在试图分散他的思路。他落到眼下的处境是他咎由自取。他说："我看到什么的话，会让你知道的。"

他觉得更热了，抑或仅仅是他的想象？司令官提到温度让他有些丧气。就算氢氧混合气管用，并且他能耐得住压力，烤炉般的气温也会要了他的命。毫无希望。

他的衣服是用多层柔性玻璃制成的，当中夹着电活性聚合物[①]。这种聚合物会在有电流时硬化，提供保护，增加强度，同时也起着高效隔热层的

---

① 一种智能材料，在受到电刺激后能产生微小形变。

作用。多高效？如果他到了玛丽娜刚才说的地方，环境温度肯定已经超过200摄氏度了。而司令说他正在研究这个问题。更慢的终端速度，用氢氧混合气适应压力，隔热——他也许真能活下来？这念头让他倒抽一口气，沉重的空气流进体内，吃力而痛苦。

最好不要想这个，只把注意力集中在他能掌控的事情上。眼下那就是混合气体。至少，那该死的无人机一抵达就是。他朝硫酸雾气中窥视，现在雾气明显比之前淡了。在远处，有一点反光。他盯着它，直到能在黄色雾气中分辨出它的轮廓。它的外壳大部分是气凝胶状的，在雾中看起来有点暗淡，四个热塑性塑料旋翼反射出漫射的阳光。

"我看到无人机了，"他说，"它过来得有点慢。"

"你现在坠落的速度大约是每小时30英里，"玛丽娜说道，"空气密度太大了，我们很难让无人机继续以足够快的速度下降。你将不得不在它靠近的时候抓住它。你可能不会有第二次机会。"

"毫无压力，嗯？"他大笑起来，他的胸部因此感到疼痛。

他让自己的目光盯着移动的无人机，这在飘动的硫酸浓雾中并不是个轻松的事情。他把注意力集中在旋翼和它们周围旋动的雾气上。随着无人机的靠近，它显得越来越大，现在它差不多就在他正下方了。他朝着无人机落下，速度慢得令人焦急。

旋动的雾气撞上他的脸部位置，让他打了个筋斗。他挣扎着赶在无人机从身边越过之前恢复了自身的姿态。

"出什么问题了？"玛丽娜的语声中满是担心。

"我遇到了些相当糟糕的乱流。"

"我会把无人机的旋翼关掉。"

"但那不是会——"他自动打住了。不,无人机不会像石头一样掉下去。在高密度的空气中,麻烦在于要防止它向上升起。

空气不再拍打他,他让自己的脸朝向下方。他扫视周围,寻找无人机。它正朝他升上来,速度很快。

他做好了准备迎接碰撞。气凝胶①外壳撞上他,感觉就像是哪里丢来的一个枕头,把空气从他的肺中挤了出来,还让他的前额啪地一下撞到了面部罩板上。他用力喘息,顶着周围毁灭性的重压把肺部重新充满。

他感到无人机从他身下滑开,差一点就为时已晚。他反射性地伸出双手,抓住了无人机两边。无人机几乎跟他一样长,还略宽点,于是他发现自己趴在它背面的姿态犹如展翅雄鹰。

"抓到了。"他声音中带着哮鸣,汗水刺痛了他的眼睛。是因为活动费力,还是他的柔性玻璃②隔热层最终不再能庇护他了?

"我在雷达上看到你了,"玛丽娜说,"你还在下落,但慢些了。每小时15英里左右。"

"我准备试着切开外壳——"他说话的时候,周围的雾散开了,将他留在了一片清朗的空气中。他的声音顿在了嗓子眼里。金星的表面在他身下展开,荒凉而崎岖。他正在坠落。

"出什么问题了?"

---

① 将常见的凝胶材料结构中的液体用气体取代得到的合成材料。具有超低密度、超高隔热性、高强度等优点。

② 如果工艺和配比适当,玻璃厚度小于100微米甚至更小时会呈现柔性,可以卷曲

他盯着无人机的边缘外面，僵硬了好长时间。这看起来就像地球上某片多山、多石的荒漠，只是多了那毁灭性的重压和烤炉般的热度。

"肯特？"

"我没事，"他费力地吸了几口气，"我刚刚穿过了云层底部。"

玛丽娜正要回话，司令官的声音却插了进来："观光到此结束。回到工作中来。"

肯特的脸红了："别对我来那套军训的鬼扯。我已经不再接受命令了。先生。"

"别跟我来这套，又不是我逼你参加海豹突击队训练的。"

"我只是想要潜水。"

"一名海豹突击队队员需要的不止于此。"

"你是这么跟我说的。这就是为什么我被刷掉了。"

"如果你当时听我的——"

"见鬼去吧。"

肯特被热、压力和怒火弄得气喘吁吁。他把手伸向自己的工具包。他谨慎地移动着，小心避免干扰到自己在无人机顶上岌岌可危的平衡。他的手指在他工具刀的刀柄周围合拢。刚刚的碰撞已经撞裂了外壳上的隔热膜，把气凝胶也撞凹了。他剥开几片隔热膜，把刀子插进无人机的表面。气凝胶意外地结实，简直跟橡胶似的。

"别切破内气凝胶层。"玛丽娜说道。

"我觉得这东西整个好像都是气凝胶的。"

"外壳是增强气凝胶，"她说道，"这样设计是为了保证强度。内气凝胶层更加脆弱，但隔热性能好得多，以防止气罐温度上升。司令认为你也许可以用得上。如果你能——"

"知道了。"

"他正在尽力而为，肯特。他真的很在乎你。"

肯特嗤之以鼻。

"你真该上来看看他的样子，真是把整个站都翻得底朝天了。他或许不知道怎么表达，但……"

"是啊。"

他更小心地继续切割，将刀子插进海绵般的外壳，剥开外头一层。刀子撞到了某个坚硬的东西上，嗡地一响。他把手伸进开口里，摸了下周围。是个马达，多半就是驱动旋翼的那个。他把马达拖了出来，带着后面被气凝胶和抗酸柔性玻璃覆盖的导线。在电路网下面，他看到了储气罐。

无人机的用途是从云层中采集硫酸液，将酸液分离成水和硫氧化物，然后将水电解成氢气和氧气。那些储气罐占据了无人机一半的机身长度，外面有一层透明的灰蓝色物质包裹。隔着他的柔性玻璃手套，这玩意儿摸上去感觉就像是聚苯乙烯泡沫塑料，貌似坚硬，但只要他稍微使点劲，其实挺软的。

他把无人机的壳子又往外剥开些，试着清出作业空间来。出乎他预料，那裂口大大地张开了，无人机开始剧烈抖动。他趴在无人机表面上，差点连刀都掉了。下方的地面在缓缓旋转：肯定是空气动力学上的不稳定性让他开始水平旋转了。

恐惧让他的大脑一片空白。如果他跌下去——

可那有什么关系呢？他本来就在坠落。外壳和旋翼组件反正对他也没多少好处，而且它们挡住了他通往宝贵的呼吸气体和隔热层的路。特别是氢气，很快它就会成为必需品。他每次吸气都很吃力，而且在氮醉状态下，集中精神正变得越来越困难。

他在隔热层四周摸了摸，切断了所有把气凝胶跟外壳连接在一起的支撑。他的指关节擦到柔性玻璃手套上时被烫伤了。他用手沿着隔热层往前摸，直到他找到了从电解水槽伸出来的送气管。他关闭了阀门，然后凭感觉操作，直到把整个组件卸下来。它现在应该是自由的了，如果他拽一下……

什么也没发生。他呼吸艰难，头晕眼花。他强迫自己做了个深呼吸，再次用力一拖。组件浮了起来，一波振荡传播到整个外壳。他在外壳的剩余部分上站稳脚步，紧紧抓住储气罐组，然后用尽全身的力气拖拽。灼热让他的手掌和脚底都被烫伤了。

他大叫起来，因为痛苦，也因为用力。他模模糊糊地听到耳中传来关切的话语。忽然，他脚下的外壳往上升起，无人机猛烈地抖动起来。他发现自己被狂暴的大风吹得翻滚起来。他再次使出九牛二虎之力拉扯，支离破碎的外壳翻滚着朝云层升去。

肯特抓住气凝胶包裹着的气罐组，稳住自己，不再旋转。他挣扎着吸了口气，勉强保持清醒。耳中传来的声音把他从黑暗中拉了回来。

"……不知道。他就是开始大叫了。"玛丽娜的声音里饱含关切。

肯特听到"噢，天哪！肯特！噢，老天哪！"这样的话语，那是司令官的声音吗？

"我……"他喘息着,"没事……"

"谢天谢地。"玛丽娜说,"发生什么事了?"

"干活。"他努力挤出沙哑的声音。

他在气凝胶上找到了开口,那里原本是进气管附着的地方。他尽可能小心地拉扯着洞口,试着把它扩大。气凝胶裂开了,崩下的碎片飞散。该死。他拿自己的刀子当作凿子,切开了一个足够大、能让他钻过去的口子。他把一只脚从隔热层和气罐之间挤了进去,然后是另一只。他又挤又推,将泡沫塑料般的气凝胶压缩,把自己拖进了这个隔热袋里。

他找到了氢气罐,动手把接头拆下来。他猛然一惊,想起来接头可能跟他的进气管尺寸不同。他的心怦怦乱跳,直到他发现管线正好完美匹配。他把接头封好,打开了阀门。温暖的气体咝咝涌入他的头盔,温暖,但并不烫。

他转动自己空气罐上的阀门,减小氮气和氧气的流量。在坠落过程中,他还得进一步缩减氧气量,在总压上升的时候让分压下降。到最后,他会把氧气含量降到不足两个百分点。

那怎么才算是最后呢?

高压把他的肺部压烂的时候?在控制试验中,呼吸氢氧混合气的潜水员能耐受超过70个标准大气压的压力。理论上,更高的压力下人也可能存活。理论上。

他被活活烧死的时候?但气凝胶也许——只是也许——会是个够好的隔热层。他能一路到达地面吗?活着到达?

他不知道自己陷入这些在脑中回旋的思绪有多久。渐渐地,氢氧混合气让他的大脑消除了氮醉状态。呼吸仍然艰难，但已不再是先前那样的痛苦挣扎了。

"玛丽娜？"他说。

"嗯？"

"我感觉好多了。"

"这是个好消息。"

"我已经坠落多久了？"

"大约45分钟了，"她说，"你还比地表高15千米。压力应该在300个标准大气压左右，温度超过300摄氏度。追踪你正越来越难，因为大气层上部的超速环流①正带着我们远离你。"

他没想到还有这个问题："该死。"

"司令在研究一个把你从地表捞上来的计划。"

"噢？"

"他想往你现在位置的正下方派辆漫游车；还在试图临时制造一架载人的飞行器，让它一路飞下去。"

"这有可能吗？"

"他会竭尽全力将其实现。"

他竟然可以有所期望吗？在呼吸气体和隔热的问题迫在眉睫的情况下，他一直没时间考虑别的。但现在危机已过，他有时间思考了。如果他还能再多活几分钟？这几乎是奢望了！

---

① 金星大气层上部环流。方向和金星自转方向相反，风速很快，在金星一天的时间内可环金星几周甚至几十周（在不同纬度和高度速度不同）。

他真的能到达地面吗？

他的心脏在胸腔中怦怦乱跳，将希望送进他的血管流淌。他往下看着下面那片玄武岩的荒凉废土，头一次在这片荒原上看到了美。黑色的岩石平原上，平缓的群山起伏，十亿年来，除了风之外，从没有什么打扰过它们。然后——那山顶上是雪吗？

"玛丽娜？我是幻视了吗？"

"你觉得你看到什么了？"

"顶上积雪的群山。"

"啊。那其实是一层重金属硫化物。"

"所以说我把我的滑雪板留在家里没错？"

"哈——在这样的热带风情中滑雪？不如试试在硫化铅里冲浪？"

他刚要回答，却花了一小会儿才意识到发生了什么。他还在摆着展翅雄鹰的姿态下坠，唯有他一直放在气阀上，以备在必要时随时对混合气体做调整的左手例外。气凝胶袋包围着他，罐子一直在风中懒洋洋地摆动着，然后突然不动了。

起初他以为是气凝胶不知什么原因剥落了，一瞬间他满怀恐惧，准备迎接会将他焚烧殆尽的灼热。可是，不对，如果真是这种情况，那他应该已经死了。

他想伸手摸下隔热层，但发现他的胳膊被糊在了身旁，还可以慢慢挪动，但很吃力，就像是在糖浆里划动。

或者说是在泡沫塑料里。

"我想，金星正在把我用气凝胶给热封[①]包装起来。"他说。

玛丽娜的声音中一点戏谑的迹象都没有了："你有危险吗？"

"我不觉得。这句话的意思是除了那个显而易见的危险。"他扭动身体，测试自己的移动限度，"我猜，这意味着气压正在迅速上升。我最好把我的O_2供给再调低几个百分点。"

"通常气凝胶在高压下会散架而不是像这样流动，"玛丽娜说道，"你肯定是越过了它相变图上的一个温度-压力阈值点。我希望它不会失去隔热性。"

也许是因为谈到了气压吧，肯特注意到他的呼吸又开始吃力了。他已经到达了氢氧混合气的压力极限了吗？他咳了下，吐出一口湿乎乎的、要很用力才能排出来的空气。他肺部中的流体。

司令的声音插了进来："你还好吗？"

"不好。"

"努力坚持。援救正——"

"这是你的错，"肯特说，"我到这个鬼地方是因为你。"

"我从没叫你来。"

他心中所有的愤怒、恐惧、悔恨和怨憎一并爆发了出来，猛然化作一阵刻薄的连珠炮："我从来都不够好。我那么努力地想要证明我自己，但对你来说从来都不够。"

"不是这样的——"

[①] 对热塑性材料的袋子加热同时加压，使之粘连、密封的加工工艺。

"别骗我了。至少现在别。我知道你有多瞧不起我。我要怎么能够得上英雄的标准？我这辈子都是为你活的，不是我。"

"我没有——"

"就连这救援也是为了你。又一枚你胸口上的勋章，又一件能拿捏我的事情。"他意识到自己正在大叫，尽管他发出的声音不比喘气声大多少。他的愤怒消退了，只留下绝望。他抽泣起来："从来都不够好。"

长长的沉默。最后，司令官低声说道："我只是想要给你最好的。"

肯特哭了很长时间，在脸罩后面，温热的泪水从他滚烫的脸颊上流下，他的抽泣时不时被潮乎乎的咳嗽打断。地面缓缓地，不可阻挡地迎着他升起。他任凭自己迷失在这片荒芜岩地的崎岖美景中。他右边，重金属"雪顶"下的群山在摇曳，或许是因为热量，或许是因为压力，或许二者兼而有之。沿着山脊线是五颜六色的旋涡，它们像活着似的在运动。

什么？

他把头往后仰起，看着硫酸云，里面出现了明显的彩带，红、蓝、绿。风本身也在旋转，形成彩色的图案。

噢，见鬼。氢醉[①]。他缓缓地把右手在眼前翻转，然后看到自己的动作一抽一抽的，毫不协调。那就是压力问题了。

他伸手去擦脸上黏糊糊的泪水，惊讶自己的胳膊感觉有多么迟钝。就好像他正在黏稠的糖浆中划动，噢，对了，气凝胶。无论如何，脸部罩板

[①] 除了氦气和氖气（后者还有不确定性），其他的非活性气体也会造成类似氮醉的现象，但具体阈值、表现和程度不同。在气压约30个标准大气压以上时，氢气会引起氢醉现象，比起氮醉会造成更多幻觉。

还在那里挡着呢。心智功能受损。

　　一个巨人正在挤压他的胸膛，他的心脏每次搏动都是一场战斗，他的肺部每次呼吸都会疼痛。一阵咳嗽让他全身痛苦不堪，然后他又喘息着让肺重新充满气体。红色的唾液星星点点地溅在他的面部罩板上。

　　肺叶遭到破坏的肉眼可见的证据，将那个念头推进他晕眩的大脑中：回不去了，即便人们来救他，也没有能安全减压的办法。意识到这点他突然平静下来，仿佛那重压忽然消失了。或许是因为氢醉吧。

　　"爸爸？"

　　"嗯？"

　　"我不是有意要那么说的。"

　　"没事。"

　　他的喉咙收紧了。怕说出来就会马上成真："我活不成了。"

　　"别放弃。我已经有志愿者准备好努力——"

　　"别……已经太迟了。"

　　一阵长长的停顿。"对不起——"他哽咽着说，"我很抱歉。"

　　"不是你的错。你已经尽力了。"

　　"不。我是说，为所有那一切。我不是最好的父亲，我知道。我一直对你那么严厉，那么苛刻。"

　　"你没那么糟。另外，我尽了一切可能来激怒你。"

　　"就像我年轻时一样。有其父必有其子。"

　　"什么？你跟爷爷？"

　　"哦，你不会相信的。"他的笑声嘶哑，"有那么一回，我当时肯定还不到十八岁，你爷爷对我说我不能——啊，该死的，我真该在还有时间的时候，把这些故事告诉你。"

"没事。只要能听到过去发生的故事，我就满意了。"他咽下泪水，挣扎着把沉重的空气吸入自己受损的肺部，于是又把更多的血咳到了面部罩板上。

"你还好吗？"

"我爱你，爸爸。"

"我也爱你，儿子。我会……"

他的耳机里没了声音，只有静电的嘶嘶声和玛丽娜的抽泣，这次沉默持续的时间最长。

"我想要到达地面，"肯特最后开口了，"我非常想让你以我为傲。"

"你已经做到了。"

他的视野模糊了，他几乎要在旋转的色彩中迷失自我了。"给我讲个你的故事吧。"他说。

"好。"他父亲说话的声音低沉沙哑，"有那么一次，我跟一些朋友溜出去开派对。记得阿尔叔叔吗？"

"那个大块头？"

"是的，就是他。嗯，结果我丢掉了我的手机，也忘掉了时间。阿尔也没检查时间。你知道你的祖母有多着急——"

肯特笑了："她跟妈妈很像。"

"大概吧。总之，她没办法找到我，以为我开车出了车祸或者遇到其他事了。她让那老男人给所有的医院打电话，甚至给停尸间打。嘿，他可是被气坏了。"

肯特大笑："我没法想象出爷爷被激怒的样子。"

"噢，你觉得我脾气坏？你真该有他那么个父亲试试看……"

"我正接近地面。看起来我快要成功了。"

"我为你骄傲，儿子。"

"谢谢你没打电话给妈妈。"

"你是对的。如果她是事后才听到消息，那会好受些。"

"告诉她我爱她。"

"我会的。"

"马上要触地了。"

在这么近的距离上，地面升起的速度快得吓人。他弓起自己的膝头，尽力做好准备。碰撞让一阵疼痛沿着他的腿和脊椎往上冲去，但他成功地站住了。灼热迅速拥抱着他的脚底。

他朝外面看去，一片荒芜的景象，一幅没人曾目睹的景观。然后他说出了来到金星表面的第一句话："为你，爸爸。"

杰伊·沃克海瑟为高中学生教授化学和物理，经常从课堂讨论中获得故事灵感。他的故事常涉及异星生物化学、物理学，以及它们对人们产生的影响。他的许多故事都刊登在《类似体》上，其他一些则发表于《奇异地平线》《每日科幻》。

偕外星人同游

(美) 卡罗琳·艾维斯·吉尔曼 / 著
罗妍莉 / 译

无可否认，外星飞船很美：具有甲壳质地和光泽的碟状物互相交叠，形成高耸的穹庐，泛着黎明来临那种珍珠般的色泽，仿若宁静海面上的倒影。一夜之间，十二艘造型如同肥皂泡般的飞船突然从天而降，它们分散在北美大陆之上，与周围的一切显得格格不入。其中一艘阻断了俄亥俄州的一条主要州际公路①，另一艘则把塔尔萨一座体育馆的停车场给霸占了，不过其余多数飞船都耸立在玉米地、森林和荒漠之中，几乎没有造成什么不便。

大家都管它们叫飞船，但专家们从一开始便对这种称呼表示了质疑。北美防空联合司令部②的记录中，既无飞行器到访，也无母舰在上空绕轨道运行。这样一来最大的可能性有两个：其一，这是来自外星族裔的造访，他们宇宙飞行的工具先进至极，人类完全无从理解；其二，这是地球

---

① 美国州际公路是美国一条总路程为4.6万多英里的公路。

② 北美防空联合司令部是一个由美国和加拿大共同组成的军事机构，成立于1958年5月12日，作用是由美、加两国在北美地区空中联合防卫。

本身饱受摧残的生态系统产生的一次突变性爆发。

人类对这些穹庐完全无可奈何：发出的探查射线直接被弹开，在军方进入并封锁它们的所在区域之前，当地人曾经朝它们用枪扫射过，结果也是一样。人们试图与他们进行交流，对方却毫无反应，那一座座穹庐只是在那里纹丝不动，以梦幻般灿烂的色彩映照着天空。

六个月过去了，最初的恐慌已然平息，就连CNN（有线电视新闻网）都已经厌烦了，不愿再报道所谓的爆炸性新闻——其实还是那点陈芝麻烂谷子的事而已。接着，入口处的嵌板开始开启，从每座穹庐里各走出一名翻译，全都是普通的人类，他们自称儿时便被外星人绑架，现在重返人间，来为人类与收养了他们的外星人担任翻译。

人类从这些翻译们口中所知甚少，这颇出乎意料。外星人以和平的姿态到来，既无需求也无疑问，他们仅仅是想安坐不动，待上一段日子，处理些自己的私事，希望不受打扰。

没人相信。

艾弗里的老板给她打电话的时候，她正在弟弟家做客。

"你手里还有安全部的证件，对吧？"弗兰克问。

"没错……"她接受过安全调查，当时要将机密度极高的一批核燃料运到内华达州，这种壮举要让她再干上一回，她可不太情愿。

"你在华盛顿，对吧？"

"对。"其实她是在北弗吉尼亚，不过离得够近了。

"我有个活儿找你。"

"别又是给那些我们连名字都不敢提的人打杂吧？"

他却没笑，这下她发觉坏了。

"呃……不是，这回不如说是那些无法命名的东西。"

她一开始没听懂："什么？"

"一些……邻居，住在奇形怪状的房子里，我在电话里只能说这么多。"

这回她听懂了："弗兰克，你不会是从那帮该死的外星人那儿接活儿了吧！"

"嘘，"他忙打断，就跟全美每部手机都被监听似的，"这可是绝密。"

"老天爷啊！"她叹了口气。她原先替弗兰克干的离谱事儿已经够多的了，不过这回还是太夸张了点。"时间？地点？任务？"

"今晚出发，从华盛顿去圣路易斯，是辆改装的旅游车。"

"旅游车？他们有多少个人去呀？"

"就两个乘客，一个人类，还有一个……随你怎么叫吧。你接不接啊？"

她望向公寓洁净的客厅，她的弟弟布莱克和杰夫正在客厅里打着激烈而嘈杂的电子游戏，两人完全没有留意她在电话里跟人说了些什么。她原本答应明天去听布莱克的音乐会，这对他来说意义重大。"等一下。"她对弗兰克说。

"等不了了。"他回答。

"那就等两下。"她把电话调成静音，走进客厅。布莱克看到她脸上的神情，按下了暂停键。

她说："我要是明天去不成音乐会的话，你会讨厌我吗？"

他脸上闪过失望、无奈和心不甘情不愿的接受，就仿佛原先就没指望她能信守承诺一样。"什么事？"他问。

"来了份活儿，"她说，"真的非常重要。不过别担心，我这就把它辞了。"

"别，艾弗里，别担心，我以后还会再开音乐会的。"

她依然踌躇着，问道："你确定吗？"一直以来，她和布莱克相依为命，就像波涛汹涌的怒海中两个随流漂泊的人，互相支持着鼓起勇气顶风前行。令他失望就像是背叛。

"去吧，"他说，"要是你不去的话，我倒会觉得对不起你了。"

于是她恢复了通话："好吧，弗兰克，我接了，最好别给我惹上麻烦。"

"骗你的话，叫我不得好死。"他答道，"我马上用邮件把指令发给你，再见。"

杰夫的声音从沙发那边传来："现在我可知道你为什么想接这单了，因为多半又会给你惹上麻烦。"

"不会的，他都向我发誓了。"艾弗里说。

"牛仔弗兰克吗？就是叫你开车把枪拉到尼加拉瓜那家伙？"

"那一次可是完全合法的。"艾弗里答道。

杰夫说话永远那么在理。特品运输公司接的那些买卖，全是声名卓著的公司都不肯沾手的。因此，艾弗里每次接的活儿都差不多那回事。

"这回又是什么事啊？"布莱克问。

"我不能说。"邮件已经收到了，弗兰克把指令放在了附件的PDF文件里，好像放在附件里能比直接放在邮件安全点似的。她打开指令，迅速浏览起来。

这次任务政府已经知道了，但由于客户是外星乘客，她只能接受他的指令，前提是在法律允许的范围内。她继续浏览着指令的其余部分，直到看见开车接客人的时间。"老天，我现在就得走了。"她说。

她的弟弟跟着她走进客房，看着她收拾行装。布莱克从来也没能理解她这种浪迹天涯的生活方式，这令他一直以来的默默支持更显得宽宏大量。她注定就是要四处漂泊，而他则深深扎根在这个家里、这段感情里、这个邻里之间相互照应的温暖社区里。她对生活中的一切都那么大手大脚，用完就扔，毫不顾惜；而他则亲手创造了一个家，这个家以看得见摸得着的方式展现他自己——从简约的日式家具，到墙上的禅意色彩，莫不如此。来他家中做客，那感觉就仿佛是在一颗美丽的灵魂中栖息。她也不明白，为什么两人长大以后会这般性情迥异，就好像他俩都是捡来的。

她蹬上靴子，背起行囊，布莱克拥抱了她，对她说："一路平安，记得打电话给我。"

"我会的，"她答道，然后便再次启程。

媒体将岩溪公园的那艘穹庐称作母舰——倒不是说这一艘有什么地方与众不同，只不过是因为它离白宫最近罢了。它跟其他那些穹庐没什么两样，都是一夜之间突然出现，并坐落在碧草茵茵的开阔地带的。这里原先是城市公园里一处僻静的野餐场地。穹庐塞满了整座溪谷，阻断了步道小径，给慢跑和骑自行车的人们带来诸多不便。

它庞大的体量颇出乎艾弗里的意料，她跟大多数人一样，只在电视上见过这些穹庐，而小小的电视屏幕根本就展现不出它们实际上的宏伟壮观，你得伸长了脖子才能看个明白。她将旅游车停在最后一处检查站前，倾身向前，趴在方向盘上，隔着挡风玻璃凝视着。刚才那辆一路护送着她经过多层检查站的国家公园警用皮卡开到一边停下。

外星人的出现在华盛顿引发了一场管辖权之战。穹庐逗留的位置是美国公园管理局的地盘，不过，华盛顿警方控制了所有出入的街道，而美国军方则管控着穹庐周边区域。谁都不愿将一丁点的管辖权拱手让给其他部门。更何况还有这位礼数周全、衣冠楚楚、自我介绍名叫亨利的年轻人，他现在就坐在她旁边的副驾驶座上。他一身西服熨烫得平平整整，看不出藏有武器的凸痕，不过她猜他是位CIA（中央情报局）特工。

她现在看出，弗兰克毫无预兆突然给自己打那个电话，其实颇有道理。她在最后关头才匆匆赶到，所以谁都没法把她拉进旁边那间空心砖砌成的密室里，给她做什么"情况简介"。相反，亨利只是陪她坐在旅游车上，闲聊几句。

"我说，等你开到路上的时候……"

"不行，"她说。

"不行？"

"外星人才是我的客户，我不会暗中监视客户的。"

他默然片刻，不过似乎非常镇定："即便是为了国家也不行吗？"

"如果我认为国家陷入了危险，会跟你联系的。"

"很好，"他高兴地说，她并没料到他会这么轻易放弃。

他递给她一张名片，说道："这样好跟我联系。"

她瞥了一眼那张名片，上面只印着"亨利"这个名字和一个电话号码，既没有徽标，也没有单位名称，连姓也没有。她把名片揣进兜里。

当旅游车在距穹庐一百码开外的地方停下时,他说:"我得走了,很高兴遇见你,艾弗里。"

"把你的窃听器拿走,"她说。

"不好意思,你说什么?"

"你在这辆车上藏的窃听器。"

"没有什么窃听器,"他郑重地回答。

鉴于这辆车很可能早被布置成了一间移动演播室,所以她只是耸耸肩,决定暂时哪儿都不碰,免得大家尴尬,等有机会再好好搜查就是了。等亨利走出车外,她就关上了车门,等士兵挪开路障后,小心地缓缓向前开去。

时近黄昏,但当她接近穹庐时,泛光灯已然亮起,她将旅游车顺着墙的方向停好,放下轮椅升降机。那些六边形的嵌板当中,有一块缓缓滑向一旁,一位戴着黑色眼镜、身材敦实的黑发年轻人就站在那里,他身边堆满了包装箱,全都是跟穹庐相同的珠光材质。艾弗里正准备动手帮忙搬箱,他却紧张地说:"呆在那儿别动。"她便没动。他将第一个箱子向前推,箱子移动起来,就跟底下装了轮子似的,不过艾弗里并没看到轮子。包装箱比升降机略宽一些,那人便将手放在箱子两侧,往中间挤了挤,那箱子就变了形状,变得比原先更高更窄,直到可以顺利装进升降平台上。然后艾弗里启动了升降机。

那人不肯让艾弗里碰箱子,执意独自在旅行车后部将箱子安置妥当。车后有一个私密的卧室套间,是以前有位著名歌星在巡游时曾经用过的。等最后一个箱子也装到车上之后,他走到车前方,对她说:"我们现在可以走了。"

"不是还有一位乘客吗？"艾弗里说。

"他已经在这儿了。"

她这才明白，外星人肯定是在其中一个箱子里，或者说不定他本身就是其中一口箱子。"好的，"她说，"我们去哪儿？"

"随便，"他说，然后转身走回卧室。

既然并没有收到过相反的指令，艾弗里便决定动身向南。她将旅游车开出公园，一路没有警车护驾，头顶没有直升机盘旋，也没有一眼便能看见的跟踪车辆。她知道，此次出行的条款经过最高级别的审慎磋商，他们的安保工作必须秘密进行，没人知道那些人在哪儿。弗兰克那边向艾弗里发出的指令则强调，此次除了务必将外星人安全送往他想要抵达的目的地之外，还必须将他的隐私不受影响作为头等要务。她本人不得窥探他的一切事务，也不能允许其他任何人这样做。

高峰时刻的车流耽搁了他们很长时间。一开始，艾弗里尽量让旅游车远离华盛顿。当她驱车驶离主路时，已过晚上10点，她打开GPS，想要规划一下路径，不过所有屏幕上都只显示一片雪花。她试过用自己的手机，结果也是一样，就连收音机也不管用。这些箱子里面，不知哪一个，肯定安放了信号干扰装置，所以现在整台旅游车就是一个移动无线电盲区，什么信号都没有。她笑了起来，亨利的那些窃听器到这儿可就没戏了。

在黑夜里开车一片安静祥和。澄澈的秋季夜空中，一轮明月已近满月，四周森林环绕。从前，刚开始开车的时候，为了逃避挥之不去的记忆，她曾玩过一种游戏：随便选一条从没见过的路往前开，故意让自己迷路。现在她又故技重演，根本不管最后会开到哪里去，反正她从来都不擅长走大道。

　　凌晨三点前，她开累了，看见路边有一座通向州立公园的入口，便调转车头，开进了空荡荡的停车场。将引擎熄火之后，四周一片寂静，她往旅游车后方走去，穿过厨房和休息区，想听听她的乘客们有没有什么反对意见。她把耳朵贴在紧闭的门上，却什么声音也没听见，心想他们应该是睡了。正当她转身走开的时候，门却突然被拉开，翻译问她："你想干吗？"

　　他仍然衣着整齐，就跟她之前看见的那身打扮一模一样，只是摘了眼镜。他的眼睛有点充血，就跟没合过眼似的。"我只是靠边停车，想睡一觉，"她说，"连续驾驶不休息的话挺不安全的。"

　　"哦，好吧，"他说，然后关上了门。

　　她耸耸肩，往前走去。车上有一张折叠床，本来是给前车主的随从用的，现在她就准备睡这张床。她在狭小的洗手间里刷过牙，从背包里拖出一只睡袋，然后钻了进去。

　　她在朝阳的光辉中醒来，睁开双眼时，窗子里阳光弥漫。在离她一码开外的厨房桌边，那个翻译正坐在那里，凝视着窗外。在白昼的日光下，艾弗里见他长了一张方脸，脸色跟柚木差不多，黑黑的胡须修得很短。她猜他应该是拉丁族裔，年约20来岁。

　　"早上好，"她说。他转过头来盯着她，却一言未发。应该是并不熟悉社交礼仪吧，她心想。"我是艾弗里。"她说。

　　他还是没回应，她只好说："一般这种时候，你就应该告诉我你叫什么名字了。"

"哦，我叫莱昂内尔，"他答道。

"很高兴认识你。"

他什么也没说，她便站起身走进洗手间。等她出来的时候，他仍然目不转睛地盯着窗外。她开始煮咖啡，问他："要来点吗？"

"这是什么？"

"咖啡。"

"我应该试一下，"他不情愿地说。

"行吧，我可不想逼你，"她说。

"你为什么要逼我？"他正在仔细观察她，似乎有些担心。

"我不会的啊，只是挖苦你一下，开个玩笑罢了，别介意。"

"哦。"

他焦躁地站起身，打开碗柜。弗兰克往里面塞满了各种必需品，甚至还有少数奢侈玩意儿，不过莱昂内尔似乎并没有找到他想找的东西。

"你饿了吗？"艾弗里猜道。

"什么意思？"

艾弗里搜寻着不同的表达方式："我给你做点早饭吃好吗？"

他一副完全不知如何作答的模样。

"算啦，你坐下来就行，我给你弄点吃的。"

他坐下来，死死抓着餐桌的边缘。"那是一棵树，"他望着窗外说。

"是啊，这儿有好多树。"

"我应该到外面去。"

她这次没再犯同样的错误，比如跟他开个玩笑什么的。她感觉就像跟狼孩或者外星小孩说话。

她将一盘鸡蛋和培根放在他面前的时候，他疑惑地闻了闻："这是吃的吗？"

"没错，很好吃，你尝尝。"

他先看她吃了一会儿，然后才小心翼翼地尝了一口炒鸡蛋。他脸上一副嫌恶的表情，不过还是毅然逼着自己吞了下去。可是等他再尝了口培根的时候，却再也无法忍受了："这东西刺得我嘴疼。"

"你多半是不习惯里面的盐吧。那你平常都吃什么？"

他把手伸进兜里，掏出一些褐色的丸子，看上去有点像狗粮。艾弗里做了个恶心的表情："那是啥啊，是人吃的吗？"

"它完美地满足了我们的营养需求，你尝尝看。"莱昂内尔说。

她本来想说"不了，谢谢"。不过很显然，他正在努力尝试新鲜事物，于是她便取了一颗丸子，丢进嘴里。倒也算不上特别难吃——很有嚼劲，但不松脆，什么味道也没有。"我还是吃我们自己的食物好了，"她说。

他脸色有些沮丧："我需要学着去吃你们的食物。"

"为什么？搞研究吗？"

他点点头："我必须得搞明白，野生人类到底是怎么生活的。"

这么说，艾弗里心想，她面前的这人应该是从小被当成宠物养大的，现在正准备放回大自然中去。不管是出于什么原因。

"那你今天想去哪儿？"艾弗里啜着咖啡问他。

他做了个无所谓的手势。

"你是要去圣路易斯吧？"

"哦，我只是顺手从地图上找的那个地名，看上去好像是在正中间。"

"没错，"她以前在那儿住过，那地方的位置中心到不能再中了。"你想走哪条特定的路线吗？"

他耸了耸肩。

"你打算走多久呢？"

"能走多久就走多久。"

"好吧，那我们就走风景优美的路线。"

她起身去洗碗，告诉莱昂内尔，要是他想到外面去的话，现在正是出去的好时机。他费了点工夫才下定决心。她往厨房窗外看去，看着他走向一棵树，好像是要跟它聊聊似的。他用手摸摸它的树皮，闻闻它的树叶，然后转身闷闷不乐地走回来，一副心不在焉的模样。

跟头天晚上一样，艾弗里完全是随机选择前进的路线，只是总体来说在朝西移动。很快，他们便来到了第一座山脉。从西部各州来的人，觉得阿巴拉契亚山脉好像完全算不上山似的，但它确确实实是山——崎岖不平、难以翻越的山脉，就像是一堵堵耸立的高墙，阻挡着来自梦幻富饶之地的那些人们前进的脚步。在群山之间，所有的道路都沿着东北或西南走向延伸，穿过高低不平的土地上镶嵌的幽谷，有一些则不畏崎岖地爬上山脊，贯穿山脉。秋叶正当极盛之时，在灿烂的天空下，闪耀着金褐色的光芒。莱昂内尔整整一天都坐着凝望窗外的景色。

那天晚上，她在一个小城外找到了一处半荒废的露营地。她重新将水箱灌满，接上电源，然后回到车里。"一切准备就绪，"她告诉莱昂内尔，"如果你没问题的话，我就进城去了。"

"好的，"他说。

沿着高速公路的路肩漫步，活动一下双腿，这滋味真是不错。空气十分冷冽，令人心神为之一爽。这座小城已然衰败，处于半荒废状态，不过她还是在城里找了家酒吧，要了一瓶啤酒、一个汉堡，然后坐下来。她忍不住观察着自己周围的其他顾客——基本上都是些颤颤巍巍的老头老太太，一副风烛残年的模样。她要是把外星人带到这儿来的话，他会对美国有何看法呢？

她想起自己现在不在干扰场内，便打开电话，然后立时意识到脉冲信号会向特工暴露自己所在的位置。不过既然开都开了，她便索性给弟弟打了个电话，给他在语音信箱里留了言，祝贺那场自己没能出席的音乐会圆满成功。"我这边一切顺利。"她说，随即又恶作剧地补充了一句，"我还遇到了一位叫亨利的年轻人，小伙儿很不错，我觉得他应该是爱上我了。再见。"

她在夜色中往回走，发现有人在跟踪她。高速路上太黑了，看不出是什么人，不过当她停下脚步时，背后的脚步声也跟着停了下来。终于有一辆车开过，她掉转身，看见了被车灯照亮的那个人。

"莱昂内尔！"她嚷道。他没回答，只是杵在那儿。于是她回头朝他走去："你是在跟踪我吗？"

他站在原地，双手插在兜里，被冷风吹得缩头缩脑。他开口为自己辩护："我只是想看看我不在的时候，你会干些什么。"

"我下班以后干吗跟你半点关系也没有。听着！尊重隐私也得礼尚往来，如果你想要我尊重你的隐私，你就必须也尊重我的，明白吗？"

他看起来冷得不行，一副可怜相，于是她便说道："走吧，我们赶紧回车里去，趁你还没冻成冰棍儿。"

两人肩并肩默默地走着，碎石子在他们脚下吱嘎作响。最后他生硬地开口道："我想重新协商一下我们的合同条款。"

"哦，是吗？哪一部分条款呢？"

"关于隐私那部分，我……"他寻思着合适的措辞，"我们需要的应当不只是一名司机，还有兼职翻译。"

至少他认识到了这一点，或许他的英文说得无可挑剔，但他对于人性却懵然无知。

"我的合同是跟你的……呃，雇主签订的，这是他的希望吗？"

"谁？"

"另外那名乘客。我不知道该怎么称呼他，叫他'外星人'好像不太礼貌，他的名字叫什么呀？"

"他们没名字，他们没有语言。"

艾弗里大为震惊，问道："那你们怎么交流呢？"

他向她怒目而视，她只好举起双手："对不起，我并没有冒犯你的意思，我只是想搞清楚他想要什么。"

"他们不会想要什么的，"他低声咕哝道，一边凝望着月光下的公路。"至少不会像你们那样，他们并不……清醒，没有意识，不像人类。"

艾弗里觉得这话完全说不通，寻思着他是不是语言表达遇到了问题。"我没明白，"她说，"你的意思是说，他们没有……知觉吗？"

"他们没有意识，"他说，"这二者之间是有区别的。"

"可是他们却掌握着技术。他们修造了这些穹庐,或者说把飞船开到地球上来了,或者甭管都干了些什么破事儿,总之他们拥有先进的文明。"

"我并没说他们不聪明,他们比人类更具智慧,只是没有意识。"

艾弗里摇摇头:"很抱歉,我完全没法想象。"

"你肯定可以,"莱昂内尔不耐烦地说,"每时每刻,人们都在无意识地行动。比如现在,你并没意识到自己正在保持着平衡,你只是自动就完成了这个过程。你并没有必要意识到自己正在走路或是呼吸,实际上,你对某一件事情做得越是娴熟,就越是无需意识参与。有意识地去做事情,反而只会降低他们的行动水平。"

此时,他们已经来到了营地的入口,在黑乎乎的松树背后,艾弗里能看到那辆旅游车,上面载着那位让人无法理解的乘客。有那么片刻工夫,那辆旅游车似乎也正用空洞的眼睛回瞪着她。她努力把心神集中到现实问题上来:"那我怎么才能知道他想要什么呢?"

"我正在告诉你。"

她强忍住没问:"那你又是怎么知道的呢?"因为他已经拒绝对此作答了。这么说,新的隐私规则是有选择性的尊重。不过,除了这些翻译者之外,她已经是地球上对外星人第二了解的人了,但还是无法理解他们。

"对不起,我总不能一直叫他作'他'或者是'外星人'吧?"第二天早上吃早餐的时候,艾弗里说,"我得给他起个名字,就叫他'博比奇先生'好了,如果他不知道,肯定也不会介意的。"

莱昂内尔并没有显出什么不安的样子,完全跟平时一样,她便将此理解为同意了。

"那我们今天去哪儿呢？"她问。

他专心思索着，抿紧了嘴唇："我得去个可以获取知识的地方。"

这个词的含义过于宽泛，于是艾弗里问道："你要说得更具体点，哪种类型的知识呢？"

"关于你的知识。"

"我？"

"不是，关于你们人类，关于你们的行为机制。"

人类。要满足这一点，她得找一个再大些的城市。

当沿着县级公路前行时，艾弗里心里想着布莱克说过的话。从前有一次，他曾经对她说过，如果想要真真正正弹好一件乐器，就必须彻底清空所有意识的干涉，完全依靠手指的肌肉记忆。"你必须完全专注于当下，不给你的自我留下空隙，"布莱克说，"没有自我，没有怀疑，也没有反省。"

她很羡慕他能达到这种状态。她原先也试过吹萨克斯，不过从来也没能吹得多好，不足以体验到布莱克描述过的那种境界。只有在打电子游戏的时候，她才可能全心投入，以至于失去自我意识。这很奇怪，逃离她自己的头脑铸成的监狱，忘记自我，这感觉真是令人心醉神迷。神秘主义和冥想者费尽千辛万苦，也是为了达到这样的境界。

她眼角的余光捕捉到一点动静，让她猛地踩下刹车，急打方向盘。一头受惊的鹿踮起四蹄犹如芭蕾舞演员一般轻盈地旋转着身体，上下掀动着尾巴，一跃而去。她继续往前开，放慢了车速，搜寻着路标，好搞清楚自己现在的位置。刚刚经过的那几英里路，她完全没印象，也不记得自己有没有拐弯。她冷冷地笑起来，发现原来开车就是她的技能，她对此娴熟于心，无需意识也能做得很好，甚至在弄清楚遇到的是什么威胁之前，就已经做出了反应，条件反射比她的意识速度更快。

外星人是否始终保持着这样的状态呢？永远保持着流动状态，就像音乐大师，或是安住于三摩地的禅宗僧侣？获得如此高超的技巧，其代价却是永远也不知道自己在做这件事，意义又何在呢？

中午时分，他们来到一座小镇，小镇依偎在陡峭的山壑中，下临一道奔腾的急流。她沿着镇上的主干道向前开去，发现了一座带穹顶的古雅建筑，前门挂着一块"市图书馆"的牌子。她继续往前开，在小镇的边缘找到一处废弃的车行，它的外面有个杂草斑驳的停车场，于是她便拐了进去。"跟我来吧，莱昂内尔。"她朝他喊道，"我找到了一个地方，可以让你获取知识。"

他们一起走回镇上，安静的图书馆里空空荡荡，只有一个老头在看杂志。这儿没有多少书，倒是有一排计算机。"你会用吗？"艾弗里低声问。

"这种我不会，"莱昂内尔说，"实在太……原始了。"

他们一起坐下，艾弗里向他说明了如何使用鼠标，如何上网，怎样搜索和滚动页面。"我懂了，"他说，"现在你可以走了。"

她耸耸肩，留他独自进行搜索。她沿着主干道闲逛，先是在一间药店里停下，然后又找到了一家咖啡馆。咖啡馆里有煎蛋三明治卖，用的是神奇面包①，这在她的童年时代可算得上是种奢侈食品。她在这儿吃过午饭，

---

① 一个著名的面包品牌。

又要了杯咖啡，坐下来一边慢慢等着，一边用手机处理电子邮件。

过了一会儿，她发现柜台后面有台电视，正在播放日间曝光秀，主持节目的是个尖嗓子女人，正用一种上气不接下气的愤怒语调播报："接下来请看，奴隶还是卖国贼？这些外星人的翻译究竟是谁？"

艾弗里意识到，她的大脑中有一部分刚才肯定在听，然后向她的意识发出警报，提醒她注意，就像之前对那头鹿做出的反应一样。她身上具备一种连自身都未意识到的威胁侦测系统。

在接下来的新闻中，一位记者揭露道，这些翻译与过去20年中失踪的孩子们全都对不上号。主持人认为这一点非常可疑，应该有人继续调查。随即屏幕上出现了一个专家小组，开始讨论大家对于这些翻译的全部了解，结论是一无所知。

"叛徒！"坐在柜台旁边看电视的一个男人评论，"怎么有人居然会背叛自己的种族呢？"

"他们连人都算不上，"另一个人接口，"只不过是披了张人皮罢了，其实根本就是克隆人，或者机器人什么的。"

"政府啥都不会干，就任凭那些外星人在那儿呆着。"

艾弗里起身买单，收银台后面的女人问她："你跟停在芬尼曼那儿的大旅游车有关系，对吧？"

她忘了，在这样的小镇子，一有什么出格的事，每个人都会知晓。

"是啊，"艾弗里答道，"我和我……男朋友正要给新车主交车呢。"

她抬眼瞅了下电视，恰好看见屏幕上出现了一幅人脸组成的拼贴画，莱昂内尔赫然在最顶上那排。"看清楚了，"节目主持人说，"如果你认出以上任何一张脸，请拨打我们的电话1-800……"艾弗里等不及听完那串号码，店门在她身后关上。

走得太快会引起别人的注意，但也顾不得了。她怎么会把他一个人丢在那里，就跟这样很安全似的？她首先想把旅游车开到图书馆那里接他，但那样只会招来更多的注意，合理的做法应该是悄无声息地离开小镇。

她走进图书馆的时候，莱昂内尔正全神贯注地盯着一个关于大脑的网页，她在他身旁坐下，悄声道："我们得走了。"

"我还没……"

"莱昂内尔，我们必须得走了，现在，马上。"

他皱了皱眉，不过还是明白了她的意思。趁他站起身穿外套的时候，她迅速删除了他的浏览记录和缓存，然后领着他往外走。他们绕到楼后，走到一条僻静的后街上，这样遇到的人能少些。"牵着我的手，"她说。

"为什么？"

"我跟他们说，你是我男朋友，我们得演得亲热一点。"

他既没反对，也没问她发生了什么事。外星人把他训得挺好，她心想。

他们走到那条街的尽头，这么一来，两人只好又拐回主干道上，刚好路过刚才那家咖啡馆。在艾弗里眼里，每一扇窗户都像是一双眼睛，死死盯着陌生人。他们走出镇上的商业区，路边的建筑逐渐稀少。她发觉，在大约一个街区开外的地方，有人正跟在他们身后。她往后一瞥，瞧见一个身穿迷彩猎装、头戴短檐帽的男人，扛着的枪盒用带子固定在一侧肩膀上。

她加快了脚步，但跟着他们的人也随即加快了步伐。当旅游车出现在视野中时，艾弗里把车钥匙塞进莱昂内尔手中，对他说道："你先走，我来拖住这家伙。快上车，除了我，谁来也别给开门。"然后她便转身迎向追踪他们的人。

那人逐渐走近，看着有点眼熟，她不由心中一乐。当她确认了来人的身份，便向他扬声道："下午好啊，亨利！在这儿碰到你可真巧。"

"你好，艾弗里，"他说。他穿猎装的画风不太对，因为他的相貌实在太像典型的城里人，身材也过于匀称了些。"你可太不小心了，我跟在后面是为了确保你们平安返回。"

"我不知道他的照片在电视上都已经传遍了，"她说，"我一直与世隔绝。"

"我知道。我们有一阵子跟丢你了。请别再这样了。"

随着其他危险逼近，亨利看起来似乎也没么讨厌了。她犹豫了一下才道："我没发现有联系的必要。"意思就是，他们并未威胁到国家安全。

"谢谢，"他说，"听着，要是在前面19号高速公路上左拐，你会进入一个国家公园，里面有露营地，会很安全。"

她一边往旅游车走，一边在心里编了个谎话，好解释自己刚才在跟谁说话。不过莱昂内尔根本连问都没问。她刚一上车，他就开始急不可耐地大谈在图书馆里学了些什么。她从没见过他这么活跃，于是便示意他在旁边的副驾驶位上坐下，自己重新开动了旅游车。

"你们之所以会有意识，是因为有大脑皮层，"他说，"这算是个附件，是整个大脑当中进化得最慢的部分，唯一的作用就在于监督大脑其余部分的活动。感官接收的所有信息都会首先进入大脑内层进行处理，所以皮层接收到的所有数据都是加工之后的，它只能看到外界信息对大脑其余部分造成的影响，而看不到外界真实的存在。正因为这样，你们才有自我意识，实际上可以说，这就是你们所能意识到的一切。"

"你为什么说是'你们'呢？"艾弗里问他，"你自己不也一样有大脑皮层吗？"

他自辩道："我跟你们不一样。"

艾弗里耸了耸肩。"行吧。"不过她还是不想冷场，"所以博比奇先生没有大脑皮层吗？你刚才是不是这个意思？"

"没错。"莱昂内尔说，"对他来说，生命活动就是一连串植物神经系统的运作，用不着他刻意去学习。正因为这样，他思考和反应的速度都比我们快，消耗的能量也更少，因为信息无需经过大脑皮层，去那儿徒劳地绕上一圈。"

"怎么会没用？"艾弗里反驳道，"我倒是情愿意识清醒。"

莱昂内尔陷入了沉默，整个人突然变得神色黯然，似乎十分烦恼。

她瞥了他一眼："怎么啦？"

他以低沉的语调答道："他也情愿意识清醒。他们想从我们身上获得的正是这个。"

艾弗里紧紧抓住方向盘，尽量不让自己做出任何反应。到目前为止，那些翻译们都坚决表示，外星人没想从人类身上获得什么东西。不过接着她又想到，或许莱昂内尔刚才所说的"我们"并不是指人类。

"你指的是你们这些翻译？"她试探道。

他冷冷地点头。

"那有什么不好吗？"她看见他脸上那样的表情，便问道。

"不是对我们不好，"他答，"而是对他们自己，这样下去他们会死的。"

他正与某种激烈的感情斗争着。也许是内疚吧，或者是悲哀，她心想。"对不起，"她说。

他气冲冲地站起身，朝旅游车后面走去。"你为什么非得让我想起这些？"他说，"你干吗非得多管闲事？"

艾弗里继续往前开，听着他将卧室门猛地摔上，心里一点也没觉得生气。内疚和哀伤的感觉有多糟糕，会让人觉得多无力，她再清楚不过了。对她而言，现在莱昂内尔的表现反而更容易理解了。外界发生的事情以及自己内心的感受，这二者混为一谈，让他难以分别。即便是做人做得如鱼得水的那些人，也有处理不好这一点的时候呢。

亨利推荐的那个国家公园原来是在坎伯兰山口①，早年的拓荒者曾经翻过这座隘口向西，往肯塔基方向迁徙。他们在公园里的露营地过了一晚，整夜平安无事。黎明时分，艾弗里走出旅游车，在潮润的空气中漫步，观赏着周围的景色。很快她便返回车中，对他说："莱昂内尔，出来，你一定得看看这个。"

她领着他穿过公路，走到一处面西的眺望台。站在阿巴拉契亚山的悬崖边，他们俯瞰着一座又一座笼罩在云雾之间的繁茂的丘陵。朝阳从他们背后升起，照亮整个世界，将一切涂抹上淡紫和蔚蓝。这一刻，艾弗里恍

---

① 坎伯兰山口，美国东部穿过坎伯兰高原的天然通道，在肯塔基、维吉尼亚和田纳西三州交界处。海拔500米，由河流冲蚀而成，曾为向西移民的要道。

惚觉得自己就像丹尼尔·布恩①，正俯瞰着那片蒙主应许的乐土，它在她眼前延伸开去，伸向那薄雾袅袅的远方，丝毫未受过去的侵染。

"我觉得这很好看，"莱昂内尔严肃地说。

艾弗里微笑起来。对于一个完全不习惯自省的人来说，这已经算是具有突破性的表述了，要知道，仅仅两天前，他连自己饿了都还不会说呢。不过她只是简简单单地答道：我也是。

两人沉默了好一会儿之后，她又试探地问："你不觉得，博比奇先生说不定也愿意看看这样的景色吗？反正周围一个人都没有，他想不想从旅游车里出来，在外面呆一会儿呢？"

"他现在正看着呢。"莱昂内尔说。

"什么意思？"

"他在这里，"莱昂内尔用一根手指敲敲自己的头。

艾弗里情不自禁地盯着他看："你的意思是说，你跟他之间有某种心灵感应吗？"

"没有所谓的心灵感应，"莱昂内尔对此不屑一顾，"他们是通过神经递质进行交流的。"她还等着他继续往下说，于是他便说道："他不需要全部存在于某一处，他一部分在我这儿，另一部分在车里。"

"在你的脑袋里吗？"她问，一边尽量掩饰着心中毛骨悚然的感觉。

他点点头："他需要我帮助他观察这个世界，理解这个世界。他们也用过很多其他物种作为助手，替他们办事。有些负责建筑，有些负责运

---

① 美国拓荒时代的著名探险家。

输,不过我们是第一个具备发达意识的物种。"

"所以他们才会对我们感兴趣。"

莱昂内尔望向别处,避开她的视线,但点了点头:"他们喜欢意识。"他声音低沉,语调勉强。"一开始他们只是觉得新鲜,不过事到如今,他们已经完全上了瘾,就像种危险的毒品。为了意识,我们在新陈代谢方面付出了巨大的代价,因此我们的寿命才会如此短暂,而他们可以活成百上千年。但是一旦迷恋上我们,他们生命消耗的速度变得比我们的还要快。"

他捡起一块石头,向悬崖外抛去,望着它向上画出一道弧线,然后骤然下坠。

"那要是他死了的话,你会怎么样呢?"艾弗里问。

"我不想让他死,"莱昂内尔回答,他将手插进兜里,盯着自己的双脚。"有他在身边,这感觉……挺好,我喜欢有他作伴,他相当年长,非常睿智。"

有那么一会儿,她可以从他眼中看出这种感受。有这样一种古老的生物,因为无法与他的人类养子分离,正日渐衰亡,而养子在感情上与之亲密相连,这种感觉她可以想象一二。莱昂内尔内心的负担何其沉重,因为他正在逐渐夺去自己所爱之人的性命。

不过她仍然觉得不安。

"你是怎么知道的呢?"她问。

他表情疑惑:"什么意思?"

"你说他年长而睿智,这一点你是怎么知道的?"

"就跟你下意识地知道什么事是一样的,就是种感觉,是种本能。"

"你能确定他没有在控制你吗?没随意摆布你的神经递质?"

"那太荒谬了,"他略微有点生气,"我跟你说过了,他没有意识,至少天生没有,而控制是一种意识行为。"

"可要是你做了他不愿意的事情呢?"

"如果是他不愿意做的事情,我也不会想做。比如说现在跟你讲话,他肯定已经决心相信你了,要不然的话,我根本就什么都不想跟你说。"

艾弗里并不确定,自己到底希不希望被一个外星人相信,不过她的确愿意让莱昂内尔相信自己,于是她便换了个话题。

"你今天想去哪儿?"她问。

"你老是问我这个问题,"他凝视着面前的美景,似乎正在等待着某种启示。终于,他开口道:"我想看看正常生活的人类,我们几乎都还没怎么见过人呢,我没想到这颗星球会如此人烟稀少。"

"好吧,"她说,"我得打个电话,安排一下。"

等他回到旅行车上后,她慢慢踱到一旁,拿出亨利的那张名片,拨打了上面的号码。虽然是清晨,他还是在电话刚响第一声的时候就接起了。

"他想看看人,"她说,"正常生活的正常人,你能帮我解决这个难题吗?"

"我得打几个电话,"他说,"我用短信告诉你该怎么做。"

"不要特工,"她说,"你明白我的意思吗?"

"我明白。"

中午时分,当艾弗里停车加油的时候,加油站的电视上正高声播报着新闻——司法部门将调查外星人绑架人类儿童事件。她躲到洗手间里，掏出手机来看。网上的各种猜测满天飞：翻译们都是些什么人，他们能否获得解救，他们到底是不是真正的人类。原先批准了莱昂内尔这趟公路之行的那个政府部门，还有设计出这个新战略，想要从外星人那里榨取新信息的这个部门，两者之间显然出现了意见分歧。唯一值得庆幸的是，关于有一个外星人正坐着一辆改装过的大巴，沿着美国的乡村小路四处游荡这件事，还没有走漏风声。

亨利给她发了一条语焉不详的短信，建议往巴黎方向走。她只好上谷歌搜索了一下，发现这儿居然真的有一个叫巴黎的地方——肯塔基的巴黎。等她走出来付油钱的时候，看到电视报道已经变成了世界职业棒球大赛，心中暗自松了一口气。她一时心血来潮，为莱奥内尔买了一顶红雀队的棒球帽。

巴黎其实是肯塔基一座古朴的小镇，过去一度有过跻身都市的错觉。今天镇上有场盛事，是农产品交易会。前来赶集的车辆将房车营地塞得满满当当，不过艾弗里的外星人专车还是设法挤了进去。一切收拾停当之后，她在旅游车踏板上坐下，啜着一罐百威啤酒，等待夜色降临。天黑之后再出去活动更能掩人耳目。盯着她看的只有一只胆怯的流浪猫，正蹲在一个垃圾桶后面。不知为什么，那只猫让她想起莱昂内尔，于是她便朝它丢过去一块奇多饼，看看能不能把它引出来，可猫并没上钩。

当天晚上，莱昂内尔戴着红雀队棒球帽，借着夜色的掩护，看上去毫不引人注目。动身前往集市之前，她问道："我俩都不在，博比奇先生会不会有事呢？要是有人想破窗钻进旅行车怎么办？"

"别担心，他不会有事的。"莱昂内尔意味深长地说。她决心一有机会就给亨利打电话，警告他不准轻举妄动。

路上的行人看着全都货真价实，如果说马戏篷上方隐匿着狙击手，旋转木马上坐着特工的话，她也看不出来。售票处和爆米花车那儿的人们都没有认出莱昂内尔，她这才开始放下心来。大家来这儿都是为了寻开心的，可不是为了找什么外星人。

她领莱昂内尔见识了玉米热狗和棉花糖的美味，带他领教了摩天轮和旋转椅。他摆出一副严肃而虚心好学的架势，耳朵听着人们的高声喧哗，鼻子闻着油炸食品的气味，眼睛看着闪烁的灯光。等他们把各种让人晕头转向的游乐设施都挨个儿尝试了一遍以后，两人在一张野餐桌旁坐下休息，一边喝着可乐。

艾弗里问："博比奇先生玩得开心吗？"

莱昂内尔耸耸肩："你开心吗？"他并不是在转移话题，而是真心想知道。

她思索了一下，才答道："我觉得人们之所以喜欢这些活动，主要是因为能重温儿时的记忆。"

"是啊，的确感觉有点熟悉，"莱昂内尔说。

"真的吗？是什么感觉？"

他停顿了一下，在脑海里搜寻片刻，终于道："是那些气味。"

艾弗里点点头，她自己记得的也是气味：油炸锅、爆米花。"你被绑架之前的事情还有印象吗？"

"是收养，"他纠正道。

"好吧，收养。那你的家人呢？"

他摇摇头。

"你有没有想过他们是什么样的人呢？"

"不会找我的那种人，"他冷冷地说。

"等等，你又不知道他们找没找过，说不定你不见了以后，你妈妈眼泪都流干了呢。"

他紧盯着她，她发觉自己说这话的时候，情绪有点出乎意料的激动，这个话题碰到了自己的痛处。"对不起，"她嘟囔道，站起身来，"我累了，我们回去好吗？"

"当然，"他起身跟上，什么也没问。

那天晚上，她翻来覆去睡不着，躺在那儿盯着外面的灯光在车顶投射下的图案，思绪却都在车厢后部打转。在此之前，她的睡眠从未被那里的古怪所影响，虽然只有一门之隔，不过今晚它却让她心绪不宁。

大约凌晨三点左右，莱昂内尔从她身边走过。她正在打盹，被他轻轻的脚步声惊醒了。她静静地躺着，听到他轻手轻脚打开旅游车门。等他走出车外之后，她坐起身，想看看他在做什么。只见他朝一座维修库和几个大垃圾桶走去。她内心有些矛盾，到底该不该跟着他，侵犯隐私正是自己曾经呵斥过他，不许他做的事情。最后，对他安危的关怀占了上风，她从控制台那里拿起一支手电，放在防风夹克的兜里，然后跟着他走出车外。

一开始她还以为自己跟丢了，停车场上什么动静也没有，只有一阵清风拂过公路边的松树。然后她才听到前方传来一阵窸窸窣窣的声音，砰一声，然后是微弱的咔嗒声。一开始，她只是站在那儿听着，等再也听不到什么声响的时候，她蹑手蹑脚地往前走去。转过一个大垃圾桶，她在桶后的阴影里看见一个人影正蹲在地上。看不清是怎么回事，她便打开了手电。

莱昂内尔转过身，双眼蓄满野性和敌意。一只猫的尸体软绵绵地从他手上耷拉下来，头被扯掉了。他脸上鲜血淋漓，看见她，他故意用牙齿从猫尸上拽下一块肉来，吞了下去。

"莱昂内尔！"她悚然尖叫，"快放下！"

他转过身，像动物一样，企图把他的猎物隐藏起来。她不假思索地攥住他的胳膊，他猛地转过身，像要跟她干上一架似的，眼睛完全是异类的模样。她后退一步道："是我，艾弗里。"

他低头望着手中残缺的尸骸，然后扔掉，站起身，后退两步。艾弗里再次抓住他的手臂，领着他从大垃圾桶边走开，回到旅游车上。一进车里，她就把他带到厨房水槽边。"快洗洗。"她命令道，然后过去将旅游车门牢牢关上。

她的心跳得如擂鼓一般，手里紧紧握着沉重的手电，以便自卫。不过当她转身走回来的时候，却见他抖个不停，连肥皂都拿不稳，只能靠在水槽边，以免栽倒在地。她见他脸上依然鲜血淋漓，便拿了一张纸巾，替他擦掉，然后再擦干他的双手。他一屁股坐到厨房餐桌旁的凳子上，她双臂交叉，站在一旁盯着他，等他开口。他却一言不发。

"刚才怎么回事？"她严厉地问。

他只是摇头。

"猫不是食物，"她说，"是生物。"

他还是没说话。

"你是不是一直都晚上悄悄溜出去？"她追问。

他摇头道："我不知道……我只是……想试试什么滋味。"

"你是说，博比奇先生想试试什么滋味吧，"她说。

"也许吧，"他承认道。

"嗯，人是不会干出这种事的。"

他脸色难看，她抓起他的胳膊，把他推搡进洗手间，头对准马桶。她任由莱昂内尔在那儿吐个不停，自己则转身收拾起行李，将东西都塞进行囊。她把背包挂上肩头时，他踉跄着走到洗手间门口。

"我要走了，"她说，"既然知道你会干出这种事情，我就没法在这儿睡了。"

他吓得目瞪口呆。她从他身边挤过，走出车门外，大步穿过碎石铺就的停车场，这时他在她背后高声喊道："艾弗里，你不能走！"

她转过身："不能走？你就瞧着吧！"

他从旅游车上下来，跟在她身后："那我们该怎么办？"

"爱怎么办怎么办，"她回答。

"我不会再那样了。"

"现在说这话的是谁？是你还是他？"

两人旁边的那辆房车上亮起了灯光，她这才发觉，他们俩就跟房车公园里的瘟三似的，正在上演一场午夜好戏，招来别人的注意。这种争论他们不该当众进行。而且她脑袋一热跑出来之后，才发觉自己其实无处可去。所以她又赶着莱昂内尔往回走，重新朝旅游车走去。

两人回到车里后，她说："莱昂内尔，你给我听好了，这整件事快把我吓死了。只要还是他说了算，你就什么也承诺不了。说不定下一回，他想试试看，趁我睡着的时候把我给干掉，又是种什么滋味呢？而你又阻止不了他。"

莱昂内尔似乎颇为困扰："他不会那么干的。"

"你怎么知道？"

"我就是……知道。"

"这可不行，我必须得跟他见个面。"

艾弗里也不知道怎么回事，这话就脱口而出了。但她知道：跟这位无时不在、却又隐而不见的乘客同车而行，她已经完全无法忍受了。除非能弄明白车后那扇门里到底藏着什么样的秘密，否则她根本无法心安。

他摇摇头："那没用的。"

她双臂交叉道："除非我能搞清楚他是什么，否则我没法待在这儿。"

莱昂内尔的脸上显露出一种反观内省的神情，仿佛他正在征求自己良知的同意，最后他才说道："你得发誓，不跟任何人说起。"

艾弗里原本没指望他能答应的，现在倒紧张得微微有些发抖。她把背包扔到床上，手握成拳："好吧。"

他领着她走向车厢后部，轻手轻脚地打开门，仿佛生怕惊扰到住在里面的人。她跟着他走进门去，小小的房间里，点着昏暗的光，有种泥土的气息。他带上车的那堆箱子肯定已经被收叠起来了，因为她一个也没瞧见。床铺没有整理，床边是个透明的盒子，像个水缸，里面装着什么东西，她看不真切，等莱昂内尔开了一盏灯，她这才看清缸里的东西。

那东西看着很像是珊瑚或海绵，泛着黄色，看似圆溜溜的植物，大小跟半个沙滩球差不多，它栖息在木屑和枯叶之上。莱昂内尔拿起一个喷壶，轻轻往上喷洒水雾，那东西随之向外膨胀开来，就跟在呼吸似的。

"那就是博比奇先生吗？"艾弗里悄声低语。

莱昂内尔点点头："是他的一部分，最重要的部分。"

外星人看上去毫不起眼，感觉用一瓶漂白剂就能干掉。"他能动吗？"她问。

"绝对没问题，"莱昂内尔说，"但跟我们这种动法不一样。"

她等着他进一步解释。刚开始他似乎不太情愿，但最终还是开口道："他们其实是由细胞组成的聚落，这些细胞有着复杂的生命周期，目前他们正处于发展演化的最终阶段，其生命形式最复杂，也最完善。在此之后，他们便零落成泥，细胞并不会湮灭，而是继续组成新的共生体，但这一个体却消亡了。跟我们差不多吧，我猜。"

她发现自己此刻的感觉竟然是失落，尽管莱昂内尔之前已经告诉她很多，她仍然期待着与外星人之间会有某种形式的交流。在此之前，她从来都没真正相信过这个外星人会没有意识，但现在她信了，说实在的，要说他们能思考，她才觉得难以置信呢。

"你怎么知道他是智慧生命呢？"她问，"说不定他就只是一团化合物，就跟一片发酵的面包似的。"

"那你又怎么知道我是智慧生命呢？"他盯着水缸回答，"或者其他人。"

"你会对我作出反应，你会交流，而他却不行。"

"不对，他可以。"

"怎么反应？要是我碰他一下——"

"别！"莱昂内尔飞快地说，"别碰他，你等着瞧吧，他会有反应的，不是出于什么恶意，就是一种条件反射。"

"那你是怎么……"

莱昂内尔勉强回答："他必须得接触你，接触是他们交换神经递质的唯一方式。"他停顿了一下，似乎内心正在交战，她看到他脸上一副矛盾的表情，最后还是无奈地开口："我想他愿意与你交流一下。"

这正是她之前所希望的，亲自确认一下外星人的意图，不过一旦这样的机会真的摆在面前了，她的本能却表示反对。"不了，谢谢。"她说。

莱昂内尔如释重负，她意识到，他原本并不愿放弃与博比奇先生之间独一无二的这种关系。

"不过还是谢谢你。"她说，因为他慷慨地答应了这违心的要求。

但她心中仍然觉得不安。所谓的"外星人态度友善"毕竟仅仅是莱昂内尔的一面之词，而发生了今晚的事情之后，只有这句承诺是不够的。

两人谁也睡不着，所以天色微明时，他们就又上路了。艾弗里向西而行，心里知道，他们正日渐深入荒无人烟之地，就连陌生的人类到了这儿也不受欢迎，更别提外星人了。这里是她从小长大的地方，她熟悉的家乡。从这里开始，车厢外的世界就是充满暴力和威胁的所在，到处都是一堆堆的穷鬼，满心嫉恨别人那美国式的幸福生活。在这里，就连教堂布道也在教人懂得知足，不满情绪都是那些仇视自由的人们——诸如大学教师、同性恋和移民——咎由自取。

成长过程中，她原本以为自己会在这乡间终老，她人生的每个阶段都按部就班——高中一毕业就结了婚，当了女服务员，19岁怀上孩子。她的人生轨迹本已经注定了。

现在想来，都觉得不可思议。

这天早晨，莱昂内尔似乎很愿意跟她说说话，他坐在她身边的副驾驶席上，目视前方的道路，同时回答着她的问题。

"他跟你交流的时候什么感觉？"

他思索着："就像一种心情，或是直觉，或者是冲动行为。"

"那你怎么知道是他，而不是你本人的潜意识？"

"我不知道，这无所谓。"

艾弗里摇头："我不愿意过跟着感觉走的人生。"

"为什么？"

"你的潜意识……完全靠不住，你根本控制不了，它没准就把你带沟里去了。"

"那太荒唐了，"他说，"又不是什么外来的东西，那就是你自己，你的意识才是奴隶主，老是担心失去主控权，你的潜意识只想保护你而已。"

"有个外星人在旁边指手画脚可不行。"

"他不像你说的那样，这种支配欲是意识的产物，可他头脑中并不具备这种奴隶主意识。"

"你是确切地知道事实如此，还是仅凭猜测？"

"猜测是你的潜意识告诉你的，而知道是有意识的行为。只有当你的头脑自相矛盾的时候，这两者才会发生冲突。"

"我听着倒跟人类现状一模一样,"艾弗里说,这肯定是她这辈子最荒诞不经的一场对话了。

"他现在在这儿吗?"她问。

"这还用问吗?"

"你就从来没想过要摆脱他吗?"

他疑惑地问:"我为什么要摆脱他?"

"为了隐私,为了自己一个人独处。"

"我不想自己一个人独处。"

他的语气透露出他已经想到更远的了,甚至他这位终身伙伴死后的情形。他猛地起身,走回车厢后面去了。

扪心自问,她刚才其实对他说了谎。她也曾经历过跟着感觉走的人生。遵从直觉的指引曾是她的座右铭,因为她一直都对自己的感觉满怀信心。当然了,这肯定跟直觉或是内心半点关系都没有——她所遵循的不过是自己的潜意识罢了。正是由于潜意识的影响,她才选择了这条路,而不是另外一条;所以她才喜欢吃葡萄干小麦片,而不喜欢吃粟米片;所以她才觉得某些曲调美得令人心痛;所以她才会喜欢这个古怪的年轻人,而罔顾理性的判断。

他们沿公路前行,逐渐接近伊利诺伊州南部,艾弗里的记忆开始浮现,悔恨拉扯着她的心,仿佛一根令人窒息的绳索,将她拖向她未能成为的那个人。那一个个没能做出的决定,连绵不断地从她脑海中纷驰而过,她就这么变成了如今这副模样,如无根飘萍,如断线风筝,在这烟火人间,她也是个陌生人,就如莱昂内尔一样,只是方式不同罢了。

意识对我又有何益？她心想。意识只能让她明白，在内心深处，她其实永远也无法与另一个人血肉相连。等到她的细胞开始融入尘土的那天，她的意识也不留半点曾经存在过的痕迹。

那天晚上，他们在距圣路易斯一天车程的高速公路休息区扎营。莱昂内尔闷闷不乐，神色忧虑，艾弗里拿一本狗血小说想逗他提起兴趣，却毫无作用。最后她忍不住问他出什么事了。他搜肠刮肚地寻找着合适的言辞："他病得很厉害，这次旅行是个馊主意，各种刺激恶化了他的病情。"

她试探着问："那我们是不是应该往哪座穹庐的方向开？"

莱昂内尔摇头："他们治不好这种……这种意识上瘾症，就算他们真能治，我觉得他也不肯接受治疗。"

"其他那些外星人知道他怎么回事吗？"

莱昂内尔默然点头。

她不知该怎么安慰他，最后只好道："好吧，出游毕竟是他自己的选择。"

"自私的选择，"莱昂内尔生气地说。

她不禁留意到，这一次他是在为自己发声，说话的是莱昂内尔，而不是博比奇先生。她若有所思道："或许他们爱我们的程度不如我们爱他们深吧。"

他望向她，似乎"爱"这个词对他来说闻所未闻："别说什么我们，我跟你们不同。"

有片刻工夫，她觉得难以置信，但她只说了句"随你便吧"，便又重新埋头看书。过了一会儿,他走回车厢后面,把门关上。

她在那儿躺了一会儿,努力集中精神看书,但心思完全不在故事上,而是一直在留神听着门后的动静,看能不能听到什么,好判断出他们的状况。她终于悄悄起身,走到门边去听。可什么声音也没有。她试着推了推门,发现没锁,于是便轻手轻脚将门打开一条缝,往里窥看。

莱昂内尔并没睡觉,他正躺在床上,头紧挨着装外星人那个水缸。但外星人已经不在缸里了,而是在枕头上。它伸出许多条索状的细长触手,将莱昂内尔的头揽在其中,仿佛美杜莎的拥抱,那些触手蛇一般钻入他头上各处窍孔,一条伸进了一只耳朵,一条钻进一个鼻孔,还有一条将眼球挤到一旁,好钻进眼窝里。连接人与外星人的半透明触手间,有液体正迅速流淌着。

艾弗里在恐惧的边缘踟蹰着,她的本能第一反应是过去干涉,以保护莱昂内尔免受这种似乎是攻击的行为。不过他脸上的表情却并非恐惧,而是安详。他之前含含糊糊地提过所谓神经递质的交换,现在她想起那些话,才明白他原来是这个意思。外星人交流的方式原来是饮下脑脊髓液——它选择的毒品,同时将自己的注入莱昂内尔体内。

她战栗着,轻轻将门重新关上。那个画面在她脑海中挥之不去,她走出车外,围着旅游车转圈,好让自己镇定下来。转了三圈之后,她向后倚靠在冰冷的金属车身上,这么多年来,头一回希望自己手里有根烟。头顶之上,星光明亮而冰冷。她冷不丁插身其间的究竟是种什么关系啊?猎手和猎物?父与子?毒贩和瘾君子?主人与奴隶?或者说是一种怪异的综合,上述各种关系都兼而有之?她刚才目睹的,是不是一个外星人正学着去爱呢？

她存了一瓶留待特别的场合才喝的波旁威士忌，于是她走进车里，给自己斟了一杯。

还没来得及喝得酩酊大醉之前，莱昂内尔出现了，这有些出乎她的意料。她想着要不要给他也来上一杯，但这酒跟注入他脑中的那种玩意儿混合起来会怎样，她却无甚把握。

他在她对面坐下，却只是默默注视着地面，良久之后，方才轻轻动了一下，开口道："我觉得我们应该带他去个隐秘的地方。"

"哪种隐蔽的地方？"艾弗里问。

"庄严一点的，亲近自然，与世隔绝。"

去死，她意识到。外星人想要在一个隐秘的地方死去，或是莱昂内尔希望他这样死去。这二者之间的界限实在难以分别。

"我知道一个地方，"她说，"他还能再坚持一天吗？"

莱昂内尔默默点头。

趁着波旁威士忌的醺然酒意，艾弗里想着该怎么跟亨利说。国家安全受到威胁了吗？她不这么认为，这似乎只是一件私事。她向他求证道："要是他死了，你肯定他的亲戚们不会责怪我们？"

"责怪？"他问。

她发觉现在是意识控制下的交谈："就是在他回不去的情况下做出反应。"

"如果他们会有反应的话，早在他离开的时候就该反应了。他们并没指望什么，甚至也没指望他能回去，跟你们人类不一样，他们并不会生活在对未来的想象中。"

"真是明智,"她说。

"是啊。"

接近黄昏时分,他们开进了圣路易斯,驱车穿过圣路易斯拱门[①]旁边的白杨街大桥,然后驶入70号州际公路,向城北开去。此行的目的地在何方,艾弗里胸有成竹。从弗兰克先前告诉她终点是圣路易斯的那刻开始,她就已经知道,自己最后一定会开上这条路,开向她度过前半生的那个地方。

在维多利亚时期,贝尔方丹公墓的所在地,是这座城市的郊外。一道石墙和熟铁门后,是几百亩郁郁葱葱的土地。这里算得上是那个年代的遗迹了,那时候的公墓还是远离城市的避难所,有着公园般美丽的景致。蜿蜒的路边,粗大的老橡树和枫香树罗列两旁,枝干衬着天空变成道道暗影。艾弗里缓缓驶过一座座大理石陵墓,向公墓背后的那座丘陵驶去,从那儿可以俯瞰面向密苏里河的那道幽谷。这里的一切都符合莱昂内尔的希望——安详、自然、幽寂。

阴暗的天空飘下微微细雨,在空气中氤氲开来。艾弗里把车停好,走出车外,看看周围是否有人。靠近入口有一个遛狗的人,除此之外她一个人影也没瞧见,也没发现有车跟着他们开进来。再过半小时就该关门了,

---

[①] 美国向西开发的一个象征,这座雄伟壮观的不锈钢悬链线的建筑物高达192米,是1964年动工后仅用两年时间建成的。拱门底部有电梯可以直达顶层,为圣路易斯市的地标建筑。

在那之前必须把车开走。亨利和他的朋友们多半就在大门外守株待兔，等着他们再次出现。她走回车里，敲敲莱昂内尔的门，他立刻把门打开。房间里，他们原先买好的那个大号冷藏箱正敞开着，已经准备就绪。

"帮我把他抬进去吧，"莱昂内尔说。

艾弗里绕过冷藏箱，走向水缸："我碰他没问题吧？"

"把你的手举在靠近他的地方，停留一会儿。"

艾弗里依言而行。从外星人身上那堆菜花般的褶皱里，伸出一根透明的触手，碰到她的手掌，往后缩了一下，然后又再度伸出，迟疑而温柔地探索她的手掌，盘在她的小指上，让她觉得略微有些发痒。她保持着一动不动。

"他在想什么？"她悄声道。

"他在研究你的化学属性。"莱昂内尔回答。

"没有意识的话，他怎么研究呢？他能记得住吗？"

"他当然记得住，你的免疫系统不也能记住每一种曾经遭遇过的病原体吗？它不也一样没有意识？倒是你，能把它们一一记住吗？"

她摇摇头，无言以对。

终于，显然是满意了，那根触须又缩回外星人的身体里。

"好了，"莱昂内尔说，"现在你可以碰他了。"

外星人重得出乎意料。莱昂内尔已经在冷藏箱底用尘土和木屑铺好了一张床，两人抬着他放在那张床上。莱昂内尔把箱盖子松松地扣上，然后两人一边一个，抓住箱子上的手柄，抬着箱子走到车外。艾弗里在前面领路，绕过一座形如希腊神庙的陵墓，走到路旁一个野草丛生的隐蔽之处。

地上杂七杂八堆着梧桐树叶和树皮，在雨中湿漉漉的。

"这儿可以吗？"她问。

作为回答，莱昂内尔将他那一侧的冷藏箱放在地上，直起身，呼吸着林中的气息："这里可以。"

"我得去挪车了。你就藏在这后面，以防有人过来。我一会儿就回来。"

她将旅游车驶到外面马路上时，守门人向她挥手致意。她在邻近的居民区路边停好车。回到公墓时，门已经关了。她绕着公墓的外围走，来到人迹稀少的侧翼，然后爬上墙，越过墙上的防盗护栏。

公墓中，城市车水马龙的喧嚣声消失不见，头顶的树木交错掩映，形成道道拱形，犹如教堂般肃穆，连一只松鼠的扰动也没有。艾弗里在一块墓石上坐下，等待着。小山背后，莱昂内尔正陪在他那位行将就木的伙伴身边，为他守夜。她想给他些私人空间。这种安宁感觉很好，但却很陌生。她的人生充满了动荡。二十年来，她一直在开车——开车远离，开车超越，永远朝向新的目的地，从不回头。

夜晚即将降临，她还需要完成此行的另一个目的。她将雨衣的兜帽戴上，往坡下走，湿润的青草轻抚着她的运动鞋。距离她上次来凭吊女儿加布里埃尔的坟墓已有数年，女儿短暂的生命仿佛一道天堑，将她的生活截然分成两段。那时候，他们管这叫婴儿猝死综合征——那是一种无法解释的随机死亡，毫无意义可言。"你完全无能为力，"医生说，比起直面宇宙的残忍，他觉得这么想能让她略感宽慰一些。

加布里埃尔的墓在一片雪松园中，这块墓地是艾弗里原先打工的那家咖啡馆里一位好心的顾客送给她的礼物。一开始她本想拒绝的，因为这座小小的墓碑肯定会被更加醒目的墓碑遮挡。不过那些郊区墓园看起来都太过工业化，连纪念碑都是用机器打造的，她倒是喜欢上了这个地方的古老和清静。最开始那段时间，她曾经一遍又一遍来扫墓。

她在愈来愈暗的暮光中走向女儿的坟墓，看到墓碑上放着什么东西。当她走近以后，才看清那是个小小的赤陶天使，折了一翼，应该是某个陌生人放上去的。艾弗里站在原地，凝视着那个沾满泥污的小小雕像 被雨水淋得透湿。这是一位连名字也不清楚的人送给她女儿的礼物。突然之间，一阵意想不到的哀伤席卷而至，令她不由得弯下腰去。离上一次抚摸自己的女儿已时隔二十年，但当时的记忆依然活灵活现，她依然记得她身上的香气、柔嫩的肌肤、眼里毫无保留的信赖。她已离自己而去，那种令人心痛的空洞感又再次袭来。

艾弗里蹲下身，双膝着地，跪在湿漉漉的青草上，为自己未能保护周全的孩子而啜泣，为那位陌生无名氏的同情而啜泣，甚至为那位再也无法飞行的残缺无助的天使而啜泣。

身后传来一阵声响，她抬起头，莱昂内尔正站在那里看着她，雨水从他的脸上滚落——不对，是泪水。他擦干双眼，然后望着自己的手道："我也不知道为什么会有这样的感觉。"

可怜的糊涂蛋。她站起身拥抱他，因为他此刻的感受与自己如出一辙。他们在原地站立了片刻，两个人，各自困在自己的情感中，只有共鸣才是能打破这堵墙的唯一缝隙。

"他走了吗？"她轻声问。

他摇摇头："还没有，我把他单独留在那儿，怕我……会干扰他。然后我看到了你，就跟着你过来了。"

"这是我女儿的坟墓，"艾弗里说，"我自己都不知道还这么想念她。"

她握住他的手，开始往坡上走去。两人沉默不语，但都没有放开彼此的手，直到走回刚才放下博比奇先生的那座大理石陵墓。

外星人仍然在那里，在冷藏箱旁边的地上。莱昂内尔跪在他身边，伸出一只手。一束触手伸出来，抓住他的手，然后收回。艾弗里站在一边旁观，莱昂内尔走过来："我要在这儿陪他，但你不用。"

她回答："如果可以的话，我也想待在这里。"

他暗自埋下头去。

于是两个人安下心来，观看一场奇怪的死亡。艾弗里拿出从旅游车上带来的一些化学暖手剂，分给他一些。等暖手剂用完，夜色渐深，她在公墓管理员的短木头堆底下找到了几块干木头，生起一堆篝火。她坐在火旁，用棍子拨弄着火苗，她的眼泪已经流干了，现在就像一只旧轮胎一样干瘪疲惫。

"他知道自己快死了吗？"她问。

莱昂内尔点点头："我知道，所以他知道。"他略微有些伤心地补充道："这就是意识在你们身上干的好事。"

"这么说，正常情况下他应该不知道吗？"

他摇摇头："不知道，也无所谓，这就是他们生命轮回的一部分。如果自身未能意识到死亡，也就不存在死亡。"

"那样生命也不存在，"艾弗里说。

莱昂内尔只是坐在火堆旁，掰断一根根树枝，扔进火里："我一直在想着是否值得，究竟值不值得为了意识去死。"

她努力想象着消除掉自我之后的情形——对过去无悔，对未来无惧。她心想，如果这是《星际迷航》系列剧中某一部的话，现在就该让柯克船长发表演说来为人类辩护了，尽管人类身上存在着各式各样的缺点，但她却并不这样认为。

"你说的对，"她说，"意识是有点混蛋。"

当他们终于在外星人身上看到一点变化的迹象时，晨光已熹微。那一团脑花似的物质开始收缩，在它的下方逐渐出现一汪液体，逐渐铺开，仿佛正在溶化。这一过程无声无息，直到最后，他的躯体像只下陷的蛋奶酥一般，缩得越来越小，最终什么也没有留下，直余树叶上一点微壳、地面上一滩湿迹。

他们坐在那里，久久沉默着。日出时分，莱昂内尔站起身，掸掸自己的裤子，面色阴沉凝重地说道："好了，就这么完了。"

艾弗里不愿离开："他的细胞已经进入泥土了吗？"

"是的，它们会在地下生活一段时间，不断传播和繁殖，会经历某种类似开花和结出孢子的生命周期，这种时候，要是有狗或者小孩经过的话，这些孢子就会在他们的脑中栖息下来，这就是他们入侵的方式。"

他的声音完全漠不关心，艾弗里盯着他道："你应该早说啊。"

他耸耸肩。

她脑中忽然闪过一星灵感，于是抓起一根棍子，在地上的那摊水迹中挖了起来。她舀起润湿的泥土放进手中，然后移入冷藏箱里。

"你在干吗？"莱昂内尔说，"你阻止不了他的，已经太晚了。"

"我没想阻止,"艾弗里说,"我只是想搞些细胞回去移植,我要种出一个属于我的外星人。"

"这真是个愚蠢透顶的——"

过了一会儿,他也在她身边跪下,挖起土来。当挖到的土差不多装满了半个冷藏箱的时候,两人便用树叶把土遮盖起来,好让它保持湿润。

"在这儿等着,"她对他说,"我把车开过来接你。再过一小时,大门就该开了。别让任何人看到你。"

等她走回停车的那条街时,亨利正在一辆停泊的车里等着。他走出车外,为她打开副驾驶一侧的车门,但她并没有上车。"我得回去了,"她说,一边将头扭向旅游车的方向,"他们在等我。"

"你可不可以告诉我,发生了什么?"

"我只不过是需要休息一下。不得不离开一阵。"

"在一座公墓里?休息了一整夜?"

"这是我的私事。"

"有没有什么是你应当告诉我的?"

"我们今天就要启程回家了。"

他等着她往下说,但她再也没多说一句。告诉他也没有用,他对此无能为力。入侵早就开始了。

他眼睁睁看着她回到旅游车上。她将车开到加油站,加满了油,等着公墓开门。一到8:30,她就将旅游车开进公墓大门,朝着困惑的守门人挥手。

她和莱昂内尔一左一右,扛着冷藏箱回到车上,只在身后留下一堆篝火的残迹和略微有些乱糟糟的泥土。然后她便径直开往高速公路。

在伊利诺伊州南部,他们停下来吃了顿快餐当早饭。艾弗里一边开车,一边吃着猪柳蛋汉堡,喝着咖啡。很快,莱昂内尔走过来,厌烦地挨着她坐下,手里拿着个装满泥土的塑料盒。

"这是我的吗?"她问。

"不,这是我的,剩下的都归你了。"

"谢谢。"

"这不会是他,"莱昂内尔说这话时,双眼望着他小心地抱在腿上的那抔泥土。

"不会,但它会属于你,你可以用自己的方式来抚养和教育。"

她自己的也一样。

莱昂内尔又道:"我原本以为你至少该有那么点忠于自己的种群,会阻止他们入侵呢。"

艾弗里思索片刻才道:"要知道,我们并不是毫无防守之力,我们身上有他们想要的东西——自我和死亡的天赋。上帝呀,我觉得我就跟花园里那条蛇①差不多。不过我的外星人会喜欢我这一点的。"她从后视镜里能看见那个冷藏箱,就放在厨房的地板上。她已经开始喜欢那个以后会长成的人了,此刻他正孕育其中。"这算是给外星人绑架又添了一层新的意义,对吧?"她说。

他没听懂她的笑话:"你害怕变成……像我这样的人吗?"

---

① 意指魔鬼的化身。

她瞥向他:"莱昂内尔,没人能跟你一样。"

尽管两人已经共度了这么一段时光,但听到她说出这样的话,他仍然不知该如何作答。

卡罗琳·艾维斯·吉尔曼(Carolyn Ives Gilman)生于1954年,现居美国华盛顿,是位历史学家,在国立美洲印第安人博物馆工作,专注于18~19世纪早期北美历史。出版过多篇短篇科幻奇幻作品,先后三次获星云奖提名、一次雨果奖提名。她的首部长篇小说《半人》描绘了存在男性、女性与中性三种性别的世界,常被与厄休拉·勒古恩的作品相提并论。本篇《偕外星人同游》发表于2016年,获2017年雨果奖最佳中短篇提名。

来自陶乐德的旅人

(英)伊恩·R.麦克劳德/著
程静/译

1.

  罗布·霍尔姆的身上总透着一种超凡脱俗的气质,这与他的迷人、聪颖和帅气并不矛盾。而且他还好学上进。入学后的第一个星期,告别了双亲和童年的我们就像普通大学新生一样忙得不亦乐乎。我们酗酒,假装不想家,循规蹈矩又傲慢自大,乳臭未干却自以为是。没错,当时的我们就是这样没心没肺的愣头青。可这时候的罗布早已和研究员们打成了一片,还悄悄摸清楚了哪些虚拟游戏玩起来最带劲。

  即使在那个年代,我们这些年轻大学生也已经属于濒危物种了。许多大学都破产了,或沦为商业性研究机构,或转型成为所谓"第三代学院"的学术主题公园。但我们这些人仍旧来到伫立着传统红砖房的利兹大学,学习各种各样的课程和科目。只不过,能够来这里上学的,仅限于那些家境富裕、能够负担得起学费的年轻人,至少也得是父母亲足够宽容、不会阻拦孩子干这种蠢事的年轻人。我选择的专业是比较文学,从这一点已经可以看出，爸妈对我的纵容多么叫人难以置信。

作为一个学科，比较文学已经与炼金术一起被埋进了历史的故纸堆，但是书本——特指那些奇特而古老的纸质实体书——一直是最吸引我的东西。在根本不知书为何物的年纪，我周围萦绕着各种嗡嗡作响、光鲜亮丽、带有交互功能的虚拟小玩具。本该被它们吸引的我却把一个老盒子翻了个底朝天。我对找出来的拼插积木和小马玩具视而不见，直到发现这些大大的、像硬纸板一样的东西，打开后，它们显现出一些扁平的二维形状和图案。我用胖嘟嘟的手指冲着它们晃来晃去，却激不起一点儿反应。只能看着它们，或者啃一啃它们的尖角，又或者用又干又皱的蜡笔在上面涂涂画画——这些蜡笔也是在数字时代之前的老古董里扒拉出来的。

父母亲对待我这个女儿一直是慈爱和宠溺的。他们看到小丽塔对这些古老的手工制品兴趣盎然，便鼓励她继续下去。我还记得妈妈的手指在皱巴巴的泛黄纸页中缓慢而耐心地穿梭时的样子，她用手指描摹着那些图案，一行行单调的文字从她的唇齿之间流泻出来，不知道为何，仿佛充满了魔力。妈妈应该好多年不曾这样获取信息了（如果她曾经这样做过的话），从某种意义上来说，我们都在学习。

《饥饿的毛毛虫》[1]《野兽国》[2]《奇先生、妙小姐》系列[3] 毕翠克丝·波特[4]

---

[1] 美国作家艾瑞克·卡尔创作的儿童绘本。
[2] 美国作家莫里斯·桑达克创作的儿童绘本。
[3] 英国作家罗杰·哈格里夫斯创作的系列儿童读物。
[4] 英国著名的儿童读物作家，创作了在英国乃至世界卡通史上最著名的兔子形象之一——彼得兔。

的作品,还有弗罗多①的探险故事,我们读了一本又一本。就像考古学家通过破译刻在古埃及坟墓上的漩涡花纹以发掘古老文明一样,我渐渐学会了如何理解这种古老的媒介并与之互动。书的"物性"决定了它们不会四处乱窜,不会突然释放出声音、气味和结构图。它们不会问你想扮演哪个角色,接下来想达到哪个程度,而是牵起你的手,径直带你到它们指引的地方去。

我成长为书本的坚定拥趸是很自然的事,但是我仍旧会好奇,如果父母亲换一种方式对待离经叛道的我,比如找儿科专家给我看病,我的人生将会是怎样的走向。几乎可以肯定的是,我绝不会是怀着被人看懂的期待写下这些文字的丽塔·奥尔蒂斯,也不会是在多年以前,在利兹大学那些挤满十几岁学生的公寓里幸运地遇到罗布·霍尔姆的丽塔·奥尔蒂斯。

2.

好了,来谈谈罗布吧。首先,我要说的是一个显而易见的事实:几乎人人都喜欢他。究其原因,不仅仅因为他那双灰色的眼睛、温文儒雅的气质、柔和的苏格兰口音,甚至也不是他表现出来的成熟和修养,说到底,应该是他身上的神秘感。不过罗布并没有摆出那种遗世独立的漠然姿态,他也跟我们一样去一家又一家换装酒吧玩,他也喝酒,也瞎胡闹,也做一些稀奇古怪的事。

---

① 弗罗多是小说《魔戒》圣战时期的重要人物。

在所有关于罗布的最初记忆里,有一次是发生在一家酒吧。在震耳的喧闹声、闪耀的灯光和熙熙攘攘的人群中,我发现了显得相当冷静的他,并且把他拉到鼓动着节奏的舞池里。我们一会儿高悬在半空俯瞰着北京的高楼大厦,一会儿又被肆虐的海上风暴卷入其中。罗布很配合,对一切照单全收,该笑的时候笑,该做出反应的时候就做出反应,但并不十分投入。后来,他带着我离开了这个虚拟游戏,经过敲着钟声的寺庙,穿过五光十色的沙尘暴,来到绝对没有任何虚拟玩意儿的卫生间。我大吐特吐,罗布则用冰凉的手帮我挡着头发。

我从没因为这事儿好好谢谢罗布——当时我太丢人了——但是因为这事儿,我们都注意到了彼此的存在。哦,也许我们两人都太与众不同了。毕竟,他读的是天体物理学——除了他自己以外,甚至没有人知道这个词是什么意思。他房间的每一面墙壁上都展示着一些奇奇怪怪的玩意儿。在他墙上闪动的不是最流行的虚拟男孩乐队或色情皇后的海报,而是缓慢旋转的气体云、陌生的星球、遥远的星辰和星系。这些,还有长串的媒克[①],全都排成了一个拱形的彩虹,无休止地扭转和回旋。我的房间里面也堆满了我的宝贝:被撕破的、长着霉斑的硬皮书,有的是从废品站淘回来的,有的是我在孩童时代收集的。当然,它们的存在其实没什么必要。即使你学的是线性文学这种晦涩难懂的东西,你仍然可以将资料下载,然后进行虚拟化处理。

利兹大学的比较文学专业曾经在校园最东头的红砖楼里占了一块迷

---

① 作者虚拟的一种程序设计语言,可用于为机器和APP编程,也可与之进行交互,进行各种创作,比如撰写文章和创作艺术品。

宫一样的地方，但是现在已经被一些更时髦的专业侵占了地盘。什么推理性媒克，非实体设计，全景色情等等，都跑来分了一杯羹。我早已意识到——怎么可能意识不到呢——这几十年间没有一篇有价值的小说或短篇小说问世，可是在发现这届学生里总共只有6名（包括我自己）选择比较文学作为主课时，我还是惊呆了。这些人当中，有一个住在首尔，还有一位是靠咔嗒作响的钢制假腿走路的百岁老人。其他系的学生来这儿只是接触一下这门学科，希望给自己的主课增加点儿有用的东西，结果自然是叫他们频频失望。要吃透一页又一页不带交互效果的文本已经很困难了，更何况还是线性叙事小说，所有的选择和设定都毫无转圜的余地。我记得在一次讨论会上，有个孩子惨叫：我受不了，这个叫哈代①的家伙把书里的人物整得太惨了！把《德伯家的苔丝》的基本框架拿来，我一口气能写出15个更好的结局。

  第一个学期，我为了给《夜色温柔》写一份3D附注而绞尽脑汁，把自己差劲的媒克技术发挥到了极限，但是交到人工智能老师那儿之后，整份东西却被改得面目全非。相反，罗布·霍尔姆却显得游刃有余。我在自己的房间里听到他一边冲澡一边唱歌，真羡慕他用不着三天两头受批评、生闷气。物理科学系在校园的最西边有一座雄伟的新楼——清曜楼。它有几分像教堂，有几分像佛塔，可能还有点儿宇宙飞船式的风格，和所有当代建筑一样花样百出、变化多端、叫人头痛。真正有多少是钢筋水泥和玻璃组成的，又有多少是虚拟场景和能量场，根本就分不清楚。盯着它看上

---

 ① 托马斯·哈代（Thomas Hardy），英国诗人、小说家，代表作有《德伯家的苔丝》《无名的裘德》等。

一会儿,你就晕了。

第一个学年过去了,我竭力忍住了一溜烟逃回家的冲动,把肉酱蔬菜练成了拿手菜。第二学期写的《霍华德庄园》[①]的附注在改动许多版本之后糊里糊涂地通过了。罗布和我的关系并没有更近一步,不过我喜欢听他唱歌,喜欢他冲澡后在蒸汽中留下的肉桂香,也为他对大学生活的应对自如感到高兴,虽然我自己的生活不甚如意。

"嘿,丽塔?"

我们的夏季学期渐近尾声,考试临近了。一半学生已经回家去,另一半不是忙着勤奋用功,就是忙着神经衰弱。

"明年有兴趣跟我合租吗?"

"明年?"我装出要考虑考虑的样子,随口答道,"我还真没想过。那得看——"

"没关系,"他耸耸肩,"我肯定能找到别人的。"

"不不不,好主意。我意思是,是的,我同意,我有兴趣。"

"太好了。回头给你看看我从房屋中介那儿租到的房子。"他展颜一笑,然后便转回身去,研究书桌上方一个转动着的神奇玩意儿去了。

3.

最终我们租下了位于海丁利的一栋房子,就在奥特利路边,房间很狭窄,排水很糟糕。我这才知道,原来罗布是打算再叫上几个学生和我们一块儿合租,真有些说不清是失望还是松了口气。我找了几个女孩,罗布找

---

① 英国作家爱德华·摩根·福斯特创作的一部长篇小说。

了几个男孩，大家便开始了同在一个屋檐下的生活。我们相处得还不错。那时候我有个正式的男朋友，他叫托斯顿，是个信奉利己主义的运动爱好者。罗布的房间里也时不时地出现不同的女孩。他似乎并未和其中任何一个认真，不过她们个个都美丽动人、冰雪聪明，和我根本不是一类人。

第二年冬天，我们这群人经常半夜跑到野外去点篝火。我还记得火光和青烟旋转着飘入黑漆漆的夜空中的样子。我们唱着歌，一个个喝得东倒西歪。有一次，可能是受了酒精的刺激，我壮着胆子请罗布教我一些星座知识。他把胳膊搭在我的腰上，带我走入了更加幽深的夜色里。

看那儿，丽塔，上面，左边，远离城市灯光的地方，是大熊座，从这个星座开始是最好辨认的。那儿，在大熊座把手形状中间的弧形那儿，亲密得像双胞胎似的，是开阳星和它的伴星。它们不是真的双星系统，如果我们有合适的望远镜，就能看到开阳星还有一个更近的伙伴。然后是那儿，朝那边看，往上，往左——他的气息吹拂着我的脸，他的双手搭着我的肩——是不是看到在熊的肩膀上有一个模糊的光斑？那可是一个完整的星系，和我们这个充塞着数以亿计的星球的星系是彼此独立的，它的光要花上大约1200万年才能到达此时此刻的我们身边。然后是仙女座、仙后座、大犬座和小犬座……这些遥远的世界，它们的名字都来自于古老的故事书。我说那些星星上或许存在着生命，并没有期待罗布会有同感，但是他却表示了赞同，而且还说了一番叫我摸不着头脑的话。

"不用看那么远，丽塔，别的世界就存在于我们周围，只是我们看不见而已。"

"你是在比喻吗？"

"不，这也是我在学习中想要研究的一部分。"

"坦白说，我根本不清楚天体物理学讲的是什么。能给我扫扫盲吗？"

"乐意之至。知道吗，丽塔，你说的2D小说和扁平叙事对我而言也是天方夜谭，我也想了解了解。就这么说定了？"

我们晃晃悠悠地回到了篝火边。我本没有期待这次的约定会有下文，直到大概一星期之后。那是一个潮湿阴暗的下午，我顶着一脑袋油腻纠结的头发从罗布房门口经过，打算去浴室洗澡。那天是论文截稿日，我手头有一份约翰·厄普代克[①]作品的附注要完成。

"你不是说想对我的专业增进了解吗？"

"我只是……"我挠挠头，"好奇。天体物理学应该不仅仅是抬头望着夜空给星星起名字，我知道的就这么多。这甚至连天文学都算不上，对吧？"

"你那天不是在说客气话吧？"他那温柔的、花岗岩灰的眼睛凝视着我。

"不是。我不是——绝对不是。"

"我可以在这儿给你做演示，"他朝墙上的星星们挥挥手，也就是在他桌子上方旋转的那些，"但是兴许出去一趟更好。老实说，丽塔，我可以抽出点时间去清曜楼，给你演示个实验，看了之后你可能就明白我说的其他世界是什么意思……不过我知道你可能很忙，所以让我的虚拟化身带你的虚拟化身去也可以——"

"不不不，你说得对，罗布。我也可以挤出点时间，我们出去吧。只

---

① 约翰·厄普代克（John Updike），美国小说作家、诗人。

争朝夕啊,至少得把剩下这几个小时争取好。我只需要……"我朝浴室指了指,"……5分钟。"

于是我们出门了。细细的雨丝被风吹斜,飘落在大街上,我身上还带着匆忙洗澡后的湿漉,更觉得寒气逼人。我们走上通往奥特利电车站的那座小山,这时候罗布不声不响地伸出一条胳膊,善解人意地拥住了我。

我们随着车子晃动身体,朝着灯火通明的城市赶去。不断有孩子和上班族上车下车,他们翕动着双唇念念叨叨,双手朝只有自己能感受和看到的事物比比画画。清曜楼的轮廓从一片阴郁之中浮现出来,乍看之下特别像一架刚刚降落的飞船。大楼的内部仍然与普通的校园一般无二,到处是五花八门的广告:帮你重组贷款,帮你找兼职,提供喝酒的好去处等等。一路上提示语不断,吹嘘清曜楼是唯一一个能将虚拟化精准到连戒指、手镯和趾柱都进行实时捕捉的地方。现代大学这种露天市场一样的气氛是塞巴斯蒂安·弗莱特[①]向来看不惯的,甚至哈利·波特在那些叫人失望的续集里也表达过对此的不满。

一路上招呼声不断,还有几位终身教授在走廊里停下来与罗布交谈。我看着人们如何停下脚步听他发表意见,越发认定这个人一定会成功。而且,我还等着罗布给我展示月球上的石头和闪电呢,再不济也得带我看看精彩绝伦的虚拟天文馆吧。可事与愿违,他把我带到一个实验室一样的地方,就是那种上中学时我被迫浪费了许多光阴的地方,而这里顶多是设备看上去更高级一点。

---

① 英国著名作家伊夫林·沃(Evelyn Waugh)的著作《旧地重游》的主要角色之一。

"这里研究的是天文学里和物理有关的部分，"罗布解释，也许他觉察到了我的失望，"你想知道我说的其他世界指的是什么，没错，要解释给你听，来这里是唯一的方法。"

我担心会说多错多，细节就略去不谈了。简单说来，就是罗布为我展示了一个实验，而这个实验，我现在已经知道，就是鼎鼎有名的——或者说声名狼藉的——"双缝实验"。工作台上放着一个黑色的长管，一头放着激光发射器，另一头是一个显示屏，被固定在一个叫做光电倍增管的传感器上。在管子的中间装有一个开着两道狭长细缝的挡板。看到光脉冲在另一头的显示屏上形成明暗相间的美丽条纹时，我并没觉得有多惊讶。罗布说，这些条纹是光波穿过那两条细缝造成的干涉现象，就像把水泼出去时形成的波纹。但是丽塔，光是由单个的能量包，也就是光子构成。那么，如果不是让成千上万的光子一次性通过黑管，而是将激光发射调小，到每次只能发射一个光子的程度，会是什么结果呢？那样的话，很显然，单个的光子每次只能通过其中的一道缝，那么就不应该有波纹，在那头出现的应该仅仅是两个竖条。可是，随着信号计数器的蜂鸣声在罗布的调节下渐渐变慢，直到显示出个位数，那黑白相间的条纹却像发着微光的霓虹森林一般，仍然存在着。尽管每个光子是一个单独的粒子，却不知道为什么同时通过了两道细缝。也就是说，所有的可能性都变成了现实。我们都知道，这是最容易想到的解释。

从学校回去的路上，我们在半路上停下，在一家叫埃尔登的酒吧坐了坐，这里招待的主要是学生。几杯啤酒下肚后，罗布说："抱歉，我应该给你看点儿不那么无聊的东西。"

"不无聊啊。不过这实验挺怪的，对吗？"

"何止是怪，它违反了人类所知的一切物理定律，以及我们对身边事物的一切认知——比如此刻我们所待的这个酒吧。事物是存在的，对吗？它要么在这儿，要么不在，反正不会像鬼魂一样在存在与不存在之间飘忽不定。我小时候是个对科学很感兴趣的孩子，粒子变成波这件事最让我耿耿于怀，这也是我选择学习天体物理的原因之一——我以为学到最后，会出现自己能理解的答案，会有人解释给我听。但是并没有。"他喝了口啤酒，"我得到的是一种叫做'哥本哈根解释'的东西，简单来说，就等于有人耸了耸肩膀说，'嘿，这事儿发生在亚原子的层次，它不会影响我们的生活和我们所了解的世界'。除此之外，还有一个叫做多重世界的理论……"说到这儿他停下来，把一个嗝压了回去，显得十分尴尬。

"你相信哪一个？"

"说'相信'不太准确。事情只有科学或不科学之分。不过，没错，我相信其中一个，而且从数学上来说这个说得通。简而言之吧，丽塔，每个粒子所有可能的状态和位置都是真实的——它们在不断衍生其他的世界。"

"你的意思是，就像在虚拟世界里，每做出一个选择，都会展开一整个世界？"

"没错。但我说的世界是真实存在的。它们就围绕在我们身边——就在这儿。"

我们继续边喝边聊。接下来，该轮到我对罗布道歉，而他说"用不着，你没令我觉得无聊"了。因为书本、小说和故事是我的"其他世界"。即使所有人都不屑一顾，我却依旧对它们深信不疑。在这些世界里，有一个神奇的字眼叫做"雾",狄更斯用它幻化出笔下的伦敦城①;在这些世界里,弗瑞德里克·亨利冒雨离开了医院②,乔德长途跋涉在尘暴肆虐的美国,罗莎香用她的乳汁喂养了他③,赣第德在吃果子④,伯蒂·伍斯特跌跌撞撞地穿过梅菲尔⑤……

罗布听着我的讲述,一副饶有兴趣的样子。他承认自己连一本不带交互效果的故事书也没有读过,但是,和大部分人不同,他这么说的时候,好像真的意识到自己错过了什么好东西似的。于是我们说好,我把自己的旧纸书借给他看。再加上他在清曜楼为我演示实验的事,很明显我们的关系进入了新的阶段。

4.

对于现在的我而言,人生中最美好的时光并不是读书的时候,而是在利兹租下的房子里,和罗布·霍尔姆并肩坐在我那狭小的房间里谈论它们的时候。

我告诉他什么书该读,值得欣赏,同时——这一点也很重要——什么书不值得一读。《麦田里的守望者》⑥被高估了,詹姆斯·乔伊斯⑦的作品有

---

① 英国作家狄更斯在许多有关伦敦的作品中都有关于雾的描写。
② 美国小说家海明威创作的长篇小说《永别了,武器》中的情节。
③ 美国现代小说家约翰·斯坦贝克创作的长篇小说《愤怒的葡萄》中的情节。
④ 伏尔泰哲理性讽刺小说的代表作《老实人》中的情节。
⑤ 英国小说家沃德豪斯创作的著名系列小说《吉福斯》中的情节。
⑥ 美国作家杰罗姆·大卫·塞林格唯一的长篇小说,愤怒与焦虑是此书的两大主题,主人公的经历和思想在青少年中引起强烈共鸣,受到广大中学生的热烈欢迎。
⑦ 詹姆斯·乔伊斯(James Joyce),爱尔兰作家、诗人,20世纪最伟大的作家之一,后现代文学的奠基者之一。

些故弄玄虚，《白鲸》①的精华在于描写白鲸的那部分内容，诸如此类。叫人始料未及的是，罗布常常将我赶超。有一次，他在旧货市场上发现了博尔赫斯②写的《迷宫》，便买来送给我当礼物，然后又不停地借回去看。他能解决宇宙的谜题，又能纯粹因为爱好而探索文学，还帮助我解决媒克的难题。在罗布的帮助下，我最终找到了合适的论点、链接和算法，写出了一篇有关《包法利夫人》③的论文，让比较文学系人工智能老师们非常满意。

与此同时，我也了解了罗布的童年。他小时候在阿伯丁④生活，双亲都是工程师。自从他的母亲被诊断感染了一种损伤大脑的朊病毒之后，他们就搬到了哈里斯岛。致病原因可能与她爱生吃三文鱼有关。这种鱼大部分是从苏格兰峡湾的那些拥挤的网箱里人工养殖出来的。它们被喂食抗生素，以同类尸体加工而成的鱼肉团为食。就像一个世纪之前的疯牛病一样，这个过程导致了一种看似不起眼却后患无穷的跨物种交叉感染。罗布的父亲希望妻子能够好好度过余生，便在哈里斯岛上建了一个海产农场养殖扇贝——不过他们更愿意称之为牧场。

罗布的父亲仍然在那儿继续着海产农场的生意，不仅产出优质的扇贝，也令岸边礁石一带的其他海洋生物沾了不少好处。听罗布说，尽管检

---

① 19世纪美国最重要的小说家之一赫尔曼·梅尔维尔于1851年发表的一篇海洋题材的小说。
② 博尔赫斯（Jorge Luis Borges），阿根廷诗人、小说家、散文家兼翻译家。
③ 法国作家福楼拜创作的长篇名著。
④ 英国苏格兰地区的主要城市之一。

查结果不容乐观，但在母亲的身体状况还过得去的时候，那一段童年生活还是幸福的。妈妈甚至会讲凯尔特神话故事哄他睡觉，在听我讲线性叙事①小说之前，那也许是他仅有的阅读经历。

神话故事里说，在海湾里生活着外形像骏马一样的水怪，而且在哈里斯岛和大陆之间的明奇海峡②，还生活着一种蓝人，会用歌声召唤风暴和海浪。罗布11岁那年，有天晚上，等他和父亲睡着后，他的母亲朝海边走去。她走进海水里，开始游起泳来。海水冰凉刺骨，根本坚持不了多久。最后也许是汹涌的海浪，也许是明奇海峡的蓝人把她的尸体从克里加奇③送回到环绕着海岬的岸边，第二天早上她就是在那儿被发现的。

讲述这一切时，罗布的脸上没有一丝一毫的波澜，可是，这一定能够解释他为何总是显得那样与众不同，那样淡漠，也能够解释他为何显得格格不入。不仅仅是在利兹，在或快乐、或狼狈、或难过的大学生们中间也是这样，他甚至与自己研究的课题也显得格格不入。对此我渐渐已经有所察觉。

他带我去看了清曜楼的虚拟天文馆，展示了传感器透过奥尔特云④传来的信号，甚至带我下到地下矿井的隧道里，那儿有一个装着低温冷却液的大罐子。他告诉我，这是用来探测暗物质的，人们曾经相信我们的宇宙大部分是由暗物质构成。探测器已经老朽不堪，吱嘎作响，漏着水，有一支小型志愿者队伍负责照看它，使其运转，罗布是其中的一员。隧道里湿

---

① 即按照正常时间模式的叙事。
② 位于外赫布里底群岛与苏格兰之间的海峡。
③ 罗布的父亲开办的海产农场的名称。
④ 是一个假设的包围着太阳系的球体云团，布满着不少不活跃的彗星。

淋淋的，伸手不见五指。我们挨得很近，头上的矿工帽互相磕磕碰碰，咔咔直响，彼此的呼吸近在耳畔。当然，当时的我忍不住有些心猿意马——事情有很多种可能，在那一刻，其中一种可能会变成现实。我想象着和他双唇相碰，身体彼此依偎。可是不知为什么，我没有行动，也许是害怕连朋友也做不成吧。

"它也被科学放弃了。"后来，当我们坐在埃尔登的桌前时，他说，"就像荒谬的'哥本哈根耸肩'一样。没有暗物质和暗能量，星系的旋转和彼此之间渐渐远离在数学上根本就无法解释。你知道现在大家看好的说法是什么吗？叫什么'局部缺陷'，就是说物理的基本规律并不是在整个宇宙都同样适用，上面有着零零散散的缺陷。"

"可是你不信这一套？"

"我当然不信！这根本不科学。"

"但是，就算设计得再精巧的虚拟游戏也会有缺陷，不是吗？就算在小说里，有些事情也不是百分之百合乎情理的。"

"我知道。就像在《长眠不醒》①中杀掉园丁的人，还有在夏洛克·福尔摩斯的那个故事里，季节突然从秋天换到了春天。但是这不一样，丽塔，这不是……"他险些破天荒地露出了仇恨和鄙视的表情，但最后还是稳住了。

"你不打算放弃？"

他笑着晃动杯中的啤酒，"不，丽塔。我绝对不放弃。"

---

① 美国推理小说作家雷蒙德·钱德勒的第一部长篇小说。

5.

我和罗布在对书的选择上渐行渐远,也许原本就是无法避免的事。他发掘出一种叫做科幻小说的古老文学,正是比较文学的人工智能老师特别不屑一顾的那一种。就在他努力影响我成为科幻小说爱好者的同时,我已经看到了其中的问题。这些啰哩啰唆的文字当中几乎看不出什么才华,角色塑造也浮于表面,而且,尽管绝大部分内容和未来有关,但是那些预测荒唐透顶,能叫人笑掉大牙。

罗布却认为这并不重要,他觉得科幻小说的本质是各种想法的文学,而且能给人惊奇感。对他而言,惊奇感很重要。我偶尔也能明白他的感受——大概是在那本描述不毛之地的书里看到孤独的宇航员穿过星门,或是与大蠕虫在一起的时候吧——但是大部分内容都叫我提不起兴趣。

接下来那一年,罗布被调到智利的阿塔卡马高原,加入了一个大型毫米组合望远镜的项目。而我没什么事好做,便继续租下了我们在海丁利的房子,又找了一些新的合租人。我开始攻读硕士学位,研究乔治·艾略特①的作品《米德尔马契》中的性别角色。当然,我付费对罗布做了虚拟访问。那时的他坐在一辆吉普车里,随着车身在阴沉天空笼罩下的沙漠上颠簸不已,我的影像出现在车中的相机里,和他聊了聊高原反应和老朋友们身上发生的变化。

又是新的一年,他们加快了研究速度。罗布即将前往海德堡做一份临时工作,半教学半研究的性质,他对此并不十分满意。在出发之前,他还

---

① 乔治·艾略特(George Eliot),19世纪英国小说家。

有点儿时间和我喝一杯。罗布一直在阅读——很明显在智利没有太多的事好做——但是我意识到,和他谈论普鲁斯特①和亨利·詹姆斯②的时光已经一去不复返了。

他一头扎进了——说躲进可能更合适——一个叫做"架空历史"的科幻小说分支中。他对我讲过的那些不断衍生分化的世界,在这一类故事里得到了淋漓尽致的精彩展现。希特勒打赢了第二次世界大战,而且似乎赢了很多次;美国内战以南军获胜而告终;西班牙无敌舰队没有吃败仗;欧洲仍旧在中世纪罗马天主教的管制下;李·哈维·奥斯瓦尔德③的子弹擦着肯尼迪总统的头皮飞了过去,诸如此类。末了,我们在埃尔登门口的街上不带杂念地拥抱和亲吻,然后分道扬镳。当时的我便认为,这种怪异的痴迷不是什么好迹象。

多亏学比较文学的韩国同学桑米帮忙,我找了个还过得去的工作——在首尔教有钱人家的孩子英语。我一度教得饶有兴致,人们待我也热情友好,但是后来我厌倦了,便跑去参加一家传媒巨头的面试。这家公司在加利福尼亚州地震后就把实体总部转移到韩国。受聘后拿到的薪水比当英语老师时少得多,每天早晨还要和熙熙攘攘的上班族挤公共交通。我的工作地点在麻浦区,那是一座半实体的、带有几分塔庙风格的雄伟高楼,隐隐约约地飘浮在空中,俯瞰着大地。我在那儿钻研一个个高分辨率的虚拟世

---

① 马塞尔·普鲁斯特(Marcel Proust),20世纪法国意识流小说家。
② 亨利·詹姆斯(Henry James),19世纪美国小说家。
③ 李·哈维·奥斯瓦尔德(Lee Harvey Oswald),美籍古巴人,被认为是肯尼迪遇刺案的主凶。

界，这些世界的奇境叫人目不暇接，也叫人头痛，同时我也受邀去参加一个个同样叫人头痛的会议，为别人提供点子。

如果是在二十年或三十年以前，其他开发人员根据自己掌握的常识，哪怕是从父母亲谈论电影时顺耳听到的一星半点，也足以戳穿我的剽窃行为，但是现在，我提出的所有想法都成了前所未见、古灵精怪的新点子。我成了一个剽窃点子的"文学喜鹊"①。找我寻求意见的人纷至沓来，都希望得到离奇的转折和反转。杀死罗杰·艾克罗伊德的真凶②和《了不起的盖茨比》中的狗项圈这样的桥段都被我用上了，更别提《无名的裘德》③中时光老人的所作所为，还有苏菲做出的那些可怕选择④。这一切都被我占为己有，而且还不止于此。我甚至从和罗布的聊天中获得灵感，攒出维多利亚时代的人发明了蒸汽计算机这种怪点子。我，掉进虚拟奇境的爱丽丝，没有人怀疑我的光明磊落，只是我自己对此尚存疑虑。

我和罗布已经养成了习惯，不论身处何方，都要到埃尔登酒吧的虚拟界面去碰面。这可能是虚拟工程专业炫技的产物，也可能是一个后后现代艺术项目，总之是一群学生搞出来的。这个界面的实时更新同步到了每一个原子和像素，我们两个的虚拟影像常常让那些从下午的讨论会上溜过来的真实大学生们侧目不已。而且我们真的可以买酒，甚至可以喝酒，只是没法消化而已。考虑到卫生间的状况，这应该不算坏事。但不知何故，那

---

① 喜鹊常守在其他鸟的窝边，只要亲鸟不在，它便乘虚而入，将雏鸟掠走。此处作者用喜鹊来比喻剽窃他人创意的行为。
② 英国侦探小说作家阿加莎·克里斯蒂的长篇小说《罗杰疑案》中的情节。
③ 英国作家托马斯·哈代创作的最后一部长篇小说。
④ 美国作家威廉·斯泰隆的小说《苏菲的选择》中的情节。

种喝下3升啤酒却依旧头脑清晰的感觉只能给我们的见面带来那么一点儿不寻常的快乐，至少刚开始是这样。

罗布辗转在一个个城市、一所所大学和项目之间，所面临的困境越发地明显了：他已不再年轻，却无法摆脱学生的身份，只能依靠一份份短期合同和贷款为生，只能拥有一段又一段的露水情缘，最糟糕的是，明摆着的，他自己也知道这一点。

"我看我是生不逢时，丽塔，"他啜饮着虚拟啤酒说道，"一年前我试图说服一位前辈支持我的项目，她当时就说了这么一句。"

"你们这些科学家还得四处兜售自己的理论？"

他笑了起来，但是那带着暖意和赫布里底腔的嗓音转眼便充满了苦涩："世道如此，还能怎么样呢？不过，潮流再怎么变，数学依旧万变不离其宗。要把亚原子粒子的表现与我们所了解的世界调和一致，多重世界理论仍旧是唯一的途径。一件事情难以证明并不说明它应该被忽略。"

那时候我正忙得不可开交。我不再帮别人想点子，而是开办了自己的咨询公司，而且发展得还不错，赚得盆满钵满。实际上，我已经很有钱了，有钱到一般人都不知道该拿这些钱干点什么好的程度。但是我知道。我在一座能够俯瞰汉江的豪华在建大厦里定了一套新公寓。我给工人们展示牛津大学古老的博德莱图书馆地下步行道、大英博物馆的阅览室、利兹大学的布拉泽顿图书馆，以及许多其他已经消失的学习场所。我使尽浑身解数，只是为了让他们知道，我希望把大部分内部空间改造成一个叫做"图书馆"的地方。当然，我已经把大量藏书放在安全的地方，一个防火防潮、能够控制气候的仓库里，但是现在我的要求升级了。

大量的公共典藏书要么仍被收藏着，要么已经流散无踪。像我这样又有钱又疯狂的人还不少，使得这些珍稀的古物——比如鸿篇巨制的第一个对开本、早期版本、手打版本等——依旧维持着高价和紧俏。对这份追求抱有如此大的决心和坚持，连我自己都感到吃惊。不过说到底，还有什么事情可以让我耗费时间和金钱呢？

我的图书馆没有盛大的开幕仪式。实际上，我急不可耐地把建造人员和管理人员，不论是人类还是人工智能，一股脑地全都轰了出去，好让自己独享这个小天地。我站在那儿深深呼吸，似乎能闻到那早已烟消云散的森林和梦想的气味。

这里有纳博科夫[①]、多斯·帕索斯[②]、司汤达[③]、卡尔维诺[④]和威尔斯[⑤]等大作家的作品的早期版本，有塞万提斯[⑥]的作品早期的译本，还有一批不错的斯威夫特的作品。考虑到罗布的喜好，我甚至在一个长长的书架上全都摆上了通俗杂志，比如《惊奇故事》[⑦]和《怪异故事》[⑧]，虽然那些印着被太空大蜈蚣挟持的大胸美女的封面大多有破损或褪色。我并不费心去密封保存这些珍本，而是让它们在书架上拥挤为伴。作者的签名的确是我看重

---

① 弗拉基米尔·纳博科夫（Vladimir Vladimirovich Nabokov），著名俄裔美籍作家。
② 多斯·帕索斯（John Dos Passos），美国著名小说家。
③ 司汤达（Stendhal），19世纪法国批判现实主义作家。
④ 伊塔洛·卡尔维诺（Italo Calvino），意大利当代著名作家。
⑤ 赫伯特·乔治·威尔斯（Herbert George Wells），英国著名小说家，尤以科幻小说创作闻名于世。
⑥ 塞万提斯（Miguel de Cervantes），文艺复兴时期西班牙小说家、剧作家、诗人。
⑦ 美国知名科幻杂志，1926年由美国科幻杂志之父雨果·根斯巴克创刊。
⑧ 美国奇幻及恐怖小说杂志，创刊于1923年。

的——那说明这本书曾经在海明威的手里停留过一时半会——但是其他的,除了在搜集过程中抢在别人前头时的兴奋,都已经不再重要了。书本毕竟是老物件。压扁的飞蛾和夹在书页间的公交车车票,咖啡杯的杯底在书皮上留下的一圈咖啡渍,空白处写下的感叹,它们在漫长岁月里留下的每一处痕迹都叫我爱惜。

就这样恬不知耻而且沾沾自喜地欣赏了两个小时之后,我决定给罗布打电话。一直和我一样忙着图书馆收尾工作的虚拟化身四处搜寻罗布,最后它发现了一篇短短的报道:哈里斯岛上有一位叫卡勒姆·霍尔姆的渔民死于一周前的一次船难。

很显然,罗布眼下应该在那儿。我要联系他吗?我是否不应该打搅他的悲伤?我竟然如今才看到这个消息,还有什么脸面自称是他的朋友?我在自己一手打造的带穹顶的大屋子里转了一圈又一圈,束手无策,心如刀绞。

"嘿。"

我猛地转过身,罗布就站在我面前,样子很憔悴,却还是淡定自若。他蓄起了胡须,其中闪现着丝丝银白,头发也一样。我能闻到他身边那带着海洋气息的空气,能听到海鸥的鸣叫。

"罗布!"要是图书馆的能量场许可的话,我已经冲上去拥抱他了,"我真的真的很难过。我早该知道的,我早应该——"

"没什么该不该的,丽塔。知道我为什么要保密吗?因为我只想独自静静地待在哈里斯,把事情整理清楚。不过……"他抬头朝四面张望,"你把这地方建得太棒了!"

我带着他在书架间四处浏览，看我的收藏品。罗布手指的虚影在首版《了不起的盖茨比》的书页中，在《科学奇妙故事》[①]杂志的透视眼镜广告上不经意地拂过。他告诉我，他的父亲是在出海对付一条海带浮筏上断掉的绳子时，被一阵突如其来的风暴所袭倒的。他的尸体被冲上岸的地方，恰好就是罗布母亲的尸体被发现的那片海滩。

"他不是故意求死，"罗布说，"这一点我可以肯定。他正当盛年，对自己的事业志得意满，不可能放弃这一切。他只是误判了那场即将来临的风暴而已。当然，我也一样。这一点你知道的，丽塔，比谁都清楚。"

"那么接下来你要怎么做？生意要收场，会有很多繁琐的事情要应付吧。"

"我没打算收场。"

"你打算就待在那儿了？"我感到难以置信，却努力掩饰着不表现出来。

"为什么不呢？坦白说吧，我那所谓的科学研究已经好多年颗粒无收了。我想证明的东西已经抓不住了。我不像你。我的意思是……"他指指层层叠叠的书架，"你想要什么，最后总能努力实现。"

6.

罗布不是那种装腔作势的人。他说自己心甘情愿放弃研究工作，顶替父亲的角色，在偏远小岛上养殖水产，那是因为他真的很高兴这样做。我一直没能挤出时间到哈里斯岛去拜访他——毕竟，这地方在地球的另一面——而他，因为家里的生意需要时刻专心投入，也没有来过首尔。从对

[①] 美国科幻杂志之父雨果·根斯巴克创办的科幻刊物之一。

小岛风景的有限几瞥当中,我渐渐开始领会那种奇绝的美,也喜欢上了每隔一段时间就会送来的一箱又一箱真空包装的冰冻新鲜扇贝。但是这对罗布·霍尔姆而言真的就够了吗?很显然,眼下的事业让他感觉良好,我也听他讲述过一些岛上居民的逸闻趣事,甚至听到他偶尔提到在同乐会上遇见的女人,可我仍然觉得不够。毕竟,克里加奇是他父母的世界,不是他的。

尽管他一直不肯谈及有关细节,但我很清楚,他渴望把自己的多重世界试验重新做起来,我也知道这个课题会很复杂,会产生争议,也很烧钱。如果能为他提供经济上的援助,我自然是乐意之极,不过我知道他会拒绝的。那还能做些什么呢?我的传媒公司已经发展壮大,其中有导师、咨询师和顾问,有的是人类,有的是人工智能。对于这样一个团队,罗布的加入应该是一个非常有益的补充。但是真实世界的不自洽和缺乏逻辑已经让他伤神,虚拟世界里的小缺陷、谎言和矛盾会叫他更加无法忍受。最后,我想到了一个好办法。

一个傍晚,我和罗布的虚拟化身来到埃尔登,他问我:"知道为什么这儿还是老样子吗?从卫生间飘来的气味、不合时宜的圣诞节装饰,还有吧台后面堆满灰尘的珀诺酒,一切都没变。这里已经不是酒吧的实时影像,老埃尔登几年前就拆了。从那以后,我们到这里来所看到的一切只是智能模拟,模拟出假如酒吧依旧存在可能会是什么样子,包括酒保、学生、我们自己和所有的一切。"

"如今……"虽然一切都没变,但老埃尔登似乎整体都在轻微地闪烁,"都是这样的,真假之间的界限变得很模糊,叫人无从分辨。不过你知道吗？"我像是突然想起来似的说道，"首尔有很多工作室都看上了一档节目，展示科学奇观的系列剧，是一档适合大众的、真实的直播节目。但是我们一直很烦恼，因为找不到合适的主持人。他得是个新面孔，还要有合适的背景和个性，可以把整个节目带动起来。"

"你不会是说我吧？"

"为什么不呢？这只是一份兼职，说不定还能帮你宣传克里加奇的生意呢。"

"科普达人？"

"没错，就像卡尔·萨根[①]那样，或者是斯蒂芬·杰·古尔德[②]。"

我说服了他，那个策划好几年都没做成的电视节目也成了。我原本只把它当作让罗布赚上一大笔钱的机会，没想到自从第一集现场直播开始后，节目就一炮而红。罗布本来就魅力十足，说起话来循循善诱，加之灰白相间的胡须让他平添几分稳重——甚至是帅气。他以巨人堤道[③]为例阐述了裂口形成的物理原理，制作古怪的钟摆来解释天气预报只能限定在若干天之内的原因，还在火地岛与鲸在海中同游。他唯一不愿意触碰的，就是光子沿着双缝管道发射出去后的怪异表现，以及星系的旋转与牛顿和爱因斯坦的理论之间那无法自圆其说的矛盾。

[①] 卡尔·爱德华·萨根（Carl Edward Sagan），美国天文学家、天体物理学家、宇宙学家、科幻作家，天文学、天体物理学等自然科学方面的科普作家。

[②] 斯蒂芬·杰·古尔德（Stephen Jay Gould），美国人，世界著名的进化论科学家、古生物学家、科学史学家和科学散文作家。

[③] 位于北爱尔兰贝尔法斯特西北约80公里处大西洋海岸，由总计约4万根六角形石柱组成8公里的海岸，石柱连绵有序，呈阶梯状延伸入海。

短短几年间，罗布·霍尔姆身价暴涨，声名鹊起，当然，他并没有刻意追求后者。他一次次地站在讲坛上，满脸困惑，却仍旧魅力十足；他犹犹豫豫地伸出手，与做着鬼脸的政治人物握手；他甚至拒绝了出席音乐节的邀请，并不得不走法律程序来保护自己的虚拟身份的版权。

罗布终于来首尔看了我一次，并亲身体验了我一手打造的图书馆奇迹。

到了最后，罗布的风头甚至盖过了我。可是，就在我和世界上大多数人一样把他看作一个英俊的、口音柔和的科普达人时，他的虚拟化身把后续剧集的合同还给了我，上面没有他的签名。赚够钱意味着他可能要退出，我可能已经忘了这一点，但他显然没有忘记。

我们再次来到专属于我们的虚拟埃尔登酒吧——后来我才知道，这是我们最后一次在此相聚。"那么，"我问他，"如果这个项目做成了，如果你获得了有意义的结论，证明多重世界理论是对的，接下来会怎样呢？"

"当然是发表。公开数据，同行评议，然后——"

"难道听到他们说正确就够了吗？"

"没办法……"他将沾在灰色胡须上的啤酒泡沫抹掉，"……科学就是这样。"

"科学家不需要在公众面前博取关注吗？伽利略不就这么做过？他可是演了一出扔铁球的好戏。"

"我在最后几集里澄清过，比萨斜塔的故事是他早期的传记作家杜撰的。"

"得了，罗布，你知道我的意思。"

他一副很不自在的样子。不过，他已经有了名望，当然用不着如同葛丽泰·嘉宝①一般抛头露面，只需要充分利用自己的名气就好。

于是，我便成了为罗布长期实验规划的公关代理人。对于受过高等教育的物理学门外汉而言，要理解他的理论尚且需要好一阵子，更不用说普通大众和我们这些所谓的传媒专业人士了。我们所需要的只是一个着力点，一个简单的卖点。经过一番钻研之后，我还真找到了一个。

1954年的夏天，一个身着西装的男人来到东京机场。他是白种人，但是日语说得很地道，有关他的一切都显得很平常，除了护照之外。他的护照看起来是真的，但是上面写着他来自一个叫做陶乐德的国家。官员们翻遍了他们的目录也找不到这个地方。来客与他们一样困惑不解。人家给他一张地图，他指向了安道尔共和国②，一个很小的古老共和国，位于法国和西班牙之间。他坚持说那就是陶乐德。机场安排他在一间安全的高楼层宾馆房间里休息，同时着手开始进一步的调查，这是非常人道且明智的做法。可是，尽管士兵们把房间围了个水泄不通，这名神秘男子却在第二天早晨神秘消失了。从那以后，再也没有人见到过这位来自陶乐德的旅人。

罗布对这个故事半信半疑，当他知道这个迷因③被当作宣传手段公之于众，更是一反常态地发起火来。我知道，尽管他在这些故事里沉迷多

---

① 葛丽泰·嘉宝（Greta Garbo），美国著名影视演员。
② 位于西南欧法国和西班牙交界处的一个主权国家。
③ 也称为米姆、迷米、弥母等，是文化信息传承时的单位。这个词是在1976年，由理查德·道金斯在《自私的基因》一书中所创造，将文化传承的过程，以生物学中的演化规则进行模拟。举例而言，某个人类大脑中的观念（迷因），经由模仿或是学习复制到不同人的大脑中。而经过复制的观念并不会与原来观念完全相同，因此产生变异。这些相似但是有所不同的观念，则在散布时互相竞争，因此出现类似天择的现象。

年，但对他而言，这不过是众多都市传奇中的一个。当他急需科学机构的帮助时，这个故事恐怕只会将对方越推越远。实际上，他真正需要的是时机，以及在一个关键性的观测窗口期可能争取到的引力观测站带宽，包括地球上和天文轨道上所有观测站的。剩下的时间已经不多了。

时间在分分秒秒地流逝。技术方面时不时的卡壳，最后决策时刻的犹豫不决，突然出现的巨大资金缺口，都让气氛变得越来越紧张。直到最后几个小时，我才乘坐亚轨道飞行器从韩国来到法兰克福，然后搭乘空铁来到格拉斯哥，随后乘着一艘嗡嗡作响、由绳子和碳纤维构成的船，沿着苏格兰西海岸，顶着大风穿过了闪闪发光的明奇海峡。船最终停靠在刘易斯岛的斯托诺韦港，这个岛和哈里斯岛一北一南，共同组成了一大块陆地。我在这儿上了岸，设法找到一辆气泡车，它带着我穿越紫色的荒原，经过零星散落的白色小屋，最后驶入古老的群山之间。

罗布就在最后一站的道路尽头等着我。当我们在毫无暖意的春日阳光下拥抱时，全都止不住浑身颤抖。可是，我来了，他也来了，而且他成功地将好奇的世人挡在了门外，哪怕是我也不可能干得更漂亮了。所有的分歧和问题看来都已经处理妥当，即使有些事先安排好了的资源被撤走，罗布也照样能获得所有需要的数据。罗布·霍尔姆到底是成功的预言家，还是被历史抛弃的老古董，第二天便能见分晓了。

7.

罗布仍住在儿时的家里，那是一栋老式屋顶的小别墅，就在克里加奇的海边。他还睡在儿时自己睡过的小床上，而他父母亲的房间里则满是各种昂贵的数据处理设备和监控设备，连同一个高频段的多重冗余卫星信号接收装置。楼下是一个客厅，罗布把自己的藏书放在火炉边的一个壁龛里。我吃惊地发现，除去零零散散的《阿西莫夫科幻小说》、勒古恩和《克拉克斯世界》杂志外，几乎全都是诗集，包括拉金①、艾略特②、弗罗斯特③、迪金森④、蒲柏⑤、叶芝⑥、和邓恩⑦的作品。壁龛旁是一张低矮的花格布长沙发，他就坐在这里阅读这些诗集。我想着这张沙发也许可以当床用，只要稍加整理就好。

他带我坐船出海，给我看他养殖的扇贝，带我见识空旷广阔的海滩和粗粝的大地，领略壮美的风景。突出的海岬旁的那片海湾，就是罗布的父亲和母亲被找到的地方。在海浪的声声叹息之外，我似乎听到了明奇海峡的蓝人在召唤。地平线上伫立着一些石头，一处峡湾的尽头是一座古老的捕鲸站，还有修建着中世纪教堂的小山，教堂里装满了部族首领们的尸体，正是他们之间的血腥争斗给这些小岛赢得了一个蛮化未开的名声。同时，两个黑洞碰撞产生的强烈震动正在宇宙中以光速朝我们赶来。

晚餐自然不能少了扇贝。按照高地的吃法，扇贝与干比目鱼、蘑菇

---

① 菲利浦·拉金（Philip Larkin），英国著名诗人。
② T·S·艾略特（Thomas Stearns Eliot），英国诗人、剧作家和文学批评家，诗歌现代派运动领袖。
③ 罗伯特·弗罗斯特（Robert Frost），美国著名诗人。
④ 艾米莉·迪金森（Emily Dickinson），美国传奇诗人。
⑤ 亚历山大·蒲柏（Alexander Pope），18世纪英国最伟大的诗人之一。
⑥ 威廉·巴特勒·叶芝（William Butler Yeats），爱尔兰诗人、剧作家和散文家。
⑦ 约翰·邓恩（John Donne），是17世纪英国玄学派诗人。

碎、烤肉和野蒜叶拌在一起，佐餐酒是麦芽威士忌，配以乳清奶酪苏打面包。晚餐后，罗布又上了一次楼，在他父母卧室改造成的嗡嗡作响的神龛里，再次查看那些宝贝资源的状态。

这一对黑洞曾经盘旋着朝对方行进了好几万年，人们在地球上进行观测也有数十年之久。尽管它们显得很神秘，但不论从哪方面来说，黑洞都是很简单的，它们只是单纯的物质而已。它们离我们太过遥远，尽管在人类仍处于学习使用工具的远古时代碰撞就已经发生，我们却只能在这一事件的影响抵达地球之前的几小时之内（还好不是几分钟之前），才能观测到数据。

为了将这个时刻记录下来，深空中和地表上的引力波观测站、大型激光干涉仪全都严阵以待，罗布也成为了其中一分子。所有人期待看到的，或者说研究所和大学调转各自的设备要捕捉的，是这个……站在我身后的罗布俯下身来，调出了一张图，上面呈现出一个尖锐的箭头，是数据曲线形成的巨大峰值，意味着两个黑洞彼此吞没和融合的瞬间引发的震动，以引力波不对称脉冲的形式向外传递开去。

"但这不是我想要的，丽塔。那个信息已经相当微弱，它只不过是一个时空结构深处的涟漪，可是我所期待的，却是把所有观测结果进行综合并过滤之后找到的更加微弱的东西。"

"这……"他拉过另一个屏幕，"才是我想看到的。"还是同样一个数据形成的波峰，但是这一次，在它的周围环绕着一组不断递减的怪异的小波纹，让我回想起多年前罗布在利兹给我展示过的，那些光子产生的幽幽亮光，"这些是黑洞在其他宇宙碰撞产生的回声。"

我伸出手去，碰了碰飘浮的屏幕，感受着存在于其他世界里的不可思议的暗物质。

"这一切都会在今晚发生？"

他回我以微笑。

8.

罗布链接的观察站都是些遥远、独立且自动化的设备，暂时没什么需要操心的。于是，我们把椅子拿到外头的黑暗中，喝了些威士忌，捡了些浮木，在岸边生了一堆火。

我们聊天，话题是书。没什么新鲜的，只是说起一些共同的喜好而已，例如爱伦·坡①、帕斯捷尔纳克②和菲茨杰拉德。罗布承认，初次尝试接触文学时，他体验到了从未有过的困难。他觉得那些古老的语言生涩难懂，怪异的标点让人满头雾水，甚至过了很久他才明白书签的真正用途。要不是见我这么喜欢，他早就放弃阅读纸质书了。

"知道吗，是《格列佛游记》最终真正扭转了我的看法。斯威夫特这人非常聪明、风趣，又粗鲁又爱生气，但是他很会讲故事。书里说拉普他岛③的宇航员在岛上的洞穴里研究星星，试图从黄瓜中提取阳光，其实我们也在这儿干着类似的事情，不是吗？"

篝火渐渐烧得旺了。我们又倒了些威士忌。罗布念了一首李白的诗，

---

① 埃德加·爱伦·坡（Edgar Allan Poe），19世纪美国诗人、小说家和文学评论家。
② 帕斯捷尔纳克（Boris Leonidovich Pasternak），苏联作家。
③《格列佛游记》中的一个飞岛，岛上居民多幻想而不务实际。

描绘的是诗人伴着月影饮酒作乐的情景。这让我们回想起在利兹上学时，跑到荒郊野外去喝酒、胡吃海塞、像野人一样跳舞的时光，以及，没错，还有我和他一起仰望星辰的时刻。

我们站起身来，罗布带着我离开了点燃的篝火。这里的星星分外明亮，夜空黑暗幽深，看上一眼便会感觉自己在朝其中坠落。看西边的天空，丽塔，是金牛座，蟹状星云就在那儿，它是超新星爆发后留下的遗迹，中国人在1054年记载了那一次爆发，它也是被称为银河的英仙臂的一部分，我们的双子黑洞即将在那儿结束它们致命的舞蹈。我靠在他胸前，他的双臂环绕着我。我们似乎都有些乱了呼吸，应该不仅仅是因为联想到宇宙奇观而心潮澎湃的原因。

"现在几点了，罗布？"

"现在……"他看看表，"午夜刚过。"

"还有时间。"

"还有时间干什么？"

我们接吻了。然后我们穿过沙滩，上楼，倒在了罗布的单人床上。很甜蜜，有些醺醺然，也很短暂。没有天崩地裂的感觉，但更像是情到深处。我靠着罗布缩成一团，呼吸着他身上的肉桂香，坠入了仰望满天星河的迷梦之中。

"罗布？"

当我醒来时，窗外的天空刚刚显露出第一丝曙光。我对自己说他一定在隔壁，在他父母的房间，或者是在海边，与虚拟化身将一波又一波的采访请求回绝掉。可是，有什么地方不太对劲，我心中已经隐隐有所感觉。

要在他父母房间那堆嗡嗡作响的屏幕里找到正确的那一个，对我来说不是什么难事儿，我现在已经是媒克的老手了。那件事，黑洞的对撞，确实发生了。引力波的尖峰已经被每一个观测站记录在案。但是另一块屏幕，罗布用来综合、过滤和提炼数据的那一块，并没有显示来自其他世界的任何涟漪和回响。

我呼唤着罗布的名字跑了出去。我检查了房子的信息流。我不停地走过来又走过去。我让自己的虚拟化身联系政府部门。爱人失踪后能做的事我全都做了，可是心里已然很清楚，一切都太迟了。

直升机嗡嗡作响。无人机在半空盘旋。当地人聚集在海边，渔民们也开着拖网渔船和小船赶来了。然后便是不堪其扰的新闻推送。我的确想过要大肆宣传一番，但不是以这样的方式。

最后，当这一天渐近尾声时，我坐在离克里加奇不远处的海岬旁的岩石上，等着潮汐将罗布的尸体送来，与他的父母团聚。

我一直等到了今天。

9.

如今几乎没有人真正记得罗布·霍尔姆，就算记得，顶多也只是个浅淡的印象：那个帅哥？向人们展示奇趣大自然——或者说科学——的节目主持人？他不是以某种蹊跷又哀伤的方式死了吗？但是我还记得他，还思念着他，而且我常常猜测，那个晚上，他从我们短暂共眠的床上起身之后，到底发生了什么？政府部门给出的解释说，罗布看到自己的理论泡汤，便径直走进了明奇海峡冰凉的海水中。可是直到今天我还是很难说服自己接受这个说法。所以，他也许只是像来自陶乐德的旅人那样，从这个不认可他所信奉的理论的宇宙中消失了。

我不再读小说和短篇故事。那些情节和篇章似乎有些过于复杂了。我更爱看壁画，而不是精致的细密画①，就像用粗粝的岩石取代精致的珠宝一样。有趣的是，虽然我对纸质书兴趣不再，它们却再度流行起来。新兴的出版商出现了，甚至也出现了作家，而且在每个城市都能看到雨后春笋般冒出的书店。每年都有数千人涌向我在首尔的图书馆，我允许他们从书架上取下那些宝贵的珍版书，让图书管理员好不气恼。可是，这不就是书本真正的意义吗？不过我自己再也没回去过。实际上，我根本离不开哈里斯岛，甚至无法离开克里加奇。罗布仿佛早有预感似地留下了详细的遗嘱，把这个农场赠予了我。为了经营好扇贝农场，我已经竭尽所能，每天都忙着开船出海，不让螃蟹和海星靠近，哪怕这门生意几乎没有任何利润可言，而且可能永远也没有。

我一直反复品读的，是罗布搜集的那些诗集。我带着艾略特的《普鲁弗洛克》流连于一处处海滩，和哈代共同畅想如果跟那女人多躲上一刻雨将会如何发展，看着西尔维娅·普拉斯②的孩子们将最后的气球戳破。我多希望罗布没有离开，希望他能和我一起分享这些珍贵的诗句，宝贵的光阴。可是，此地空留我和你——亲爱的、忠实的读者——还有那朝着海浪呼喊不息的明奇海峡的蓝人。

---

① 一种精细刻画的小型绘画，主要做书籍的插图和封面、扉页徽章、盒子、镜框等物件上和宝石、象牙首饰上的装饰图案。

② 西尔维娅·普拉斯（Sylvia Plath），著名美国女诗人。

伊恩·R.麦克劳德的作品在20年间多次发表于《阿西莫夫科幻杂志》，曾斩获克拉克奖、坎贝尔纪念奖、轨迹奖，也曾获雨果奖和星云奖提名。

伊恩生活在英国比尤德利镇的河畔。对于这篇作品，他说："起初我只是想写个故事，讲一讲书写文学的没落，但是写着写着，就把神奇的量子宇宙学写了进来。说到故事的背景，我的女儿埃米莉在利兹大学就读，我们麦克劳德家族源自于苏格兰的外赫布里底群岛，书中提到的中世纪教堂里放着的其实是我们家族祖先的尸体。"

冰

(加)里奇·拉森 / 著
傅临春 / 译

塞奇威克用他的制表黑掉了弗莱彻的闹钟，但是当他半夜溜下床时，却发现他弟弟非常清醒地等着他，改装眼在黑暗中幽幽地发着绿光。

弗莱彻犹豫着咧嘴一笑："没想到你真的要去。"

"我当然要去。"塞奇威克的用词依然很简洁，这数月来他都是如此。他绷着冰冷的脸道："你要来，就穿衣服。"

弗莱彻的微笑褪去，换回了惯常阴沉的样子。两人悄无声息在房间里转来转去，默默地套上保暖衣裤、手套和橡胶靴，他们移动时犹如滑块拼图的两个碎片，谨慎地与对方保持一定距离。除了用毯子闷死弗莱彻，如果还有办法能让他不跟来，塞奇威克一定会照做。但弗莱彻已经14岁了，个子虽然还是比他小一些，却也不差多少，而且他瘦小的改装胳膊坚实得像外骨骼一样，威胁已经不顶用了。

等他们准备好后，塞奇威克打头，两人走过父母的房间来到前厅——父母给这间房子录入过塞奇威克的拇指编码，出于歉疚——迫使他再次离开定居地，将他丢在这个该死的地方，一个冻死人的殖民地。方圆百万光年内，他是唯一没改装过的16岁少年。按父母的说法，他博得了他们的信任，但没具体解释。当然了，弗莱彻才不需要博得信任，他能照顾自己。

塞奇威克抹掉了出行记录，不为别的，主要是出于习惯。然后他们走出冰冷的前厅，进入更冰冷的上街。上方拱曲的天顶是一幅夜空全息景象，蓝黑色，有一个大得离谱的卡通月亮，亮白色且坑坑洼洼。除了塞奇威克和他的家人，新格陵兰没有人见过真正的地球夜晚。

他们沉默地沿着成排的房子往前走，靴子在霜冻上擦出印迹。途中，有一个自动清洁器正在处理一片溢出的亮蓝色冷却剂，它狐疑地瞟了他们一眼，又转头继续工作。弗莱彻偷溜到它身后，做出要把它扳倒的姿势。这本来可能会让塞奇威克笑出来，但他已经学会了把自己变成一个黑洞，湮灭一切近似于友谊的感觉。

"别瞎搞，"他说，"它会扫描到你的。"

"管它呢。"弗莱彻一边说着，一边不屑地耸耸肩，他最近常做这个动作。这让塞奇威克相信他是真的不在乎。

甲烷收集器正处于停转周期，这意味着工作组还徘徊在殖民地里，在多巴胺酒吧和舞厅来来回回。他们都用了同一款的改装基因模板，全都有橡胶般的苍白皮肤，可以自行生成维生素；全都有深黑色的眼睛，惯于暗中视物。其中一些瘫坐在路边，被刚刚轰炸了他们血液的玩意儿放倒了，不管那玩意儿是什么。当塞奇威克和弗莱彻走过时，他们咕哝着"异外特……"之类的字眼。其中一个慢了好几拍对他们喊出"你好"。

"要跑一跑。"弗莱彻说。

"什么？"

"要跑起来，"弗莱彻摩擦着胳膊，"好冷。"

"你跑呗。"塞奇威克讥讽道。

"随你便。"

他们继续走着。除了酒吧上方闪烁的全息图外，上街只是一条由生物混凝土和复合材料筑成的单调长廊。下街也差不多，只不过多了一些隔几分钟就喷出蒸汽的检修隧道。

塞奇威克试过从殖民地的一头走到另一头，只花了一天时间，最后他得出结论：除了橄榄球场外，没什么值得他耗费时间。他在球场里遇到的当地人也用他们那僵化的基础语对他表示了赞同。这些人玩的路数不同，球也很重，他们那种惊人的准确度是属于改装者的，塞奇威克知道自己不用多久就会跟不上那种节奏。

殖民地外则是另一番景象。正是这样，塞奇威克才在凌晨2点13分偷溜下床，并和弗莱彻沿着一条未封锁的出口隧道往外走，这条隧道有一小块非法的酸性黄全息标记。今夜，霜鲸正在破冰。

塞奇威克上周比赛遇见了一些少年，此刻，其中的大部分人都等在出口隧道的尽头，懒散地站在闪烁的荧光下，传递着一支电子烟。他已经把他们的名字和脸都录入了文档，并且记熟了。塞奇威克不是第一次当新人，他已经知道要怎么区分谁是谁了。

有个领头的，完全凭心情决定让谁加入。二把手爱嫉妒，三把手什么都不太在意。小兵们根据头领们的动向见风使舵，可能很热情，也可能带着隐约的敌意。最后是游移于边缘的人，要么挤在人堆里，想找个还没有确定地位的朋友，要么就是因为害怕被取代，而变得沉默寡言。

在这里，要分清谁是谁显得有些困难，因为每个人都改装了，而且大家基础语都不好。看到他时，他们全都疯疯癫癫地挤过来和他握手。他们握手的节奏奇怪又不连贯，塞奇威克不太能跟得上。没精打采的高个子是佩特罗，他是第一个和他握手的，那是因为他最近，而不是因为他在乎。欧克斯欧已经眨着他的黑眼睛表示认可了。布鲁姆结实得像块砖，笑起来的声音像是在生气。还有个欧克斯欧，他的下巴上有再生植入物，所以很安静，当然也有可能是因为别的。

安东是最后一个，塞奇威克已经认定他是领头的。安东和他握手握得更久一些，咧嘴笑时露出了那一口永远不需要矫正手术的大白牙。

"霍，异外特，早上好呀，"他看看塞奇威克身后，闪了闪他的眉毛，"谁？"

"弗莱彻，"塞奇威克说，"我弟。要把他喂给霜鲸。"

"你兄弟。"

弗莱彻把自己长长的双手塞进了保暖衣的口袋里，迎上安东的目光。塞奇威克和他弟弟都有一样浑浊的后人种黑色素和烟黑色的头发，但除此之外就没什么相同点了。塞奇威克一直是纤瘦的小骨架，肌肉薄薄地贴着胸部和胳膊，哪怕在重力健身房里也只能挣扎着以克为单位增加负重。他的眼睛有一点凹陷，而且他痛恨自己的鹰钩鼻。

弗莱彻却早就是宽肩窄臀，每一部分都肌肉紧实。塞奇威克知道，不用多久他就会比自己更高。他的脸现在棱角分明，婴儿肥已经不见了：利落的颧骨，雕塑般线条硬朗的下颌。他的眼睛在半明半暗的隧道里仍然在反光，像猫眼般发亮。

安东的视线在两兄弟之间摇摆，无声地表达着最大的疑问，那个大家都有的疑问——他已经改装了，你为什么还是自由态？塞奇威克能感觉到自己的耳尖在变烫。

"它们有多大？"弗莱彻问着，又开始咧嘴笑了，"霜鲸。"

"很大，"安东说，"达难太硕。"他指了指下巴有植入物的欧克斯欧，打了个响指寻求支持。

"大得要命。"欧克斯欧含糊地补充道。

"大得要命。"安东说。

一跨出去，寒冷就立刻浸透到了塞奇威克的骨头。头顶的天空一片虚空，比任何全息图都更黑更广袤。四下里一眼望不到头的，都是冰。只有甲烷收割机的昏暗光线，撕开这片黑暗，然后又缝起来。

布鲁姆有一盏工作组员给的便携灯，他把它交给安东，让他固定在外套风帽上。灯屈伸着弯过他的头顶，散开一团惨绿的光。塞奇威克感觉到了弗莱彻的视线——也许是惴惴不安的，因为他们从未在夜里走出过殖民地；又或许是自负的，指不定他又在采取行动，准备再次毁掉塞奇威克的什么东西。

"好了，"安东说着，期待地呼出长长的一缕蒸汽，他的嗓音在无垠的空气中听起来很空洞，"蹦嘎，蹦嘎，好了。我们走。"

"没错，"塞奇威克说着，试图笑得潇洒一点，"蹦嘎。"

布鲁姆再次发出怒吼般的大笑，用力拍了拍他的肩膀，然后他们在冰面上往前走去。橡胶靴底上的壁虎式突起让塞奇威克保持平衡，衣服里的发热线圈也早已轻响着启动了，但他呼吸的每一口空气都像是要冻裂他的喉咙。弗莱彻跟在落后大部队半步的地方。塞奇威克忍住回头瞥上一眼的冲动，他知道自己会瞧见一脸漠不关心的冷笑，就像在说"有什么好看的"。

回想起来，他应该把父母的安眠剂加在弗莱彻的牛奶里。就算是改装的新陈代谢系统也不可能迅速摆脱三片药的药效，那样他就不会跟着来了。再深一步想，他就不该在弗莱彻能听到的地方，跟安东和佩特罗说那些关于霜鲸的话。

在他脚下，冰的质地开始改变，它们从光滑亮泽的深黑，变得满布疤痕和涟漪，带着破碎过又重新冻上的痕迹。他差点在一块畸形的晶石上绊倒。

"好，停下。"安东举起双手宣布道。

大概一米外，塞奇威克看到一个敦实的铁制指示塔沉在冰中。就在这当口，它的尖端亮起来了，是酸黄色。当佩特罗拿出他的电子烟和其他卷成一团的东西时，安东把一只胳膊甩到塞奇威克肩上，另一边则环着弗莱彻。

"蹦嘎，阿奇-格拉索-外来赛鲸。"他说。

这一串发音听起来和塞奇威克给自己录入的任何课程都毫无相似之处。

安东瞥了一眼下巴有植入物的欧克斯欧，但后者只是弓着腰凑在那里吸烟，嘴唇微紫。"这里，"安东重申道，比了比指示塔，"从这里，霜鲸会上来。"

他说这话时嘴边挂着微笑，但塞奇威克最后发现那是安非他命造成的。他本以为他们吸的至多是派对助兴剂，但现在看来这个想法很蠢。这里是见鬼的新格陵兰，所以现在看来，这些小伙子早就彻底沦落了。

只有一个方法能查明真相。塞奇威克朝电子烟做了个手势："给我那个。"

佩特罗慢慢地给他鼓了下掌，不知是挖苦还是为他庆贺。弗莱彻正看着他，可能因为这样，塞奇威克才尽可能让那呛人的烟雾在肺里呆得久了点。只有一点头晕，但足以错过下巴有植入物的欧克斯欧对他说的前半段话。

"……是这个区域，"欧克斯欧从他松开的手中扯过电子烟，传给了别人，"看，看那里，那里，那里。"他朝外指着，塞奇威克能看到远处渐渐亮起来的其他指示塔。"超级危险，好吗？在这个区域里，霜鲸会打破冰层呼吸。为了打破冰层呼吸，霜鲸会撞击冰层七次。少减该，七次。"

"最少七次。"另一个欧克斯欧插话道。安东隔着手套掰着手指，大声开始数数。

"明白了。"弗莱彻咕哝道。

"所以所以所以，"下巴有植入物的欧克斯欧继续说，"霜鲸撞第一下时，我们就走。"

"我以为你们会留下来等到它结束。"塞奇威克说。他听得不太认真，寒冷正一个个地消灭他的脚趾。

数到二十时安东放弃了，又返回谈话。"我们走，异外特，"他笑着说，"你跑，你跑，我跑，他跑，他跑，他跑，他跑，这里……"他踢了一脚指示塔，发出沉闷的声响，"到这里！"

塞奇威克的视线追着安东伸出的手指，在满布疤痕的冰面上远远的那一端，他勉强能看到那个指示塔发出的黄色灯光。塞奇威克只觉得心往下一沉。他看看他弟弟，有那么一瞬间，弗莱彻看上去又像个小孩子了，但接着，他的嘴角翘了起来，他改装的眼睛开始发亮。

"好的，"他说，"算我一个。"

"你不算！我们现在就回头！"塞奇威克只差一点点就要说出这些话，但它们全堵在了他的胸腔里。相反，他转向安东，耸了耸肩。

"蹦嘎，"他说，"我们走吧。"

人们再度纷纷来和他握手，每个人都号叫着欢迎新成员。弗莱彻伸手示意要烟，这是他第一次抽烟。当电子烟传完最后一圈时，塞奇威克紧紧握着它，望着那一片黑暗，试图让自己停止颤抖。

他知道弗莱彻比他快。从他12岁他弟弟10岁开始，他就知道这个事实，它像一块石头般坠在他胃里。那时他们还在地球，在苍灰色的海滩上赛跑。雾气冷峭，周围没有别的人。弗莱彻在最后三步时跑到了前头，他一边不可置信地发出清脆而响亮的笑声，一边超过了他哥哥。塞奇威克放缓脚步，把胜利让给了他，因为偶尔让小弟弟赢一次也是件不错的事。

　　塞奇威克只顾着回忆，很迟才注意到冰面上怪异的苍绿色，然而这些光并非来自安东的提灯。有什么东西从下面照亮了它。他注视着靴子间的地面，感觉胃里纠成了一团。在遥远的下方，他能辨认出一些被冰层扭曲的模糊形体，它们正在移动。他记起霜鲸是由生物光来导航的，他还记起了甲烷海比任何地球海洋都要深。

　　每个人都扯紧了自己的保暖衣，收拢了手套。众人参差不齐地排成一排，塞奇威克发现自己接近末端，弗莱彻站在他旁边。

　　安东绕着每个人打转，做秀般检查他们的靴子。"抓地。"他说着，手指作爪状。

　　塞奇威克把手搭在布鲁姆肩上以保持平衡，先是展示一只鞋底，接着另一只。然后他本能地倾向弗莱彻，准备让他搭手，可他弟弟无视了这个动作，以完美的平衡感先后把腿翘到空中。塞奇威克又品尝到了熟悉的恨意。他死死盯着远处的指示塔，想象它是落着雨的灰色海滩上第一个码头系缆墩。

　　脚下幽灵般的绿光减弱了，他们重新回到了黑暗里。塞奇威克疑惑地看了一眼下巴有植入物的欧克斯欧。

　　"它们先看看冰层，"欧克斯欧含糊地说着，摩擦着自己的双手，"它们找冰层上薄的地方，然后，潜下去。为了增加冲力。然后，一个接一个地……"

　　"上来。"塞奇威克猜测道。

　　就在此时，光芒又出现了，上升的速度快得不可思议。塞奇威克深吸了一口气，做好了冲刺的准备。他在脑海中勾勒出一个画面：霜鲸飞速向上，这具血肉的引擎由其疯狂摆动的尾巴驱动，裹在一个巨大的气泡茧中，冲破冰冷的海水。冲撞撼动了冰层和塞奇威克的牙齿，他抛开了思绪中的一切，埋头狂奔。

只两下心跳的时间，塞奇威克就跑到了领先的位置，他像挂在吊索上一般飞越过冰面，身下的第二次冲击几乎撞飞了他的腿。他踉跄着，打着滑，又重新恢复了平衡，但就在这一刹那，佩特罗越过了他。然后是安东，然后是欧克斯欧和欧克斯欧，布鲁姆，最后是弗莱彻。

塞奇威克用脚狠狠抠着地面一点点加速。冰面已经没有任何可称为光滑的地方了，甲烷中到处都是裂痕、突起以及冰冻的涟漪。但其他人都像人体水银一样滑过冰面，为每一次踏足找到完美的落脚点。改装，改装，改装。这个词在塞奇威克的脑海里盘旋着，与此同时，他就像在大口吞咽着冰冷的玻璃。

绿光再次弥漫，他绷紧身体迎接霜鲸的第三次撞击。颠簸摇撼着他，但他守住了自己的脚步，也许甚至比欧克斯欧还超前了半步。前头，赛跑的名次已经很明显了：布鲁姆宽阔的肩膀，安东转过来的头，还有那里，越过瘦长的佩特罗跑到最前头的，是弗莱彻。绝望在塞奇威克的喉咙里灼烧地翻搅。

他抬起视线看着指示塔，意识到他们已经跑过了一半路程。弗莱彻现在一马当先，他没有笑，只是那利落的蹦跳仿佛在说"我可以永远跑下去"。然后弗莱彻回头看了一眼身后。塞奇威克不知道他在看什么，但就在这一瞬间，他踩到了一条沟，重重地摔在了冰面上。

塞奇威克看着其他人大步跑了过去，安东在经过时停了下来，半拖着弗莱彻直起身来。"蹦嘎，蹦嘎，异外特。"

第四次撞击，这一次伴随着让人战栗的开裂声。其他人都超过了弗莱彻，塞奇威克也只要再迈几步就能跑过去了。此时弗莱彻刚刚踽踽着站直，而塞奇威克立刻知道他的脚崴了。他的改装眼睁得很大。

"塞奇。"

塞奇威克这一晚都在疯狂地希望某些事发生——他希望医生从未把弗莱彻扯出培养器，他希望弗莱彻的舱室未能传输至新格陵兰——但这一切希望瞬间就粉碎了。就像他们儿时一样，他把弗莱彻甩到了背上，喘着粗气艰难前行。

第五次撞击。塞奇威克猛地咬紧了牙关，冰面上已是裂缝纵横。他只花了一瞬间平衡自己，然后再度踉跄向前。弗莱彻拼命地往他背上贴。远远的就在指示塔旁，其他人冲向了终点，正在十几米外号叫着咆哮着。只有这十几米。

当第六次撞击将世界分开时，他们似乎一下子全都转过了身，霜鲸冲破了冰层。塞奇威克觉得自己正夹在碎冰风暴里越空而行，他觉得自己在用尽力气尖叫，却听不到尖叫声，铺天盖地的撞击声与碎裂声淹没了一切声响。弗莱彻的某部分肢体在空中拍打着他。

着陆时，他就像被拍在了冰面上。他的视野像纸风车一样旋转，从无垠的黑色天空，到转动的冰块漩涡。然后，一个大到不真实的东西从冰冷的甲烷海中跃起，挟裹着霜雾与蒸汽的喷泉，那是霜鲸。它骨质的脑袋是铁灰色的，有公交车大小，甚至更大，上面散布着苍绿色的脓疱，像在辐射一般发亮。

冰面错落碎裂，有什么东西在坍塌。塞奇威克感觉到自己倾斜着往下滑动。他把视线从遮住天空的霜鲸身上扯开，扭头看到弗莱彻四肢摊开地趴在他旁边，是黄绿色火焰中的一个黑色剪影。他的嘴唇在动，但塞奇威克看不出他在说什么。然后戴着手套的手抓住了他们俩，把他们贴着破碎的冰面扯了过去。

欧克斯欧和欧克斯欧确认他们全都被扯过了指示塔，然后所有人从冰面上爬了起来。只有塞奇威克根本不去费那个力，他还在等自己的心脏重新开始跳动。

"有时六次。"安东蹲在他身边，怯生生地说。

"去死吧。"附近传来弗莱彻嘶哑的声音。在一个软弱的瞬间，塞奇威克憋回了一声颤抖的大笑。

他们在肾上腺素飙升的状态下一路冲回家去，新格陵兰人全程都在连珠炮般地交谈，他们似乎仍然在一遍遍回忆塞奇威克和弗莱彻只差一点就掉下海去的情形。到了住地，每个人都握手送别，之后一群人喋喋不休地散去。

塞奇威克无法从脸上抹去化学作用带来的笑容，他和弗莱彻潜进前厅，然后偷偷摸摸回到暂时共住的房间。他们一直翻来覆去轻声聊着霜鲸，它的大小，还有之后浮出水面的那些东西，聊着它们将冰冷的空气吸入血管满布的巨大囊袋的样子。

塞奇威克不想停止交谈，但最后他们还是停下来，爬上床。尽管如此，这一片静默已与先前不同了，变得更加柔和。

直到他躺平瞭望着生物混凝土天花板时，他才意识到弗莱彻在回程的路上换了一只脚跛着。他难以置信地猛地坐了起来。

"你假装的。"

"什么？"弗莱彻翻到了另一边，用长长的手指划着墙。

"你假装的，"塞奇威克重复道，"你的脚踝。"

弗莱彻放下了手，这漫长的沉默足以证明一切。

塞奇威克的脸烧了起来。他以为自己终于做了某件足够强大的事，足以让他在他们之间保持的不管什么该死的平衡等式里站到强势的一边了。然而事实却是弗莱彻在同情他。不，比那更糟。弗莱彻采取了一个行动，无论他那改装脑袋里飘过了什么计划，他操纵了他。

"我们可能都会死掉。"塞奇威克说。

弗莱彻还是背对着他，完美地耸了耸肩。所有那些熟悉的愤怒感汹涌燃过了塞奇威克的皮肤。

"你以为这是全息游戏吗？"他咆哮道，"这是真实的。你可能会把我们两个都搞死。你以为你什么都能做到，对不对？你以为你什么都能做到，事情会完美得如你的愿，因为你是改装的。"

弗莱彻的肩膀僵住了，"真棒。"他干巴巴地说。

"什么？"塞奇威克质问道，"什么真棒？"

"你这话说得真棒，"弗莱彻对着墙说，"你耻于有一个改装的弟弟，你想要一个和你一样的。"

塞奇威克支吾着，然后逼自己笑出来。"没错，也许是这样，"他的嗓子发疼,"你知道看着你是什么感觉吗?看着你永远比我强?"

"不是我的错。"

"他们告诉我你会更好时,我6岁,"塞奇威克说着,现在停下也来不及了,他把从前只会独自对着黑暗说的话全都倒了出来,"他们说的是不同,但真正的意思是更好。妈妈不能再要一个自由态,而为了离开行星,你总归要把它们都改装了。所以他们在试管里培育你,像做汉堡一样。你甚至不是真的。"呼吸似乎要劈裂他的喉咙。"他们有我为什么还不够,哈?为什么不够?"

"该死的。"弗莱彻说着,他的声音像沙砾一样。塞奇威克从未听他说过或真心说过这句话。

他扑回自己的床上,紧抓着悄然流逝的怒火,但它还是一点一滴地消失在了黑暗里。羞愧占了上风,像水泥一样杵在他胃里。时间在静默中一分一秒过去。塞奇威克想,弗莱彻可能早就睡着了,也可能根本不在乎。

然而他听到了一声啜泣,那是被胳膊或枕头闷住的声音,塞奇威克已经多年没听到他弟弟发出这样的声音了。它钻进了他的胸膛。他试图忽略它,试图放过它。也许弗莱彻脱掉保暖衣后发现了冻伤,也许弗莱彻在采取又一次行动——他总是一次接一次这样——也许他正在他们之间的黑暗中放下一个饵,并且削尖了舌头准备反击。

也许塞奇威克需要做的就是过去那边,把手放在弟弟身上,然后一切都会好了。他的心脏跳到了喉咙口。也许。塞奇威克把脸压在枕头冰冷的织物上,决定等着第二声啜泣。但什么也没有。静默更加沉厚,变成了黑色的坚冰。

塞奇威克闭紧了眼，他很痛，很痛。

里奇·拉森生于西非，曾于罗德岛求学，现居加拿大渥太华，自2011年至今已有100多篇小说发表在知名刊物上，并被多部年选收录。作品曾被斯特金奖、手推车奖等奖项提名，已有法语、意语等多种译本。

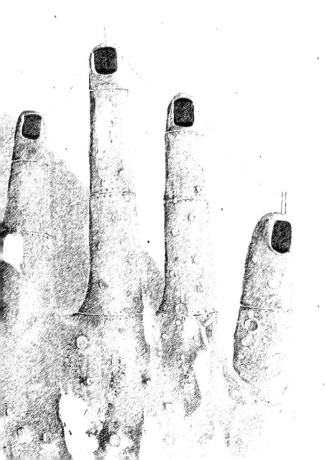

国内篇

寻夜

韩松/著

一

子时，烈日当空。我和搭档去寻夜，行走在北京城。我已做了十年寻夜人，而搭档大学毕业刚刚加入这支队伍。她跃跃欲试，对执行首次任务满怀好奇。这次我们要去追缉一个逃亡中的夜的非法制造者及他乘载的夜，这具有危险性。

我们潜入故宫。在太和殿旁，寻夜器发出警报。我举枪。出现在显影器中的，是一个瘤状黑色物，在"建极绥猷"牌匾下茧一样挂着，又像一朵枯萎的阴云，毛茸茸的边缘颤动着微微变幻。忽然，哗的一声，该物破裂，黑丝四溅，中央喷出一抹红色的液体——一个人类的脑袋破裂了。搭档先开了枪。

她欢呼，拉我上前检视。一个夜的丙五型版本，一个椭圆形的物理实体，使用十二度人工引力，在八立方米的范围内，弯曲出一个临时的小型时空，其内部模拟了夜的特征，诸如低温、无声、无光等，及夜在神经系统上引发的特殊感受。这个可以像等离子体一样飘行的东西亦称"黑瘤"，能独立存在十小时至三天。它里面栖有一人。

此刻，这人的尸体掉了出来，他却不是我们此行追寻的主体目标，而只是一个普通的夜用户。夜的制造者又逃掉了。搭档召唤来清理车。我们为尸体编了号，与夜的残骸一起，扔进车中。一张写满字的纸条飘落在地。死者的遗嘱。

我收起遗嘱，与搭档继续前行，搜寻既定目标。逃亡者是个厉害的家伙。他制造了并支配着三千个夜。他有很强的反侦查能力。

我们来到望京，又发现两个"黑瘤"，藏在垃圾站中。我们立即予以摧毁。阳光穿透水母般分崩离析的黑暗，辉映着红艳艳的大脑物质，让人产生发疯般的恍惚。"黑瘤"是精密的人造物。人类曾经制造了许多东西，石器、铜器、陶瓷、船、火车、飞机、电脑……夜却是一种完全不同的作品。

搭档第一次干这事，十分兴奋。但我们并不知道这些人造夜的用户姓甚名谁、何种身份。据说各阶层各行业都有。他们为何痴迷于夜呢？——其实也都是些假夜。自然界的夜已然不复存在。

二

在新摧毁的"黑瘤"中，我们也发现了遗嘱，便将其收好。早上，我们在首都机场稍事休息，喝着星巴克。

搭档忽然问我："他们为何要入夜呢？明知会死，却也要与黑暗共处哪怕短暂的一刻……"

我说："变态。"

她脸上泛起红晕："我听说，夜的乘载者都是世上最孤独的人。"

我道："孤独者需要夜，就像吸毒者需要毒品。"

死者在人造的、促狭的夜中，看到了奇异的、寻常难见之物，这确如毒品一样深深吸引了他们——比黑还黑；一双眼睛；星空；死亡；内心，鬼魂的世界；妖怪；自己的影子；恐惧；神秘……在白昼世界，在光明境界，这些闻所未闻。他们的遗嘱，并无悲伤气息，而更像精彩纷呈的游记，亦不谈孤独，而洋溢着幸福的迷醉。在他们眼中，夜是一种圣明而非凡的存在。

我把遗嘱取出，逐一放在桌上。搭档以女人的好奇心，急不可耐阅读。

她念："……以前，黑夜往往被认为是令人恐惧的，鬼魂和僵尸俱要夜游。曾有人说，恐惧只是人在夜里的一种感觉，它来自人体接受到的外界信息的不同。夜晚因为光线不足，人的瞳孔会扩张，这使人的神经处于警惕状态。夜的气温也比较低，人身上的毛孔会收缩，而且在夜里，听觉也警惕些。但恐惧到底存不存在呢？这需要实地体验。因此，我决定入夜。啊，真的感到了恐惧，多么奇妙！为体验这种感觉，就是死也值了！"

她评价："这个夜的乘载者，大概早预料到了与夜同归于尽的结局吧。"

她又念另一份遗嘱："哪怕是短暂的方寸之夜，进入它后，才第一次看到了火！这证实了人类最伟大的发明确与夜有关。火并不仅用来煮熟食，它还让人在温暖和光明中，能够围坐一起，用语言交流，看到希望，熬过长夜和严冬，而正是语言，促进了大脑进化。这不就是夜的功绩吗？我死而无憾啊！"

又一份这样说："我在夜中看到了爱！但在永昼的世间，爱消失了。

我才明白，原来，从前爱侣们缠绵，多在夜晚！这却不是因为害羞，而是生存本能使然。多么了不起的生物本能！夜使我喜极而泣。我不禁想到，没有了夜，又哪来种群的繁衍呢？正因为此，科学和艺术才产生了，人类文明才繁花似锦起来。难道，夜不正是创造力的源泉吗？由此看来，夜才是人类进化的最大动力。可悲的是，今天，我们的生活中没有夜了……"

搭档放下遗嘱，长叹口气："这竟成了他们执意做夜的乘载者的理由！那个夜的制造者，也这么想吗？"

我看看她。她很年轻，二十出头，目光清澈，面容皎洁。她说这话时，有种失魂落魄的神情。看得出来，她越来越想早日见到追寻的对象，并一窥他乘载的夜的奇诡。据说那个夜能维持三十多天，是普通"黑瘤"的十多倍。对此我颇忧心，她会否误入歧途呢？曾经，有的年轻队员，受了夜的诱引，而背叛组织，放弃使命，坠入魔道，甚至逃到夜中。

我严肃地说："你看到的夜，全是骗局。夜的消失已是确定事实，这始于那个叫做工业化的时代。随着电的发明，夜渐渐没有了。国家成了一座不夜城。黑夜比白昼明亮。这是文明的进步。"

"您想过要进入某个夜吗？"搭档忽然死死盯住我，像个修行的女妖。

"哦，寻夜者从不那么想。"我虽然经验丰富，但此刻也被问得有些狼狈，这却不同寻常。新一代寻夜者，头脑中思虑些什么呢？

"什么是夜？"她追问。

这个问题一直没人能回答清楚。夜曾经是地球自转的一种反映或尺度，但或许没有这么简单——有人说，它本质上可能是一个逻辑模型，是一组数字在现实世界中的物理呈现；还有人说，它不是一种独立于人类肉身之外的客体实在；另有人认为，它并不存在，只是一种主观体验。

"最后一批见过真正的夜的人，已经死去。"我说。

"他们是什么样的人？"

我脸色微变，一时无语。

她幽幽道："也许，我们正在追寻的那人，是他们中幸存下来的……"

我再次提醒："他只是一个危险的叛逆者。私下里人工定制的夜，并不是真正的夜，只是夜的赝品。"

三

国家组建了寻夜大队，以搜索人造夜，摧毁不断涌现的"黑瘤"。我大学毕业，即被招入。正常的中国人，生活在永昼中。记得刚入队时，在培训班上，教官对我们讲：你们这一代是最幸福的，因为拥有连续不断的昼。不仅仅由于工业昌盛，我们成了制造业大国，而更是先辈经过艰苦努力，从美国置换来的。我国科学家发明了时间再编码技术，把美国人的白天弄了过来，因为我们两个国家的位置，刚好在东西半球正相对，彼方的昼恰是我方的夜，反之亦然。我们运用时间编码器将他们的昼拿来使用，再把我们的夜送给他们。也就是说，美国成了长夜，我们则是永昼。从此我们重新确立了相对发展优势。我们建立起永昼经济模式，创造出新的增长点。后来我们对时间编码器进行升级，让欧洲也进入长夜。我们让那些令人不悦的民族和国家再也看不到日出。中国成了全球光明的唯一源泉，这才是真正的全向性、支配性的世界大国哟。是的，有人说，这不公平，而且极其不公平。但我们认为，这才是最大的公平，把从前列强强加给我们的黑暗一举驱逐了。这不正是文明的基础吗？地球演化史翻开了崭新一页。我们储存了大量白昼，把它们卖给友邦，卖给发展中国家，卖给支持我们的国家。我们还为南极科考队免除了极夜。我们把白昼泵入地下五百米深的矿井。我们为乌蒙山区没有通电的村寨带去光亮……建设永昼工程，绝不是为了称霸世界，而是为了全人类的福祉。光明必须无处不在——从物理学意义上，而不仅仅在意识形态层面，永远免除人民对于黑暗的恐惧。要确保太阳下面无新事……

但是，后来，孤独者造出了人工夜。千万个"黑瘤"静默悬垂，缓缓飘行在山河大地的缝隙间，越过高岭，飞经平原，掠行海岛，出没森林，就好像在光润明亮的婴儿脸上，打上了黑色的老人斑。夜以碎片化的形式存在，对国家构成威胁。如果人造夜的数量超过某个限度，新世界的平衡就会遭到破坏。如果有一天它们与美国的夜连结起来，就会形成侵蚀和反噬，甚至让黑暗的洪水决堤而至……

四

随后我和搭档来到河南开封。那个鬼魅般的身影在前方若即若离，他很狡猾。他乘载的夜，时常伪装成光明的副本，令寻夜器难以识出。有几回，他们差点追上了他，但就在采取行动的瞬间，他忽然消失，掩入了昼的强大背景。

我们只是又消灭了几个夜的普通用户。每一次，搭档都要仔细阅览遗嘱，她似乎已对此着迷。她发现，入夜者怀有各式目的：有的只是为了睡上一觉，有的是为了做一个梦，还有的仅仅是为了让自己拥有一些想象力……看着看着，女孩发起呆来。我赶紧拉她走。

经过对逃亡者轨迹的重新判断，我们向国家的西部行去。不知不觉，越过了很多阳光普照的省区。由于日照量的重新分布，生态圈已大为不同。山川易容，气候改变。熟悉的动植物灭绝了。但出现了人工合成的新型生物，以适应于永昼。甚至国民也已新生。经过基因的重新编辑，均成了不眠之人，生命增加了一倍，能全时态为国家工作。那么，地球上曾经有过的自然界，是什么面目呢？对此，搭档一路上都在问我。我则闪烁其词。

一个月后，我们追踪到喜马拉雅山。这儿离天很近。由于阳光过于充裕和恒久，高原已然无雪。我们有些累，在峭壁上坐下歇息。脚下山谷和沙原一望无际，泛起苍茫白光，似万千丹炉。搭档忽然拉住我的手。

"你怎么了？"我不安地问。

"我有种感觉……"她在颤抖。

"什么感觉？"

"……孤独。"

我好像看见了黑暗的影子，心中升起危险的预感。

她眼圈发红："您说，这一切是假的吗？毕竟是编造的、借过来的时光啊。"

我不知怎么回答，只轻拍她的肩膀。她的瞳孔空空的，眸中没有夜的影子。

这是在珠穆朗玛峰。周围没有别的人。

五

寻夜器又鸣响了。那家伙在北坡留下一段弧线。看样子，是在试图逃到尼泊尔。那个国家的某些地区还保留着原始的夜。据说，这与它的居民信奉佛教有关。而在永昼之国是没有宗教的。

寻夜器显示，逃亡者在八千米的岩壁上逃窜。他乘载的这个夜是装配了武器的。我和搭档互相掩护，追了上去。女孩飞行的姿势有些像喝了酒。有一刻，她冲在我前面，摇曳着进入五彩彤云。我看不见她了……

我在珠峰峰顶找到她时，她已身负重伤，小腹上有一个夜一样的洞，内脏如一堆灯火滚滚涌出。

"他没能逃掉。"她气若游丝，咬牙露出胜利者的微笑，"我抵抗住了夜的诱惑，把它击溃了。"

我取出急救包，为她包扎止血，但她伤势太重。

她喃喃："……我想当面问他：为什么要制造夜？就是因为孤独到不能忍受吗？"

"他怎么说？"我很紧张。

"他死了。"

她眼角闪耀着红色的泪花。她把那人的遗嘱交给我。

搭档死后，我把她的尸体就地埋在了一个喇嘛庙的废墟旁。我一人越过青藏沙漠，踏上回程。一路上，再没见到夜。我身心俱疲，眼前不停浮现出搭档临死前的容颜，对庇护我的白昼第一次产生了怀疑，甚至担心它会随时终结。

我取出那份遗嘱来看，上面写着："……这个世界没有白昼，所有人生活在一个了无尽头的长夜中。"

我抬眼看看距头顶三尺的太阳，它发出单纯的白光。搭档最后的话是："他告诉我，这天天照耀着我们的东西才是人工的……有人在长夜中感到孤独，害怕一觉醒来什么都没有了，于是让人做出了昼，也就是'白瘤'……"

夜的制造者一直在寻找传说中的真正长夜，却功亏一篑。他在遗嘱中，拜托找到并打死他的寻夜者替他完成这事。但搭档来不及去做了。

六

回到北京后，我患了抑郁症。我不停想到那女孩。

后来我请了假，开始独自寻找造夜者遗嘱中提到的"真正的长夜"。

一年后，在一个阳光灿烂的午夜，我鬼使神差，爬上东三环的中央电视台大楼。站在著名的大斜坡上，我抬头看去，见到天空开了一道口子。那儿漏出一个金色月亮，旁边缠绕着煞白的几簇星宿和一抹银河。深不见底的黑暗包裹住了我置身于斯的白昼。我活在一个人工的昼中，这竟然是真的。而外面的世界果然是无尽长夜，一个更大的"黑瘤"。但那是自然之作，还是人造的呢？

这一幕只向我展现了短短一瞬，我却似乎从星月的后面，看到了一个漆黑的枪口，和女孩的一双明亮眼睛。

惊愕之下，我回过头，却见日冕扑上了我的身体。

韩松，著名科幻作家，新华社对外新闻编辑部副主任兼中央新闻采访中心副主任。中国作家协会会员，中国科普作家协会会员，出版小说、报告文学等十余部。代表作品有《红色海洋》《2066年之西行漫记》《让我们一起寻找外星人》《宇宙墓碑》等。

作品被译为英文、意大利文、日文和希伯来文等多个语言。他曾多次在海内外获得大奖，包括中国科幻银河奖、世界华人科幻文艺奖、中国科幻文艺奖。其作品曾被美国《新闻周刊》《轨迹》《洛杉矶时报》、英国《基地》、新华社等多家国内外知名媒体专文报道。

烤肉自助星

梁清散 / 著

什么呀？张小白被烧心的饥饿感击醒。猛地睁开眼，却看到一块貌似非洲大陆的钢板用好望角插在自己的胸口上，顿时又昏了过去。

张小白好歹也算个多年的跃迁爱好者。虽然他只不过是混了几个跃迁论坛，订了几本价格不菲的跃迁杂志而已。但在那些对于跃迁更是什么都不懂的同事面前，多少也能摆出一副跃迁专家的架势。

只是这回，他终于攒够了钱请好了假，多年来，终于有机会玩一次跃迁，却糗大发了。

飞船是废了，降落的时候不小心撞到一块该死的岩石上面，然后顺着山体滚了下去。幸好在准备着陆时就已经穿好了宇航服，不然他现在就不是躺在这里晕着这么幸运了。

要问为什么他偏偏选择这样一个星球降落，估计张小白自己也说不出来。当他飞出地球轨道，开启飞船的"跃迁功能"的那一时刻，飞船一抖，他眼前一花，一切就都不受他的控制了。什么方位了坐标了，统统在张小白的面前乱了套。

在论坛上，跃迁老手都会说，一旦在玩跃迁时发现自己迷失方向，必须就近找到一颗行星降落，然后发送求救信号，只有这样，搜救队才能准确地找到求救者。而后，刚刚出发的张小白就决定降落了。

张小白再次睁开眼，看了看天。阴红色的，令人联想到烧红的木炭。

"该死！"

张小白一把将胸前插着的"非洲大陆"扔到一边。坐起来检查了片刻，自己果真毫发无伤。这也算是让他长舒了口气。多亏了这款现如今最为先进可靠的宇航服，它堪称太空防弹衣。看来不假，他默默念叨着。

宇航服的自动环境检测结束。打在面罩上的检测报告表明，这个星球的大气压强极低，而且稀薄的大气中占据90%的是CO_2，另外，星球的表面温度高达800℃。"不能生存"四个红字着实地打在最终结果栏上。幸好宇航服有非常牢靠的防热涂层，张小白不禁暗自庆幸了一下。

随后，宇航服开始自检。

一切正常。现有氧气可以维持使用者整整一个月的呼吸。可以说"超大双缸储氧舱"是这家伙的另一大骄傲，先进的自动加压系统，能将储氧舱里最后一丝氧气压到宇航服内，绝不浪费一丁点宝贵的生存时间。真正有效地保证使用者生命，是这款宇航服的最大承诺。

但是，即便如此牢靠，仍有一点难以解决，那就是现在的使用者已经饿得胃里泛酸。如果照这样下去，一个月的氧气也只能供给一具被胃酸腐蚀殆尽的尸体了，张小白思索着。

自检完成之后，张小白慢慢站了起来，看了看坠毁的飞船。它就像个爆炸了的微波炉一样难看，黑乎乎全是焦痕，甚至还有各种被烤煳的肉汁样子的斑驳痕迹。怎么看都令人生厌。

　　幸好飞船在坠毁的时候会自动发出求救信号，只是现在不知道搜救队能否查到这里。听天由命吧，最好能在饿死之前被找到。张小白无奈地踢了一脚眼前的一块钢板。

　　什么东西？那堆废铁底下，密密麻麻地爬着，一片一片……不大……的五花肉！红白相间、弯曲曲、皱巴巴烤得火候恰到好处的、一条条怎么看都像是手工切成的薄而韧的五花肉片，卷在一起，在他面前蠕动。

　　"哈！"张小白想大笑，但又笑不出来。

　　拖着笨拙的宇航服，他向前凑近了一步。可是那群五花肉片，却一窝蜂地跑掉了。张小白抽搐了一下，就好像掀开一块青石板看见下面全是潮虫一样——毫无秩序一窝蜂地逃，有些甚至爬到了还拿着青石板的手上。

　　张小白忽然又觉得一阵眩晕，坐到地上。摸索着宇航服的求救信号发射器，按了下去。"嘟嘟嘟"的响声瞬间充斥了他的世界，当然，谁都知道宇航服的求救信号发射器的功率是不可能连接到搜救站的。

　　胃里越来越难受了。不知是因为饿还是因为其他什么。

　　一头猪大摇大摆地从他面前走过。准确地说是一头色泽红润、光滑如镜的烤乳猪。烤乳猪向他这边看了一眼，忽而愣住了，像是看到了什么奇怪的东西一样，抬着一只焦红色的前蹄，注目许久也没有动。张小白也紧紧盯着它。烤乳猪一双红得像塑料制品的眼睛，似乎在此时也放出了光。

　　当这头烤乳猪站在面前一动不动时，张小白忽然觉察到自己像是被迷惑住了，忘了现在的处境。他马上甩了甩脑袋，想让自己清醒回来。可他这么一动，那头本来已经定住不动的烤乳猪，猛蹬后腿，一溜烟跑掉了。

一阵肉香气似乎随之飘了进来，张小白脑中几乎空白得难以思考，只觉得胃在跟随着烤乳猪的背影一下一下地叫得他发慌。

怎么可能？这玩意……张小白又想起了刚才那一堆四处蠕动的被自己形容成像一窝潮虫一样的五花肉片。

宇航服的求救信号依旧"嘟嘟嘟"地在他耳边叫个不停。吵得他更加心烦，他没好气地将它关掉。这到底是个什么倒霉星球？还有一大堆奇奇怪怪的专门刺激人的倒霉生物。它们实在长得都太好吃了，宇航服难道还有洞察使用者心理的功能？各种烤肉的香气都能闻得到。

张小白重新站了起来，一不做二不休，既然都已经这样了，干嘛偏要让自己坐在这里等死。等死？谁说要死了？搜救队很快就能找到这里……或许吧……

好歹自己也是个跃迁攻略专家吧。就算这是第一次玩跃迁，以前看过那么多攻略都白扯了？可是张小白死活也想不出一条有关于这个星球的攻略。难不成自己发现了"新大陆"？想到这里，张小白更是兴奋不已。这么高级的一个星球，等自己回去以后，一定要写一篇详细的攻略出来。而后帖子估计在各大论坛都能上首页，新发现嘛，总该有这样的待遇。从此自己就真的可以被称为跃迁界的新锐了……越来越饿，还是先想办法活着等到搜救队再说吧。

但张小白想着想着可能又兴奋了，脚步也比之前矫健许多，当然，很难说他到底是因为哪个。

虽然不能像刚才那头烤乳猪那样从岩石缝间钻过去，但翻过面前的岩石堆也并不困难，在拥有各种攀岩工具的宇航服的帮助下，张小白站到了岩石上面。

什么叫作井底蛙？感到压抑那是因为没有看到大海。岩石堆的那边，是汪洋的暗黑色的海洋。和地球上一样，有延绵的海岸线，也有潮起潮落的海浪。只不过这海看起来更黏稠一些，上面还漂着一圈一圈亮晶晶的浮油。

竟然还有绿色的植物。不过不是长在地上，而是被海浪冲刷着，鱼鳞般地排在海滩上。

张小白从岩石上跳了下来。不出所料，引起一片骚动。从他脚下开始，密集的各种肉片都拼命地跑。准确地说，不仅仅是肉片，还有牛小排、鸡翅、烤鱼、里脊……大小不一，互相踩踏。整个海滩都像是活了，动了起来，击起的浪瞬间以张小白为中心涌起。

一屁股坐到原地，张小白抬脚看看，果真脚下踩到了东西。除了两片这个海滩上最多的物种——五花肉片——以外，竟还有一块滋滋冒油的巴掌大小的羊腰子。大腰子显然已经被踩死，而另外两片五花肉却在张小白的手里不停地拱着，挣扎着要逃脱。张小白生怕到嘴的肉又跑掉，不管三七二十一，把几片肉全扯成了两半。

肉，终于都在他手里老实了。

舌根底下抑制不住的一股液体涌出，还听到胃透过嗓子玩命地叫唤。几乎跟夏天路边的野狗一个样了，张小白拎起半片五花肉，在眼前晃了晃。肥油滴到宇航服上。宇航服殷勤地自动为他检测了成分。检测报告用不了五秒钟就打到面罩上。什么蛋白质、氨基酸，张小白既看不出真正的门道，也懒得看，他直接翻到最后一页，鉴定结果赫然写着"可食用"三个字。

盯着手里的这几片被鉴定为"可食用"的肉，不夸张地说，张小白的口水决堤一般顺着嘴角淌出。他下意识地去擦嘴角，却在"嘣"的一声后，愣住了。他的口水，记事以来第一次在清醒的状态下毫无阻拦地顺着腮帮子沿着脖子一直流了下去。而手生生地被宇航服拦在了"外面"。

不知是哪的力气，张小白狠狠地干笑了一声。随后，用一双已经沾满肉油的手在身上拼命地摸索。一件表层仿针织衫面料有着逼真纹理的暗灰色宇航服，转眼间就全是洗不掉的泛着彩色光斑的油渍了。即便如此，这件先进的宇航服也不会凭空多出"内外物品交换通道"设计。没有单向阀门口，也没有哪怕一个小洞、小孔，什么都没有。

"连山寨宇航服都有连通设计！"张小白骂道，但心里只是想起当初，见到这样的广告或者报道后，自己还大肆嘲笑了一番。在同事们的面前，他永远要保持那副专家指点江山的样子。山寨货嘛，原本就是生产出来供人嘲笑的，他那时的确这么想。

手里仍旧攥着刚才的几片肉还有那块烤羊腰，张小白却不知道该怎么办，想扔又下不了手。胃跟着绞痛起来，过于活跃后抽筋的感觉。

宇航服忽然又殷勤地放出一份鉴定报告——"烤五花肉，最具代表性的韩国菜之一，同时也是最合中国人口味的韩国菜。由于肉料肥多瘦少，较之牛羊肉更为耐烤，假若能自主翻烤，过程中肉的吱吱响声，更使其平添几分诱人之味……烤肉酱汁，正前方75米处即可取得。肉已熟透，口感最佳，建议立即食用。"

张小白抬头看了看前方，烤肉酱汁？不就是面前那片海吗？

"妈的！"他只骂了这么一句，但差点把头盔扯下来。要知道，在这样的环境下，扯下头盔的后果就是使自己同样变成外焦里嫩的烤全人。

他又敲了敲自己的面罩，无懈可击，这玩意儿严丝合缝得令人绝望。科幻电影里都屡次拍过像肥皂泡一样的宇航服了，外界可以随意介入，反正表面张力可以防止一切泄露。现实难道就不能再科幻一点吗？

海滩上空旷一片，露出的是灰白色的沙，像烧尽的木炭，往里翻翻说不定还能看到些忽明忽暗的火光。宇航服虽然隔热，但坐在"炭灰"上，张小白还是觉得从屁股底下往上冒着燥热。略微冷静下来的张小白，隔着面罩——满是油渍泛着彩色光斑的面罩，望着面前正在涨潮的海，不对，准确地说是正在涨潮的烤肉酱汁。那么海滩上的绿色植物难不成就是酱汁里的葱花和香菜？张小白懒得再去想这些，眼前没有了那几片肉以后，胃里、嘴里似乎都好受了些。

黑乎乎的海边没有一只海鸟，张小白这样想着。本是为了分散自己的注意力，可是立刻却又想到，如果有鸟的话又是什么样呢？难不成是烧鹅？烧鹅可不能用这种稀了吧唧的韩式烤肉汁，得蘸着甜酱吃。甜酱其实叫"潮油甜酱"，用猪油炒一点豆酱，放点甘草、八角，放点白糖，然后一勾芡就成了。

张小白又一次情不自禁地想去抹自己的嘴角……

海边怎么可能有鹅？！他忽而努力地让自己这么想，却又想起了刚才那头烤乳猪。海边都能有猪，怎么就不能有鹅？更何况，面前的海就一定是地球意义上的海？

一声警报响起，面罩又打上了一排字：您的血糖已低于临界点（实时监测结果：3.8mmol/L），请及时摄取食物。

你也得让我摄取呀！张小白啐了口唾沫刚想骂，发现自己的确有强烈的眩晕感了。

或许是因为安静了许久，一队身形长方、薄厚适中、嫩红多汁的烤肉试探着爬向张小白身边的空地。跟随其后，那些刚刚逃窜走的烤肉们也都开始渐渐往回爬。

那队烤肉已然无视张小白的存在，大摇大摆地从他面前爬过。走近了，张小白才对这队肉看个清楚，从外观、纹理和颜色来看，估计是羊上脑肉片。肉段大小完全一致，就像用尺子量出来的一样。不过其他方面还是有所不同的，打头阵的几块色泽红润，背部的葱丝也已烤软，特别是最前头两条还点缀着几段硬挺挺的香菜。而队伍后排的，有的已糊，有的尚生，并且爬行的动作也不甚流畅。难不成火候是这个星球上的老幼之分？看起来我还属于新生儿了，张小白无力地自嘲着。

血糖值就像格斗游戏中的生命值一样，悬挂在张小白视线的右上角。一闪一闪的，看上去就不稳定，总觉得它一直准备着继续往下降。

海滩上，尽是裹着白芝麻的烤羊排、伴着洋葱的炒烤肉、整条去骨的烤鳗鱼，它们全都卷成一团一团地在他面前滚来滚去。

大活人还能眼睁睁被饿死？特别是看着肉就在眼前爬的时候。

想到这儿，他瞬间瞪圆了眼睛，向面前扑去。虽然整个过程看起来更像是他中暑晕倒，毫无攻击力，但肉们仍是见势不妙一窝苍蝇一样轰地一下蹿没了。

慢慢爬起的张小白感觉自己还是抓到了什么,看了看手里。

怎么还是几片五花肉?!当然,都这时候了,还能顾及得了这些?或许是因为太饿了,看着手里几片肉,又被氧气瓶的出风口"嘶嘶"地从头顶对着自己的后脖颈子这么一吹,他出了一身鸡皮疙瘩。

仍旧无济于事。绝不能打开面罩,也绝不能打开宇航服的任何一个接口,宇航服外面可以说就是一片火海,虽然看不到火光。或者,应该用高档的电烤炉来形容会更恰当一点,周围没有烟也没有烧红的电炉丝,悄无声息中,肉就熟了、透了、烤好了。

张小白死死地盯着手中的几片死气沉沉的五花肉,就隔了这么一层宇航服而已。

口水又一次抑制不住地带着酸苦的味道从舌根下面涌出,但好似这样也会耗费极大的体力,一阵心慌接踵而来。连流口水的体力都没有了吗?人在被饿死之前难道都要经历这样的过程?不可能!有谁是因为眼睁睁看着肉在眼前勾得直流口水而耗尽体力身亡的呢?

玩跃迁的遇难者多数都是由于最终的氧气不足而被憋死,然而我,却是被饿死,不对,是被活活地馋死。这也太……张小白打了个冷战。氧气不足?氧气?他忽然又一次有了精神,一只手立刻向后背伸去。

照常理来说,身穿宇航服的人是很难够到后背的,背在身后的一个储氧舱却被张小白三下五除二就卸了下来,不知道这是因为对宇航服太熟悉了,还是自己早已心急如焚了。

他又看了看手中的肉,微微笑了一下,将储氧舱的放气阀门打开了。

这是张小白情急之下不知怎么才想到的。这件宇航服除了与储氧舱连接处有单向阀门以外，的确是全密封的。当然，这个阀门也必须通过储氧舱的特殊接口才能打开，卸下储氧舱之后是绝对打不开的。但这好歹是宇航服内外连通的最后希望。

隔着宇航服，自然听不到外面的声音，但张小白看着拧开放气阀门的储氧舱，却能幻想出那种没有起伏快慢的"嘶嘶"声。压力表的数字也在降低，这恐怕是唯一能证明它在放气的东西。

压力表下降得太平稳了，看得张小白简直就像开着电瓶车上高速路一样抓狂。

储氧舱还在放气。这个过程中，再没有肉往张小白的附近来过，都距离远远的。因为这附近氧气太高了吧？它们从来没有遇见过这样的气体。幸好这里的大气90%是CO_2，加入这么多氧气爆炸不了吧？管它呢，反正这身宇航服就这么大点长处——防爆。

面罩右上角的数值闪了闪又降低了0.1。储氧舱的报警灯亮了，随后震动起来，似乎很吃力的样子，像是个濒危的哮喘病人正在床上挣扎。又过了不知多久，气压表终于走到了终点。

眼睛已经有些重影的张小白，舔了一下干裂的嘴唇，抑制着胃里一波又一波的酸水，将手里的五花肉塞到了储氧舱的放气阀中立即拧上。而后气压表抖动起来，再没有刚才那样慢条斯理、不紧不慢的范儿了。张小白举起储氧舱，一背手就装上了，好像早就演练过多次一样。

在储氧舱插上的那一瞬间，不和谐的吃力的机械声从头顶的出气口传来，而后一股香美的真正的绝不是幻想中的烤肉味涌了进来。张小白深深地吸了口气，醉氧一样昏了过去。

储氧舱拥有自动加压系统，无论里面有什么，它都能压进宇航服。张小白觉得自己实在是太聪明了，拿出双缸储氧舱中的一个作为与外界的连通器，这样的馊招都能想得出来。可又过了一会儿，他仍旧只是听见绞肉机一样的储氧舱在吃力地呻吟着。

不会坏了吧？味道倒是越来越香。

很想抬头看看，但那个出风口无论怎样都会躲开他的目光，永远处于他头顶正上方怪叫。

声音越来越近的样子，张小白听着忽然有些紧张，甚至脸也开始扭曲，感觉凉风在吹自己的脖子。手也帮不上忙，即将就要被袭击了似的，被风吹的部位就像微微碰小猫的后背一样不自主地一抽一抽。

越是这样等就越是煎熬。突然，头顶上"啪"的一声，有东西爆破了。张小白也跟着全身一抖。

他感觉从头上，有一柱半液体状的东西直射下来。随后一阵剧痛，在左肩和脖子之间。张小白尖叫起来，条件反射似的拼命地拍打自己的肩膀。当然，手在外面，隔着宇航服，什么都做不了。

张小白嗓子叫劈了，打滚也没力气了，终于冷静下来，打开宇航服早已做好的"使用者身体状况报告"。结果简单明了，自己是局部烫伤。脖子到后背一片火辣辣的疼。疼得张小白的脖子僵住，几乎不能动了。

外面温度800℃，一片刚"烤熟"的肉，即便在搅成肉酱的过程中有所降温，也不会相差太远。就这样一股脑地洒到了自己的脖子上，不烫伤他才怪呢。张小白刚想无奈地摇摇头，却因为伤口的刺痛停住了。他咧着嘴也无济于事。

就为了吃上一口肉，付出的未免太多了吧？张小白吃力地坐了起来，周遭依旧是浓郁的烤肉香气，虽然有一点呛鼻，但总是诱人的。好在肉已经从外面进来了，先不管什么样子、口感，至少先来上一口。他摸了摸左胯骨上面一点的地方，那里堆积着最多的肉酱，疼得厉害。

张小白摸了又摸，还小心翼翼地想让肉往上挪动一点。可是，手在外面根本办不到，宇航服又太厚，再加上伤口的剧痛，肉堆在那里半天，纹丝没动……嘴又不长在肚子边上，即便是肚子饿了，这肉也得先从嘴进去不是？

肉都掉到里面来了，怎么还是吃不着？！而且能真真切切地闻见烤肉的气味，更加受罪。要不是烫伤的伤口剧痛以及低血糖造成了严重的头晕现象，张小白绝对要大笑不止了。

张小白咬紧牙，把手从宇航服的袖子里挣脱出来。袖子并不宽松，而且没有弹性，再加上大片烫伤正好在用力的部位，面罩上迅速起了一层雾气，烤肉味中都掺杂着自己的汗味了。

原来烤五花肉搅成酱这么难吃……张小白默默发誓，自己再也不吃任何烤肉了。

看着右上角的数值一点一点地往上升，直到最终消失。张小白避着左边的烫伤，乏力地倒了下去。终于熬过了一关。然而当想到过不了一天，估计自己还要再这样吃一次肉，不，或许还有第二次、第三次……张小白的汗毛全炸了起来。

他只有企盼着有人救他走了。

一道光从张小白不能扭头看的方向闪过。张小白只好吃力地将整个身子转了个角度。那道光是……一架飞船。

张小白立刻激动地跳了起来，飞船已经缓缓地进入了大气层，在离他不远的地方降落。张小白见其降落，断定是搜救队找到了自己，马上重新打开宇航服上的求救信号。信号"嘟嘟嘟"地在他耳边响起，简直就像小号在吹一首欢快的舞曲。

我要把这些奇遇全写到博客里去。这么神奇的星球，有谁来过？有谁经历过死亡一般的煎熬？张小白一边想着一边给刚降落的飞船定位。飞船降落的地点距离这个海滩相当近，张小白终于满怀信心了。

海滩上还是那些烤肉们，五花肉、牛排、羊腿、烤鸭等等，它们似乎都不怕张小白了，簇拥在他身边，团团转，跳着舞。有蠕动的，有打滚的，有相依而行的，就连海浪都似乎带上了几分节拍。

就是缺少点飞鸟，多美好的星球。再见了，我还会再回来的，不过那时就不会是我只身一人了，要带着我的那些追随者一起到这里来探险。

正在此时，刚才那艘飞船在面前的岩石背面缓缓地起飞了。

张小白再次尖叫起来。顾不得什么烫伤，三步两步就冲到了岩石边。见有一道缝刚好可以通过一个人的宽度，便侧身挤了过去。

岩石那边，是一片平原。飞船早已在平原上空盘旋。

这不可能！怎么可能！张小白把求救信号调到最大功率，拼命地向最后的希望挥手。但飞船"嗖"地一下飞走了。

张小白不能理解到底在这几分钟之内发生了什么。他歇斯底里地摔倒在地,不过隐约地看到远处有一排建筑物。

他有气无力地又爬了起来,步履蹒跚地往建筑物走去。

这里怎么还有人为的建筑物?

建筑物有窗。趴到窗前往里一看,张小白惊呆了,建筑物里面是个餐厅,而且相当火爆的样子。扇着扇子的,喝着冰啤的……向右看,一个服务员装扮的人,正在跟食客说话,点了点头后就跑到建筑物的门边,穿上隔热宇航服,拿起网子,走进建筑物的减压舱,而后从张小白身边的门走了出来。

透过面罩,张小白看见他向自己点了点头,微微一笑便往海滩方向走去。

张小白赶紧退后几步,仰头看去。建筑物的大门上面悬挂着一个匾额,上面写着一串字:"自助烤肉星星级餐厅第四分店"。

梁清散,中国幻想小说作者、科幻文学研究者。晚清科幻研究及中国近代科幻小说研究论文选入《科幻文学论纲》,《新石头记》版本考据在《清末小说から》发表。曾获得全球华语科幻星云奖金奖。已出版长篇小说《新新日报馆:机械崛起》《文学少女侦探》。

清道夫

孟槿 / 著

1

风从四面八方涌来，空气中带着一股新鲜的机器味儿，他打开了灯，望着窗外一成不变的宇宙，即刻感到被丢进了更深的黑暗中。

时间感不再重要，白天黑夜已无分别。

他一边用力捏着太阳穴，一边囫囵地吃着流食。在翻阅航行日记时，那些细碎的食物粉末就一直黏在口腔上方，有种油乎乎的恶心感。

计算机提醒他，距离降落地点一公里左右的地方存在不明人造物体——这是现如今太空垃圾的官方称呼。人在太空中如此脆弱，需要各种复杂的设备才能存活，废料如洋洋洒洒的纸片，已经到了不得不管的地步。他便是受雇清理垃圾的员工。

不过，五年前的电磁风暴意外，而后又漂流出银河系后，便再无工作可言了。如今他放任自己在空无一人的宇宙中漂泊，遇见的仅是连回收价值都没有的人类探测器。

他跟着提示，依附在陌生陨石上仔细搜寻，半个小时后终于从红褐色的岩石缝隙中分离出约莫十斤重的飞船碎片，他翻转着看了看，瘪瘪嘴将它的剩余燃料纳入飞船的燃料库。岩缝中还露出太阳能板的一角，近四个小时后，剩下的躯干部分才显现出来。

完成这些，他已经精疲力竭，眼前是密密麻麻的红点，双腿颤颤发抖，休息了好一会儿才缓过来。

摆在面前的是一座半人高的探测器残骸，应该是与飞船相撞的冲击力使其嵌入了岩层中，剩下的部分和携带设备都不知道飞哪儿去了。

经过基础扫描，系统判定它为一个早期的探测器。

他不禁回想起自己的童年时期，这实属无奈之举，当人对往后的日子再无期盼，年少时期的记忆往往历历在目。

过去的传奇都变成了眼前的破铜烂铁。

他照旧把那截碎片丢进仓库，将探测器塞进杂物空隙里，飞船有限的空间塞满了类似的收藏品，它们被收拾得锃光瓦亮。与此相比，这块本就不大的残骸更加微不足道，只有太阳能板在灯光下反射出几粒黯淡蓝点。

它旁边放着台通讯机，曾响过几次，但都被无视了。

在最初被"流放"的时间里，他无事可做。

飞船上良好的人造重力并不会让他像前辈们那样艰难，可频繁的舱外活动带来的危害早不可逆转，非重力环境使体液上涌，削弱了味觉和嗅觉，进食再无乐趣可言。

即使在这样的环境中，只要仔细聆听，仍能听见轻微的响动。餐具互相碰撞，循环系统平稳运行，计算机的提示或物品的移动，活像误入巨兽口中的幼虫。

他一直听着，直到计算机提示声响起，他带回第一块探测器碎片，这里才重新变成房间。

他撕开一包豆子浓汤，用勺喂进嘴里，尽可能嚼碎后才咽下去。

"终于结束了。"慢腾腾吃了几颗水果冻干，他说了今天的第一句话，又觉得没有说的必要，笑了起来。

飞船不断向新目标漂去，他重新钻进休眠舱，当水漫上来时，感觉就像从未出生过。

2

计算机再次唤醒他。看着镜子里的自己，他却觉得年轻了许多。

距离上次工作已经过去403个地球日，朝着目标方向看去，隐约可见一架仍在漫无目的漂泊的飞行器，在视界尽头微微发光的金色小点。

他深吸几口气，穿戴好载人机动装置，背包的氮推动器将他送入深空，脚下被漆黑完全代替。

曾经在近地轨道，他恨透舱外作业，常因此呼吸困难、汗流浃背，似乎在无尽的空间里患上幽闭恐惧症。如今孤立无援，没有人在耳麦里提醒或取笑自己，这个毛病居然渐渐消失了。

好不容易把飞行器带回飞船，他累得仰躺在地板上，直到扫描结束。
旅行者1号！屏幕上的结果令他几乎叫出声来。

这是距离地球最远的一颗探测器，而我现在超过了它，在这之后不可能再有人类痕迹了。而它被截获后，便不会被其他的系统检测到，或许再不会有飞船经过附近解救自己了。

意识到这点后，他长舒了一口气，重新躺回地面。从他的角度看去，探测器天线仿佛张开的嘴，欲言又止，正准备问些问题。
你为什么会在这里？
独自生活太久，他总觉得自己能接收机器的讯息，好比失明者只是草草触摸物体就能推测出全貌。

他没来得及回答，舱内便响起了断断续续的音乐，计算机读取并播放出了旅行者1号上携带的金色唱片。原本为其他文明准备的礼物将这个异乡人包裹在内。

为什么在这里？他想了想，自己的确接到过搜寻信号，但都忽略了。他从小就不受待见，迫于生计来到太空，又恰好遇上了风暴。这里有食物有水，有循环系统维持生命的基础供给，可以花上一个月时间来规划某一天。

为什么不呢？

现在，他成了引擎和向导，轻而易举、顺理成章地生活于此。

半晌，他觉得有些奇怪，皱起眉头，一步一步靠近这个探测器。

众所周知，旅行者1号携带着类似地球名片的图样，其中除了问候和音乐，还有二进制标识实用信息、太阳相对于银河系的位置和氢原子内自旋跃迁的图像。

这幅图案几乎出现在各大教材中，早在上学之初，他就看吐了。如今，就在这眼镜般的氢原子符号下，出现了几排凸点。

这是什么东西？他用拇指来回抚摸三角形凸点，像阅读盲文般感受略微圆弧形的尖头密密麻麻地刺进自己的皮肤，而金盘背面则依旧平滑如常。

无论代表什么意思，肯定是种智慧符号，如此平衡与对称的图案可不会凭空出现！难道是还有其他人也漂流到此？但他们为什么又留下痕迹？

他从混乱的桌面上摸出一支笔，将图形画了下来，交给计算机判断……

两个星期后，他路过一片超新星爆炸后的遗迹，从尘埃和气体的聚合体外擦身而过，飞船的红外望远镜捕捉到了肉眼看不见的光，在显示的图案中，那是团类似于肥皂泡结构的星云，充斥着橘色的尘埃，极其壮丽，极其广阔。

面对这样的奇景，他只是耸耸肩，拍了拍窗边的旅行者1号。"这种东西简直要看吐了，是吧。"

计算机仍在工作，与此同时，更多旅行者1号曾回传到地球的信息，也不断从资料库中被整理出来。在他看来，运用这么古老的技术为人类探索新边界，是件不可思议的事情，它持续工作了半个世纪之久，可这令人捉摸不透的坚持，早就被地球人抛之脑后了。而最后陆陆续续清醒的日子，它才真正得以从任务中抽身出来，在空漠的宇宙中以最平静的姿态激烈挣扎。

"上个星期计算机企图把你身上的符号破译成文字，说真的，联想出来的东西没什么用。我相信非要代表文字的话，我们肯定有更高级的表现方式。今天得试试翻译系统。期待着新发现吧。一会儿我会出门去看看，不远处正有个小东西等待救援，我也不知道是什么，但希望是可以用来烧的。太久没用休眠舱了，我们的能源有些紧张。"他边对旅行者1号说话边撕开一包浓汤，他心情好得很。

系统将整个三角形图案与各种民族的意象进行对比。在浩如烟海的历史中寻找零碎符号，显然无法推测出结构层次之间的关系，也不符合语言学中对语言功能的动态研究，即使是聪明的计算机也无法跳脱出历史和经验得到结论。与以往的计算过程不同，这次的时间比他想象中还要久。

最近他们的下方似乎有一颗行星，可以隐约从舷船底部看见宽阔的黄色光带。每当他靠在椅背上打盹、迷迷糊糊醒来后，那模糊的黄色便像日出般从眼底攀升，使整个脊背都温暖起来。

"都老得不行了，你这样回去，放进博物馆他们都不认识。"他用手将它表面即将脱落的涂层剥下来，撞击痕迹越发明显。"哎，难兄难弟。"

修理工作原本就不是回收人员的强项，但所有的探测器在他手里都变得体面了，一个翼片折损了，一个零件似乎被安到其他地方，多出来的东西统统都被烧掉，没人在乎是否恢复原状，偶尔居然还能发出几声半死不活的响声。

他累得不行，立刻睡着了。

迷蒙间，计算机发出滴滴的提示音，屏幕赫然写着——
没有查询到您想要的结果，判定该图案不包含任何人类信息。

3

一片静止。

他全身发抖，他想走动走动，却动弹不得。之前也有焦虑发作的时候，像现在这样的濒死和失控还是头一次。

一个可能性笼罩了他，压得他大汗淋漓。

他觉得疲惫万分，觉得如果能找什么人商量一下就好了，而通讯机这次再无法使用了！现在他别无选择，只是看着不争气的下半身。这双腿最近抖过太多次了。

毫无疑问，这是其他文明留下的痕迹。

意识到这点，他不断地喘气，越是拼命呼吸越是头脑发晕。他与其他生命共用这片黑暗，却被投放进更大的孤独中，他简直快被击倒了。

不料旅行者1号携带的金唱片再次被计算机读取，来自上个世纪的声音响起，"我代表几乎所有地球居民组织，向你们送去全人类的问候……"紧接着不同语言的问好渐次响起。

他久违地怀念起故乡。

"谢谢。"他对旅行者1号点头示意。"我从来没感觉这么好过。"

唱片杂乱的歌声竟成了唯一的慰藉。最后一首乐曲结束，就在放松之际，一段不成曲调的声响划破空气。

他令电脑检查，结果并无异样，试着重新播放，刺耳声音又原封不动出现。仔细排查后发现，电脑直接将三角形的凸点识别为音频记录方式，破译后播放了出来！

"原来……这是一段声音？"他抓了抓脑袋。

4

携带金盘的目的，在不同笔者手下，他看到过很多种不同解释，但无论如何理解都无法忽略，从心理的动态平衡到求新求美的创新，都离不开语言。

　　人类对语言的审美能力几乎与生俱来，方言众多却都有迹可循，我们默认语言是生命能力最重要的表现手段之一，而这是自然选择的结果。送一张唱片去太空，恐怕是那时人们想到的最符合人类名片的形式了吧。

　　他解析了凭空出现的凸点，发现其中的片段皆是来源于金盘本身携带的片段，但又是谁将其重新拼凑的呢？

　　他深呼吸了几次，活动活动筋骨，手指关节喀拉喀拉响。为了重新睡个好觉，他走到计算机屏幕前。

　　由于旅行者1号电池的半衰期十分可观，在相当长的时间里它都坚持工作，他将它最后记录的信息修复、还原后，得到了许多张过度曝光的照片。

　　照片的中心均为几团圆形的物体，虽然每张只有细小的变化，仔细观察、对比后才发现这个物体，或者说生物，是处于运动中的，只不过动作幅度十分有限，往往要很多张之后才能看出明显变化。

　　他将照片按记录的先后顺序播放起来，得到了几小段相对完整的动作，再配合扫描记录一点点对应分析，他从未受过专业训练，十来天下来，一条破碎的故事线跟着出现在眼前。

　　这很难解释，但他的确从中捕捉到了模糊的灵感，或许是同在太空漂泊的原因，面对从未谋面的陌生文明竟然产生了感同身受的经验，便自顾自地猜测起来。

画面在脑海中自我描绘——

首先映入眼帘是一幅明暗分界线清晰的景色，线条暗流涌动，如同月光下的粼粼波纹。再凑近些，大群硅基生命体由远至近，是星光令祂们通体散发出铅白色光泽。

视线另一头，旅行者1号仍在向前航行，迎面撞进沉默的水面。

它停在原地，按照建造者的意图传达出金盘信息，人类的声音以二进制的方式在这些没有任何称得上是五官的生命体大脑中传播。它们无法理解其中的含义，扫描对方后只得到了与自身相同的元素信息，理所当然将其判定为另种智慧生命。

他想象着长期生活在太空里的种族，它们可能正在迁徙，可能生来如此，总之在此之前，它们仅仅在前行，对周遭的奇景毫无印象。

偶遇其他旅行者，几乎是种奇迹。

"这是位来访者。"它们中的领导者也许会这么说，"我们有相同的元素和结构，正准备互相沟通。"

波在群体间传递，领导者被各种信息填满，它好久没有这么兴奋过了。

它们开始观察它的行为，凝视它的动作，甚至用对待客人的方式对待它，企图建立联系。许多个体出现在它身边，轮流讲述自己千篇一律的故事。

它们仍轮流做出庆祝的姿势，以好奇和胆怯的方式提出问题。

解析一再继续，探测器的冷漠，吓坏了领导者。

"我们做了很多次尝试，只得到了与初遇时相同的信息，这种宇宙中的低级生命很难理解我们。"

众人哗然，开始安慰彼此，比起遗憾来说，更多被同情占领。它们不再尝试交流，转而默默陪伴在它身边，凑近它。他不清楚这个文明中是否存在繁衍，但它们的确以对待幼体的方式对待旅行者1号。

日复一日，真相最终浮出水面。

"它并不拥有智慧。"领导者如是说。场面突然异常安静。

如果真的存在其他种族，很可能终其一生也无法相遇；如果仅为偶然结构，就意味着它们仍得继续回到自身是唯一智慧生命体的认知中去。再也没有东西可以伤害它们，就再也没有东西可以理解它们，时间、空间都不复存在，只有这片永恒的黑暗。

它们陷入更深的恐惧。

屏幕上最后的片段是最关键的。

它们首次破坏了几何体的阵型，杂乱地簇拥在旅行者1号附近，以同样的速度环绕着它前行。

"它们要送别你了。"他喃喃自语。

不规则的圆环中走出一名个体，它多半就是那位领导，在众目睽睽下靠近探测器，留下了属于它们的痕迹。

场景停留了几秒，按照记录不难推断出拍摄时间，它们竟然维持这个状态长达一个月！从模糊的画面中，他竟感受到了莫名的祝福与严肃，分别的痛苦真实且持久，令他久久沉浸其中。

照片结尾，它们排列成型，渐次离去，将探测器留在原地。

5

他被想象的画面击中了，难以回到现实，接着思绪逐渐蔓延，回到家乡的海滩边。

如今，他仍觉得那是个索然无味的地方，遵循约定俗成的规律运转，发展十分缓慢。

但那儿的大海却令他印象极深。

他曾发现一处静谧的海滩，人与船都不屑到达，只有他每天放学会坐在铺满鹅卵石的细沙上等待日落，仿佛被整个世界隔离在外，往金黄色水波里投扁平的石子。

直到某天，有什么亮闪闪的东西被推上沙滩。他走近才看清，原来是个漂流瓶。没费多少工夫，他取出里面的纸条，满眼都是奇怪的文字。

如果有人路过，定能发觉此处一反常态，有个年幼的身影在浅滩蹦来跳去，打破往常的宁静。可没有人会看见他，就连他自己也不清楚喜从何来。

第二天，他拿着这张纸小心翼翼走到老师跟前。听完来意后，那具略显庞大的身躯抬起手，抽走纸条飞快地看了眼，又随意丢到旁边。

"啊，看上去像阿拉伯文，你刚才说从哪儿找到的？"

他没回答，支支吾吾继续问道："那写的是什么意思……"

"去去去，回家去。"老师头也没抬。

他走出两步时，又听到身后传来不怀好意的笑声。"想知道就自己去找啊，电脑，你家总有吧？"

他握紧拳头，想起家中那台快报废的主机。

过了两天，海水涨潮，他再无计可施，只好在纸上也签好自己的名字重新塞进瓶中，抛回大海。

从回忆中挣脱出来，他有些茫然，眼角各流出一滴眼泪，随后立即利用照片拍摄的坐标和对方的运行方式，推测出这个陌生文明最有可能的航向。得到确切的位置及可行的操作方案后，他毅然准备前往。

计算机提醒他，由于距离遥远，必须将飞船所有能源都用在这一次推进上，这意味着，放弃整套系统，包括自己的生命。但他必须前往。

他最后吃了一顿饭，将所有的豆子扔进了燃料仓。

飞船以极快的速度掠过模糊的星光，不免令人想到老电影中血脉偾张的穿越场面。

由于能源问题，船体很快开始剧烈抖动起来，他无所谓快被震碎的五脏六腑，只想马上到达目的地。当飞船终于停下来时，窗外又回归到了熟悉的黑暗之中，他意识到自己面露微笑。

循环系统逐渐崩溃，他换上宇航服，尽情享受着为时不多的氧气。

他抱着旅行者1号走出甲板，望向这片黑色，直至被淹没。

"去吧，去证明我们存在。"

目力所及之处他仍孑然独立，却心满意足。

祝你好运。

他用力地把这颗探测器推出去。

残存的金属碎片上，他正久久地回望自己。

孟槿，独立杂志社撰稿人，科幻作者。乐于在小说中用一百种方式毁灭人类，创造文明凋零衰落的未来。代表作《清道夫》《海的女儿》《捕龙之后》。在《最小说》等刊物上发表过多篇作品。

夜巡

糖匪 / 著

一

人一生只出生一次。

艺术家例外。被晕乎乎地丢到冷酷世界的滋味，他要尝上两回。

当然，也不是非得这样。他还可以选择死。

我不知道哪种更残忍。追根究底，该怪我妈。

她不该把我带到这世上。

孕检结果测出我会是个艺术家，她还是把我生了下来。没有正常女人愿意自己的孩子是艺术家。她们宁愿自己的孩子是罪犯。毕竟做罪犯只需要终身带着电子禁锢器，活得比别人小心翼翼点罢了。

"我恨那个老妖精。"高飞撕扯着头发，直愣愣盯着散落在地上的十多幅版画。

我看着他默数三下。高飞开始冲那些画吐口水。不可遏制、源源不断的口水从他嘴里喷射到那些画上。那些画都是他来到真理营里后倒腾的东西。同一个主题——他的母亲。

我默默从他身边走开，推门出了营房，沿着栈道走进芦苇丛中。

高飞以前不这样。

在来到真理营前，这个人曾经是我的朋友和同行。他对氛围独创性的营造令我无限钦佩。在他的景物画里，影子与轮廓轻灵浮动于色彩之上。我从未想到，他会变成这副德行。先是贫穷，然后是真理营，你几乎不能怪他。

我也许更疯。我们谁也没好到哪里去。

真理营要的就是这个。一群被逼到绝境的疯子。

"你们的母亲都是出类拔萃的女人。出类拔萃的愚蠢。而你们统统继承了她们的愚蠢。你们这些一时冲动的后果，一桩傻事的副产品，根本不应该来到这个世界上。你们没有活着的价值。"这是真理营的欢迎致辞。我们踏上真理营在明岛基地的第一天，就受到了基地负责人，也是我们的监管员的热烈欢迎。之后的每一天，也都沐浴在同样的"温暖"里。不管发生什么，有时候哪怕什么都没发生，那个人都会把我们的所有的问题归结到我们的老妈身上——都怪那些女人生下了你们。

没有什么比这个更能摧毁一个人的了。质疑他存在的意义。

那个基地负责人连皮带肉撕下我们的颜面，连做人的基本尊严也剥除净尽。她真是擅长这套。所以管理局才派她来做我们的监护人，确保我们真的彻底绝望。

唐纳德。什么样的女人会叫唐纳德？

入营欢迎式上,当她自报姓名时,我不小心笑出了声。于是入营当天就"参观"了禁闭室。此后没多久,理所当然成为禁闭室的常客。

我不该得罪唐纳德。我的命运在她手里。

不过知道这点的时候已经晚了。

再说,即使知道,也不会有什么帮助。

我和唐纳德天生不对付。即使我当初没笑话她的名字,我们的关系也不会好到哪里去。那是一种类似天敌之间浸淫在血液里的相互厌恶。难以克制,也难以掩饰。我总能洞悉她言行里的虚张声势,那些烙刻着真理营印记的伪善和自以为是;而她也早就看穿我谦逊顺从态度下的嘲讽与不屑。

我早就识破他们——她和她的真理营那点手段。

来到真理营里的第三天,我就明白了怎么回事。我才不在乎她把我们说得和废物一样。她就是想让我们觉得自己是废物,甚至逼迫我们丢弃自己的姓名,统一用可笑的上上世界的卡通动画片人物来互相称呼。只有这样,接下来,他们才能彻彻底底操控我们,乖乖地按他们说的去做。

事实上,对真理营而言,我们绝对不是废物。

如果是,他们也不必这样大费周章折腾我们。由我们在外面自生自灭好了,那样更简单。这一切,无论是真理营在岛上的基地,还是唐纳德和她的同事每天对我们的调教,最终只会证明是管理局的一步棋而已。

管理局就叫管理局,真理营的上级机构。他们的职责,用他们的话来说就是"确保人类行走在正确的道路上"。根据终极AI智脑的计算结果来控制人类方方面面,无一例外。介于人类这一未能完全进化的物种在过去几千年曾经犯下无数次可怕的错误，好几次都差点将自己和所居住的行星推入万劫不复的境地，管理局那么操心似乎也不是完全没有道理。

但是，什么样的道路，对人类来说算是正确的道路？

对于这一点，我显然没有管理局有把握。

管理局坚信他们所做的决定是百分百的正确。因为智脑不会犯错。因为他们所有的决定其实都是终极AI智脑计算后得出的结果。

零或者一。就那么简单。

智脑强大的学习能力和运算能力足以处理人类文明的所有问题。并不是所有问题都能得到百分百解决，但智脑能穷尽各种解决方案并计算出相应利弊，以及一百年内造成的影响，最后做出人类利益最大化的那个决定。

我们做的每件事能够成功，是因为智脑经过计算认为它是正确的。

我们所有人之所以存在，也都是因为智脑经过计算认为我们是正确的。

还真多亏了智脑。

要不是它认为我是"对"的，我也就根本不存在了吧——或者死于意外，或者我妈根本没把我生下来，再要不就是我妈就根本没被生下来。

"你看，这就是一个悖论。"我对着空气大声说，"我还好端端活着，说明智脑认为我是'正确'的。可我如果是正确的，为什么会来这个鬼地方？"

"因为你是艺术家。因为我们都是艺术家。"奇奇吃吃笑起来，"艺术家都要来真理营。"

我没搭理奇奇，收回手里的竹竿，又抓了条蚯蚓绑在竹竿顶端的铁丝环上做诱饵。就在刚才说话的时候，一只螃蟹迅疾地咬住诱饵。等我反应过来准备收竿，它早已经带着诱饵钻回蟹洞里。

我叹了口气。

理论上，钓蟹是一件成功率很高的事，而且也是我们来到这座岛上最常用的打发时间的方式。为了随时随地钓蟹，我们甚至沿着栈道每隔几米就放一把钓竿。每三把钓竿之间再放一瓶改良蚯蚓，可以在瓶子里活很久的那种。这样谁要是散步走到那儿，临时起意钓蟹，就能立刻开始，不用准备。

这主意是我提出的，其他人很喜欢这个想法。这让不少人的技术有了提升。但对我却并没有太大帮助。我是个废物。

也许唐纳德说的对。至少在我这个问题上，她是对的。

风忽然大了起来。

"我也许真的是个废物。"我大声说道，为了压过呼呼的风声。

然而这次奇奇没有吭声。我扭过头，发现身后空无一人。

春日午后阴郁的天空下，只有我一个人站在破旧的栈道上，被大风吹得摇摇欲坠。

是的，我想起来了。奇奇已经不在了。

那个以前总爱和我一起钓蟹闲扯的年轻踢踏舞者，早在三个小时前已经出发去了另一个世界。

我再也不会见到他。

"我就知道你在这。"唐纳德从我身后冒出来。

我从她的眼里读到这句话。你当然知道。你什么都知道。

我垂下目光，继续观察着湿地上那一个个小小的不规律的小洞。这些都是蟹洞。据说蟹很聪明，有的洞会有上下两层，有的还可能会再加上两三个岔口。他们靠挖洞制造假象，留出一个空的分岔迷惑敌人。有敌人入侵，他们就分开逃跑。

据说蟹夫妇生活在一起，但不在一个洞里待着。这样一个被人抓到的话，另一个还能设法逃脱求生。

多卑微的动物都会都有他们的求生之道。想方设法要活下来——这并不需要智脑来安排。

"我有事找你。跟我来。"唐纳德拍了拍我的肩膀，凑到我耳旁大声说。

也许是错觉，今天她看起来温和一些。也许是顾忌到奇奇离开对我的影响？不，如果是那样，她就不是唐纳德了。

我想多了。

唐纳德可能只是一时被风呛到了嗓子。回到室内，她的态度立刻正常了，正常的粗暴。

"你的测试通过了。"她说。

我耸耸肩。从进来第一天，我们就被带到各个实验室做各种测试和试验，细胞组织培养和超显投影都不算什么，药物活体实验也能忍受，最糟糕的是那些名目繁多、原理互相矛盾的心理测验。

唐纳德说我通过了测试，我不知道她说的是哪个。不管怎样，和我一起来的很多人，比如奇奇，都通过了测试，然后被送走了。

"我应该表现得更高兴吗？一个发自内心的笑容是不是还不够？"我给出一个夸张的笑容，唐纳德冷冷哼了一声。"小丑，我就知道你会是这种反应。接着！"她说着，朝我甩过来一个碳基U盘。

我一把接住，狐疑地打量着它的外观。当然，这么看要是能看出什么名堂就见鬼了。我把它插进我的外端脑机接口。

我应该好好听她说的话，去理解她话里每个字的意思，去想通在我通过测试之后，她为什么要把一个写有艺术史资料的U盘给我，去搞明白"我会被记录在艺术史"这句话到底意味着什么？她说的变通方式到底是指……只有这样，最终才能搞清楚管理局的真实意图。

但是，我只是盯着她的眼睛。在那双眼睛里，巨大的星体在疯狂自转。为了挣脱它强大致命的引力，我耗尽气力，但是失败了。

——她的眼睛真好看。

从未，并且再也不会看到这样一双好看的眼睛了。

没错，她恶毒刻薄，似乎为了折磨人而来到这个世上。但和那些为达目的不择手段的人不同，她为残忍而残忍——就好像我们为美而美，从日常中萃取百分百的纯粹。在她对我们极其严苛的要求下，藏着不经计算的狂热。尽管隐秘，尽管不知从何而来，但有一点清清楚楚——这份狂热不在智脑计算范围内。

"知道吗？你生来就是艺术家，百分百的。"我说。

太阳穴遭到一拳重击。醒过来的时候，我又回到了禁闭室。

这次，他们把我关了半个月。在漆黑恶臭的一平方米空间里，我想明白一件事。我忽然意识到其实那天，我真正想问，也真正应该关心的问题是——管理局到底需要我们做什么？

我真的应该直截了当把这个最重要的问题扔到桌面上，逼迫唐纳德正视，并且回答。要是那样做，就不会这么惨。所以说，人真是愚蠢。

二

到了夏天，台风成了岛上的常客。

昏天黑地的大风与暴雨肆意搅浑天空、海水、陆地的界限。雨水不受控制地砸下来，偶尔还带着冰雹。风狂暴地撕扯遇上的一切物体。即使待在屋里，也一样被裹挟在他们暴虐的气息里，仿佛这岛上的巨人忽然醒来，打算将一切重新来过。

我们龟缩在屋子里，不知不觉进入了半昏睡的状态。除了在窗外发呆，就是听从监管员的命令。他们说什么，我们就做什么，顺从得像个死者。

我们都是自愿来这儿的，我们这群废物——画师、舞蹈家、喷绘艺术家、量子微雕师、装置摄影师、人体光电师，在外面的世界连饭都吃不饱，更别说备齐创作作品的物质材料。尽管真理营的声名并不好，尽管我们中的不少人曾经信誓旦旦哪怕饿死也不会被真理营招安，最后我们还是都来了，上了这座河口沙岛，就像几千年来奔泻东下的泥沙一样，淤积在这里。每天潮汐涨落冲刷着这片港汊纵横的湿地。亮晶晶的泥潭、沼泽、内河还有湖泊，还有那些在逆光中能捕捉到太阳些许光焰的芦苇丛，我们深陷其中，与候鸟和河蟹为伍。当然，在台风期，连候鸟和河蟹都不屑与我们为伍。

不考虑无休止的精神虐待和思想检查，岛上的生活还是很安逸的。

我想我甚至有点习惯这样的生活，就像熟悉周而复始的潮汐一样。

同一批来的人里，现在只剩下我一个。

和唐纳德在一起的时间也越来越少，经常几天也见不到她人。她已经不再热衷打击我，也不会严苛考核我对艺术史的掌握情况。我就这样被所有人搁置起来，有时候连自己都看不见自己。

但也不完全没有进展。现在我终于有点头绪——关于管理局的"艺术家项目"。是的，一个蠢名字。在报告书上，他们就是这么写的。

按照唐纳德一点点透露给我的说法，所谓艺术家项目，说简单点，就是把艺术家送到过去，假扮另一个艺术家。

至于另一个艺术家去了哪里？唐纳德没有告诉我。她只说让我不用操心。这四个字强烈地暗示了某种可能性。我不得不背负强烈的负罪感，努力不去操心。

事实上，这个项目要"消耗"的不只是过去的艺术家，还包括我们，这些要被送回去的倒霉鬼。

唐纳德所谓"送到"的意思是——这是一张单程车票。即使营里同意你回来，从技术层面也无可能性。时光穿梭机在70年前被大卫博士蓄意破坏后，只能向过去传输物质。对我们来说，只能彻彻底底地改头换面开始新生活。不少欠债累累的家伙们正是因为这点才急于投奔营里。

传闻有一个放荡不羁的赌徒被选上送到十六世纪。营里要他成为一个脾气暴躁的天才画家。起先觉得两者气质符合，有利于角色塑造，后来发现那家伙过分投入，愈演愈烈，动不动就动手拿匕首捅人。没错，就是卡瓦拉乔。为了纠正这个错误，局里不得不牺牲两个时间警探，把他们送到那个年代，体面地解决了问题。

从那之后，志愿者必须通过检审会测试才能开始受训。说实在的，我会被选上，连我自己都觉得奇怪。

也许，他们的确很缺人。

我把这话当着唐纳德的面说了。

那天去食堂的时候，我无意冲窗外一瞥。外面瓢泼大雨中有什么东西吸引住我的目光，仿佛风暴中心，腾跃着闪电，我还从来没见过那么炫目的景物。我怔怔站在那里过了很久，都没注意到它是什么时候消失的。

恰好在那时候，我看见唐纳德从走廊那头走来。她迎面走过来，神情有点古怪。

我听见自己的声音从胸口冒出。

"你说什么？"唐纳德站住。

我喉咙发干，不单单是因为恐惧。

周围几个人都看着我们。

唐纳德用目光让他们都扭过头。"你过来。"她说着，走在了前面。

我们站在屋檐下，雨水顺着檐渠浇注而下，落在地面发出巨大响声，回应着更喧哗的雨声。整个世界仿佛被置于一条浑浊河流的河底。眼见到只有翻腾奔涌的河水，以及透过河水看到的歪曲模糊的景象。

"我只是想……"

"我知道你在想什么。你们都一样。"唐纳德冷笑。"你们这些人，自以为与众不同，成天妄想创造出前所未有的玩意儿。根本不知道自己有多普通、多平庸。你们的心思意念、恐惧欲望全都一个德性。"

我闭上嘴，打了个寒战。风裹挟的雨水抽打着身体，我很快就湿透了。

"帮个忙，给我、给你自己都少找点麻烦。我说什么你就做什么。"唐纳德说。

我并不想找麻烦。"为什么要把我们送到过去，假装别的艺术家？"

"不然呢？让你在这里做你自己，创作你自己的作品。对，你不在乎潦倒落魄，但也没人在乎你的画啊。除了你自己根本不会有人在乎，人们甚至不知道有这些画的存在。"

那些画早就一张不剩了。就在决定进真理营的当天，我一把火把它们烧尽。它们一文不值，不需要任何人来告诉我。我知道这点。但我只是点点头，继续听唐纳德把话说下去。

不开口的时候我会显得比较温顺。

"'个体死亡，作品永恒。'用这话自我麻痹骗骗自己也就算了，你要是真相信，我立刻……"

"不。我不相信……"我笑了，随即又咽下后面的话。

她不需要知道我曾经失去过什么。如果在这个世界上还拥有点儿什么，我就不会来到营里。

拿上一张回到过去的单程票，去填充历史最无关紧要的细节，从此再也无法回来，再也不会有"以后的日子"。

没有将来，等同于死去。

我怎么可能不知道这意味着什么？我爆发出一阵大笑。

我们互相望着彼此。

她的脸湿漉漉的，洁白闪亮。

她的眼睛里有一万只小兔子在疯狂地蹦来蹦去，那样子像是在说，她很乐意送我们这样的人去死。

三

"你听说帝帝今天也出发了吗？他去做一个走狗屎运的雕塑家，女人、钱、名声！这个狗杂碎，就这么把我丢下了。"刚从禁闭室出来，我就被奇奇抓住。我倒是不介意听他发牢骚，只要他别把脸贴到我的脸上就行。

"奇奇，快看！"我从袖子里变出三只橙子，奇奇果然立刻安静了，伸手一个个接过橙子，像个孩子一样端详起它们。不过他很快又会难过激动起来。他和帝帝是我见过最亲密的双胞胎，形影不离得更像是连体人。大概奇奇以为即使进了真理营，这点也不会改变。

在这里，没有什么不会改变。

太多这样的故事。我看着一拨又一拨人被送来，然后又被送走。几乎每次都会上演这样背叛遗弃的台本。新来的人总把我当前辈向我倾吐烦恼。他们看不出我沉郁的表情到底意味着什么？

后面有人冷笑。

我想假装没有听到然后离开。但她开口了："你还会魔术？"

"业余爱好。早上好，唐纳德。"我转身面对她，尽可能地显得平和快乐。在这个时候，如果问她我的申请结果会不会是最佳时机？我太需要好的时机了。当然还有运气。

正犹豫的时候，没想到倒是唐纳德先开了话头。

"申请表有点麻烦。看起来你得重新再填一份。"

秋天金黄色阳光透过窗户，斜刺进我的眼睛。我痛得深深吸了口气。

"为什么？"我柔声问道，附加一个微笑。没有别的选择，我只有加入这场猫捉老鼠的游戏。我们都清楚，她是我最应该讨好的那个人。

"爱好那栏你没填。信息不完整。"

"你看，唐纳德，这不是什么重要的爱好。我就是一个人瞎琢磨出来打发时间的。"我闭上嘴，不想让我的话听起来有怨恨的意思。

"重不重要，我说了算。"

来到真理营之前，我从来不知道刁难的意思，也不会想到今后我会对此深有体会。

学习艺术通史时，唐纳德最多就是玩消失，听任我自己没有重点地死记硬背。好在还是通过了艺术通史的考核，等到提交申请表时，好戏才开始。单为了拿到申请表，我就花了两个星期。唐纳德以各种理由拒绝我，不断要求我通过更多测试，提供更多证明。不过，比起她驳回我申请表的手腕，之前根本不算什么。 无论怎么修改补充，总有错误和不妥。一个错误需要另一张申请表来纠正，而这张申请表本身会带来新的问题。

除了顺从，你没有别的办法。毕竟，规则是她定的。

"我填。"我走近她，胃一阵阵痉挛。"如果这次对了，是不是就该轮到我了。帝帝他们比我晚来半年都……"

"你不能插队啊。重新填表就得重新排队。"

"从哪儿开始排？"

我的脸色一定很差。她端详了一阵，拍拍我的肩。"不要着急啊。最近那些时运好的艺术家名额都被用掉了，剩下的，都是潦倒艺术家。艺术史上不能都是幸运儿吧。总得有几个倒霉蛋来——丰富故事的层次。你也不想千辛万苦到了过去，结果贫寒交迫惨死街头吧。"

我以前害怕过，怕得要死。她第一次这么说的时候，我几乎立即收拾包袱回家去。当然了，警卫劝住了我。上岛之前，我们都签过合同。

但是在等了那么久之后，我已经不在乎了。

没有什么比卡在当下更糟糕的。没有过去，没有未来，也并没有真的活在现在。

只是无尽的等待，互相折磨。

是的，互相折磨。

我一把掐住唐纳德的脖子。

"我已经等了快一年。这里还能找出比我待得更久的人吗？别人要看你脸色，可我不在乎。给我一个名额，不管他最后被烧死、被砍头、全家饿死或者碌碌无为，不管多惨，给我一个！我受够了！没有将来没有过去，卡在这个该死的地方。最惨的是，还是和你呆在一起。你是我见过最无趣的人。"

我的吼声已经引来了警卫。我看着她嘴角的酒窝越来越深，等着接下来要发生的事。我不明白，她不该是这样。

"你——真着急。"她从我的手里挣脱出来，大口喘着气。

"那你呢，故意把我扣在这儿——"我冷静下来，放慢语速。接下来每一个字我都要让她清清楚楚地听进去——"是为了留一个比你更可怜的参照物？看着我你就觉得自己不那么可怜了吧。看着我你就找到了人生的意义吧——拯救我们。你和你的艺术家项目一样，没有一个字是真的。不管有没有我在，你都会继续这么活着，活得像一条粗鲁的母狗。"

到最后，我还是没管住自己的嘴。我甚至能看见她被一缕一缕撕碎的样子。

我就是忍不住让她发狂。

就像在营里等待分配让我发狂。

但那次她竟然没有关我禁闭，几天后，申请被批下来。我被派到十七世纪的荷兰当一个画家。老婆是有钱人，生活不是问题，作品评价也不错。

"三十四岁那年你画了一幅群像，以夜晚为背景，这是你在阿姆斯丹时期的代表作。"唐纳德为我做生平资料介绍。听起来很奇怪，等别人教你该怎么活着。这是在营里最后几天。

经过那次之后，见到她之后我多少有点尴尬，而唐纳德也自始至终躲在冷冰冰的面具下，回避着我的视线。但这不重要。只要通过生平资料考核，我就会被送到十七世纪。我着重记下艺术史上所有有关我的部分，尤其是被她们称作相关节点的重要作品。

唐纳德告诉我，我必须熟记哪些是我的相关节点作品，必须按照艺术史上对这些作品的描述来创作。关键的点一丝一毫都不能出差。这样，他们的人才能找到这些画，并设法把它们保存到现在。

"节点作品？"我不太明白她的意思。首先他们召集了一群废物，花费人力物力培养他们，把他们打发到过去假装另一个艺术家，去重新创作那些重要作品。那些玩意儿真的值得他们这么大费周章？

"值得。"唐纳德总是能看透我，即使她现在一副官方人员的姿态。"正是为了这些作品，才不惜成本把你们送到过去的。一定要牢牢记住节点作品的所有特征，将他们再现。这些作品会一直保留到现在。我们的人会从世界各地把他们收集起来。"她停下来，抬起眼看我。

房间里只有我们，这感觉有点奇怪。临走前，我忽然不知道如何面对她。对她曾经清晰热烈的恨意在此刻转化成同样激烈却莫名的情感，我甚至还来不及辨识。

"你问吧。"她突然说道。

"什么？"我有点措手不及。

"你一直想问的问题。早在进来前就有却一直没问的问题。"

我坐直身体。"别人问过什么问题吗？"

已经到最后一步，我不想功亏一篑在这个时候惹毛她。

必须小心。

"你太小心了。那么我来说吧。你想知道这一切，真理营的艺术家项目，为什么我们要千方百计每次花费巨资把你们送到过去假装艺术家？"

我默认了，但还是没开口。唐纳德的眼睛里一百万只小兔子在黑色的草丛里跳跃翻滚。

"简单说，我们做的，都是在为智脑从人类过去搜集数据。你知道，人类走过很多弯路。不过我们会改正错误，只要我们知道那是错误。有了智脑，有了它的预先验证，我们就可以不犯错。对智脑而言，收集到的数据越多，算出的结果越正确——我们的目的就是从人类的过去里去搜集数据。可惜历史大多时候是谎言，无法提供可靠的数据。真正有效的数据大多数时候藏在微不足道的细节中，注定被人忽略，还有的时候，它被人刻意遗忘。佛教里说的轮回更像是永劫，一种对永远重复犯错的人类的比喻。我要送你们回去，记录下这些真实数据，传递给我们。这些数据经过整合处理会被输入智脑，今后人类社会所有重大决策都将依靠智脑整合运算出的数据来做出。"

"怎么传递？"我其实想的是——她们疯了。

"用节点作品。作品的主要特征要严格按照艺术史，但在细节上，你们还是有大量可以创作的空间。靠这些细节，把我们要的数据记录下来。通过皱褶的纹理、颜料的配比、材质的选择。看情况而定吧。上面的人比较喜欢镜子里反射的图案，杨·艾·凡客的《订婚式》，委拉斯开兹《宫女》那些。但还是按你的时代和风格来定，比如委拉斯开兹在《西班牙王子菲利普》就用各种不同深度的红色来做密码。技术人员晚上会给你发转码内存条，只要你按上面任何一种方法，我们都能破译……"她瞪着我，"你在笑什么？"

"没什么。"我本来以为她想说点别的，和工作无关。

她低头看自己的手指。"这个时候你不会让我不高兴的吧。"

"我不知道。"

她就在我面前，隔着一张桌子。只要伸出手……那些黑色眼睛的女孩们。

黑色的大风刮着黑色的草，小兔子们不顾一切，贪婪地啃食即将淹没它们的黑色河流。

　　我放声大笑。"人类总会犯同样的错误。有时候就算知道那是错误还是会去做。第一次是这样，第二次还会是这样。"

　　"所以是需要你们记录数据……"

　　"你不明白吗？即使知道是错误，也一样会去犯错，因为这就是人类。我们有时候需要犯错，需要做那些即使知道会受苦仍然去坚持的傻事。"

　　"所以，你们只需要记录数据，用你们的方法，剩下的交给智脑。"

　　她说着，堵住了我的嘴。

四

　　他们叫我凡莱茵。我今年三十四岁。几年前来到阿姆斯特丹。我告诉别人我是从莱顿来的，那里有我的老师和工作室的伙伴。现在，我有了一栋自己的房子，为数不少的古董、艺术品。莎朗斯基，我最富有的太太已经去世，留下四个孩子在那里由保姆照顾。那女人叫什么来着，她挺娇俏而且能干。阿姆斯特丹的市民们喜欢我的画。大型油画、肖像画、风景画、风格画。挂在宴会厅、挂在市政厅、挂在肉铺里。他们最爱的还是我给他们画的肖像，就让他们爱我。给你们要的浓墨重彩，给你们在舞台上闪耀的假象，然后——给管理局他们要的真相。我用我的颜料保存真相，那些奇妙的细节部分。至于他们能不能破译就不是我的事了。

　　一切都很好，好到会经常走神，好像走在冬天冰封的湖面，脚下没有阻力，轻轻一使劲就能走出很远。空落落的远。你不知道少了什么，阴郁却浑然一体的白色，光滑毫无瑕疵。

走神的时候我常常会想起唐纳德。离"营"前她给了我一个"吻"——一种类神经性毒素，表现症状和风湿关节炎类似，还伴有味觉失调。无论吃什么东西，都像在品尝铁锈。什么样的疯子会发明这种东西还以"吻"来命名。她用这种方法让我记住她。确实有效，在越来越遥远、越来越不真实的记忆里，只有关于她和她的味道还是那么鲜活。

今天早上射击手公会的那帮人来找我。这些平民战士们要我为他们画一幅群像，画出他们并没有的英雄气势。我收了定金，正好可以买下我喜欢的那双手套。翻日历的时候，那个日期在眼前一跳，嘴巴里不可抑制弥漫着铁的味道。我想起唐纳德最后的话。

"你记得一定要在你三十四岁那年为射击手公会画一幅以夜晚为背景的画，用你擅长的明暗对比。它就是你的节点作品。"

"为什么？"

"为你自己。"

"我是问要传递什么情报，或者真相？"

"为你自己！"

原来是这幅画。

五

我坐在画室里，已经几天没有出去了。他们以为我疯了。我盯着面前已经完成的那幅画。二十六人已经全部入画，按照军阶和身份排列成三行，神气活现地从画里向外望着，只要一刀就可以割掉他们所有人的脑袋。我已经做了他们要我做的。他们显得俊美、年轻、强壮，尽管只是去欢庆某位遗孀的来访，却像是听到号角召唤，前去迎战敌人保卫城市。

平民战士的白日幻想，不过就是在金钱商贾的世界创造伟大与永恒。

这会是一幅成功的画。

我久久注视眼前的作品，它看起来和我有什么关系呢？

当然，我记得这是我的节点作品。

我用了朱红土黄的温暖色调来记录这个城市的确繁华兴旺过，在雷伦伯克少尉衣襟的纹饰上、在柯克上尉的脚边饰带、在同样飘动着的掌旗手的领巾、吠叫的狗、倒挂在少尉腰间的鸡。我按照他们给我的密码输入了这个时代的数据。

到目前为止，我做的都是他们让我做的，我就是这样浪费着生命。在二十二世纪是这样，在十七世纪也是这样。人类总是犯着同样的错误。无论多少次机会，我还是会按照别人的指示去做。

我切开盘中的石榴，取出红艳剔透的籽粒，放进嘴里。浆汁迸裂，铁锈一般的味道。

毫无意外，这就是你让我记住你的方法，唐纳德。然而我从来没有告诉过你，从来没有告诉过任何人，在夏天那场大雨里，透过食堂的窗户我看到了什么。

你站在雨里，高举双手，像一棵久处干旱的大树向上伸展着肢体，毫不理会瓢泼雨水打在身上。你仰着脸，转圈，脚尖点地，在泥水里划出弧线。你仰着脸，你在笑。快乐地、不经计算地、完全敞开地大笑。

唐纳德，你不知道你是金色的。尽管你眼睛里黑色的小兔子永远在奔跑，但是唐纳德，你是金色的，是厚厚云层里划过的闪电，饱满鲜活带着永恒的光晕。这金色光焰永远不会熄灭。在我看见它之前，它便存在，在我消失之后，它仍将存在。尽管我试图却从未成功理解这神秘光焰的全部，但遇见它对我已经足够。

我可以在接下来富裕平静的人生里一遍遍品味，这金色的、铁锈的味道。

我知道那才是真正的你，至少是真正的一部分。所以，在最后，我并不吃惊。

在你用湿润甜蜜的吻堵住我的嘴，在你用名叫"吻"的神经毒素向我做最后道别让我永远记住你，在那之后，你悄悄在我耳边说道："精密的计算容不下一丁点错误。一个错误的数据将会导致整个系统的崩塌。"

我并没有吃惊，仿佛已经等待这句很久，仿佛我们第一次见面时你就对我说过。也许，我仍旧是一枚棋子。之前是管理局的，现在是你的。你一直在等待这样一个为你的计划付诸行动的人，一个明知是错仍旧以身试法的傻瓜。又或许，那个吻和最后那句话只是你一时的突发奇想。

这好像都已经不再重要。

害怕。我当然害怕。在知道自己要做什么之前，已经为行动的念头而恐惧。

我怕得要死，穷苦潦倒被人嘲笑的生活比死更让人难以忍受。

所以在听到你的话之后，我立刻就把它抛在脑后。我告诉自己忘记它，就真的忘记它，连同你在雨里欢笑的样子一起忘掉。所以你才会喂给我神经毒素，提醒我，无时无刻地提醒我去拾起这些可怕却可贵的灼人记忆。

唐纳德，我还有别的选择吗？

动手前，我甚至不知道是否能做得更好。之前的画已经被撕毁丢在地上。不管好与坏，画一幅真正的我的画。民兵们回到真实的血肉中，他们不再是呆板的人形立碑，而是光影间生气勃勃的幻想，蓄势待发，要从幽暗之地冲出画框，直逼观者。他们将带着他们的灵魂。

长驱直入，爆发出炫目的光芒。

光线和阴影请醒过来，我的眼睛请醒过来，织物和肉体下的生命请醒过来。射击手们回到各自归属的位置上去，回到各自的生命属性中，任何刻板的条例不能再禁锢任何人，我要你们活泼、鲜活，每个人在神圣的光芒里成为自己。没错，我画的是白天。

一意孤行艺术家的白昼。

不要问我站在人群中的那个女孩是谁？我从未见过她还是孩子的模样。我只是幻想，我只是无数次在现在以及将来和遥远的将来，幻想过在我们彼此还没有被世界伤害前相遇会是什么样子。而现在，我可以想象另一件事——在遥远的将来，当她寻找着我画的某一幅关于夜晚的作品时，她会认出自己。

无论今后我将身处怎样的险境，过着怎样的潦倒生活，只要一想到那双黑色眼睛，那双黑色眼睛里将映射出她纯真童颜的样子，映射出那暴雨之后将云层点燃的永恒光焰——我就如获永生。

糖匪，科幻、奇幻、武侠小说作家，美国科幻和奇幻作家协会（SFWA）会员，毕业于上海交通大学生物学专业。职业经历丰富，做过中科院科研助理，时尚杂志编辑。十年前开始成为全职作家。

小说作品散发于《科幻世界》《九州幻想》《文艺风赏》《小说界》《上海文学》。代表作品有《看见鲸鱼座的人》《无名者》《八月风灯》《面孔》等。

2013年起，短篇小说陆续被翻译到国外发表，其中，刘宇昆翻译的《黄色故事》发表在APEX，入选当年美国最佳科幻年选，John Chu翻译的《佩佩》发表于Clarkesworld，入选2014年APEX美国最佳科幻年选，是继韩松、夏笳、陈楸帆后第四个进入该选集的中国科幻作者。

向上！向上！

提沙 / 著

寂静，无边的寂静，死一般的寂静。

无边无际，没有任何回声，没有任何生命。

卡尔要疯了，头炸裂般地疼，在这个没有声音的地狱里，无处可逃。死寂化身成恶魔，将他紧紧攥在手中，撕扯他的肉体，拽裂他的灵魂。

卡尔尖叫、嘶吼，没有用，还是没有声音！喉咙被恶魔掐住了，声音被恶魔夺走了！怎么拼命嚎叫，也发不出任何声音！

"闭嘴！"

有声音了！谁的声音？卡尔更努力地扯动着声带，谁？是谁？！

突然，什么东西挤进了卡尔的嘴，捣向喉咙。

卡尔猛地干呕，一下子从噩梦中惊醒过来，他吐出嘴里的手，嘶哑着低吼了一声，回声很快传回来，告诉他周围的情景。

"给我闭嘴！糟心的鱼崽子！鬼哭狼嚎吵死了！"断手鲍瑞推搡了一把卡尔。

"你再推我一下试试？"卡尔揉了揉胀痛的脑袋，"你给我挠痒痒呢？

一只手的残废。"刚刚自己的手被鲍瑞堵到嘴里,恶心的感觉依然挥之不去。

"哟,长能耐了啊,你就这么对金主说话呢?"

"呵,这趟跑完,你也就是个穷光蛋了。到时候没饭吃了,叫声爷爷,我就给你点剩饭吃哈。"来吧,吵一架吧,这个念头在卡尔心里挠啊挠,来啊,吵得大声点!受不了这见鬼的无音地狱了!

鲍瑞却沉默了下来。

行险一搏,行商鲍瑞几乎把所有的家底都砸进这趟冒险,贝钱哗啦啦地从口袋往外流啊,鲍瑞心如刀割。但是值得,冒险是值得的!只有这样,昔日的东海巨商才可能东山再起!

然而几个月的航程过去了,他们一无所获,什么都没有,没有水母,没有海兔,连荠子藻那么大的鱼星儿都没有。出现点什么吧,鲍瑞心里暗暗乞求,就算是难吃的能把胃囊吐出来的海蛞蝓都行。

也许该认清现实,不要再有荒唐的幻想了,这可是极上界啊!自己怎么就信了鱼崽子的忽悠呢?鲍瑞心中苦涩,现在回去还来得及,东倒西卖,发乱世财,重新开始,东海巨商未必不能再一次白手起家。

鲍瑞长叹一声,小半部分声波从半球形的船壳上反弹回来,剩下的穿透船壳,深入漫漫无际的极上界,再也没有回声。

一年前,鲍瑞第一次见到卡尔。

那时鲍瑞正一个人在店里发呆,昔日金梯螺城最热闹的店铺,如今半天都没一个人上门。南海鸣丘的七音螺、西海峡谷的夔鼓石,还有贵妇们喜爱的蝓胶工艺品，曾经摆满了这些时髦货的柜台上，如今只剩下大大小小的大食王牌发条机。

一条小猡鱼游过，撞了撞店中央停摆了的水铃铛，然后轻车熟路地游向柜台，赖在发条机上悠悠地蹭着痒痒，心满意足地发出咕噜咕噜的声音。

明珠蒙尘啊明珠蒙尘，鲍瑞心中慨叹，当年他的大食王牌发条机横扫发条机市场时多么风光，无数叮叮作响的贝钱挡不住地往口袋里流。每天吃着好吃的、数着钱的美好生活啊，那时候四海的美食自己什么没尝过，现在却只能啃干巴巴的鼓头鱼尝尝荤。

门边传来一声轻响，有人来了？鲍瑞胡乱摆动着四只腕足，直起了身子。

来人礼貌地咳嗽了一声，声波在店里回荡，传到鲍瑞耳中，勾勒出一个年轻后生的模样。对方身披学者们的那种飘带草长袍，下摆已经有点残破，不像是能舍得花大钱的角色。鲍瑞疑窦丛生，学者这时候不都在饿着肚子吗？来这儿干吗？

"大食王老板，久仰久仰，在下卡尔。"

原来是个食古不化的书呆子，鲍瑞心想，但生意人嘴上的客套可不能少，"你好你好，叫我鲍瑞就行了。大学者有什么想买的吗？"

"不不不，暂时不买。在下有笔大生意，鲍瑞老板愿不愿意做呢？"

十分钟之后。

"笑话！你当我傻啊！"鲍瑞猛地起身，挥舞着两只手就要逐客，老子坑蒙拐骗招摇四海的时候，这后生还是个鱼籽呢，"去，你去大街上问问，三岁小孩都知道极上界连鱼卵子都没有。"

"老板你别急啊，听我把话说完。"卡尔端坐如常，纹丝不动。

"呵，我吃过的螺比你吃过的鱼都多，竟然骗到老子头上来了。"鲍瑞不耐烦地挥挥手，"快走快走，否则我叫卫队了啊。"

"老板，谁不知道你慧耳通灵，哪敢骗你啊。没把握的事，我会来烦你吗？看看，这是什么。"卡尔从袍下拿出个东西，敲了敲，清脆的敲击声回旋震荡，余音袅袅。

这块材料听起来的音质倒是罕见地好，如果是五年以前，卖给乐师韶一定能卖个好价钱。"现在不比以前，我这儿不收这些玩意儿了。"鲍瑞勾起了一丝兴致，但又狐疑起来，"这和极上界有什么关系？"

卡尔又敲了敲，"你再听听，听听形状，听听这东西的长度。"

高音域宽，低音域窄，波形三峰隆起，像是剃刀鱼的长肋骨，不，听这洪亮的回声，起码要比剃刀鱼的骨头长十倍。鲍瑞突然心中透亮，是了，早年在西海进货的时候遇到过一堆这种骗子。"哈，我知道了，又是什么'来自极上界的海神笛'之类的吧。年轻人，这个可骗不了我，用石蟹壳批量造这些个'圣物'的厂子我都见过好几个哦。"

"来来来，你摸摸看，这是鲸牙啊鲸牙！你知道鲸吗？"

确实音色不像石蟹壳，鲍瑞摸了摸，"真的不是石蟹壳？那你到底想怎么骗我呢？"

"不骗你。这是鲸牙啊，老板，你该不会不知道鲸吧？"

"笑话，我怎么会不知道，圣鲸是海神的坐骑嘛。"鲍瑞觉得这个骗局倒是很新鲜，"别逗我了小子，这个确实是牙齿没错，但不可能是鲸牙，没人见过鲸，也没有鲸，鲸鱼不过是教士们骗小孩的罢了。"

"老板，你也是走南闯北这么多年，要说见识广博，恐怕整个东海没几个人比得上你，你倒是说说，什么鱼能有这么大的牙？"

"这……"的确没有，最大的鲛鱼牙齿，也比这个小了上百倍，鲍瑞问道，"你从哪儿弄来的？"

"家父入狱前在藻原上见到过巨鲸的骨架，这就是当时带回来的。"卡尔顿了顿，"你明白这意味着什么吗？"

"哈，且不说你这话是真是假，就算是真的，那又怎么样？你想说这来自极上界？搞笑，极上界没有鲸鱼，什么都没有，没有鱼能活下来。"

"老板，你想想，有几个市政广场那么大的鲸鱼，如果在极上界下面游动，怎么可能没被人发现过？藻原被四个城市包围，周围的下层界都住满了人，高点的中层界人来人往，上层界没什么鱼吃，这么大的鲸鱼，要想不惊动人游到那儿，又要填饱肚子，它能在哪儿生活？"

"呵呵，上层界没食物，难道极上界就有食物了吗？上层界偶尔还有几个虾米，极上界连虾米屎大的活物都没有。"鲍瑞接着质疑道，"况且谁知道这骨头是什么时候的，说不定是几千年前的，现在早就死光啦！"

"家父是学者盖曼。"卡尔沉着地说，"他测过周围沉积的土壤和新附着的海葵，鲸骨一定是最近三十年内从上面落下来的。"

鲍瑞心中开始有点相信卡尔的话了，如果卡尔的父亲的确是那个盛名在外的盖曼的话。

"父亲还查阅了海心城的编年史和最古老的典籍。鲸骨在历史上出现过好几次，一千五百年前的那一次，上面还有没分解的腐肉。"

"如果是这样,你爹怎么没找教团的人说?圣兽啊,这个消息能卖不少钱吧。"

"你觉得我父亲是因为什么锒铛入狱的呢?"卡尔反问道,"父亲筹谋着去探索极上界,教团的那群疯子觉得海神的居所不容亵渎,就把他抓了起来。"

东海最出名的大学者被教团以"渎神罪"抓起来确实是两年前的大新闻,但鲍瑞不知道事情的真相竟然是这样。但这的确像是教团的作风,饥荒阴云笼罩,人们都视海神信仰为救命仙音,教团权倾一时,对付的又是饥荒后如过街臭鱼般的罪人学者,自然不会手软。深邃的极上界尽头被视为海神的居所和灵魂的归宿,又岂能容凡人亵渎呢。

如同分布在海底的其他几百座城市一样,金梯螺城围绕热垒而建。

大部分人对热垒的存在视作理所当然,他们祖祖辈辈生活在热垒的温暖中。每一个热垒都像是一个放大千万倍的海星,平铺在海底,张开数十条巨大分支,大分支再分叉成次级的小分支,给沿途提供稳定的热源。无数植物生长在被烤得热烘烘的土壤上,将热能转化为生物能,供养着千姿百态的浮游生物、各种鱼虾贝,以及靠着热能枪站在食物链顶端的人类。

近两百年,在学者们的领导下,用热稳材料建造的生态架围着热垒核心建立起来,原本散溢的热能得到了更有效的利用。层层架起的生态架重重叠叠,生态架壁上长着大大小小的野生热合苔,繁茂的珊瑚树和随波荡漾的飘带草攀援着生态架而上,直到中层带的尽头,即便是频率最高的声波也传播不到它们的顶端。散发着无数飞丝的音丝草发出窃窃私语般的轻盈声响，千姿百态的生物漫游在其间。无数巨大的新建管道则将滚烫的热流送往城市的各个角落，以供农业、工业和生活的需要。

但这繁荣的交响曲，在六年前演奏到了休止符——作为生命之源的热垒开始逐年降温。

四海的城市，或早或晚，或多或少，几百个热垒都开始了降温，能源危机到来了，粮食得不到足够的热量而逐年减产。

没有人知道千万年前热垒从何而来。即便是最睿智的学者也不知道热垒为何能长久提供能量，即便是最坚硬的钻头贝也难以凿开热垒的外壳。在漫长的历史中，热垒一直被视为神的造物，热垒温度降低，那是代表神的旨意，岂是人力能改变的呢？

重新兴盛起来的教团带领人们拆除了热垒周围的建筑，迁移农场到更靠近热垒的土地，重新规划热流管道，优先保障粮食的生产。他们带领愤怒的人们将怒火指向规划市政的学者们。

"在热垒头上动土！这是对神的不尊重！"当时出现在各地的教士表情狰狞，大声吼着同样的说辞，"神给我们热垒，就是要让我们安享神的恩赐！可是贪心的我们，竟然在恶魔的蛊惑下，用罪恶的工业造物玷污神的温暖！那些丑陋的建筑、愚昧的结构发出嘈杂和混乱的噪音！玷污了神的慧耳！所以神降下了怒火！"

后来，在极上界漫长的航行中，鲍瑞不止一次地拷问自己，自己咋就信了那小子的邪呢？真是财迷心窍昏了头啊。

但是鲍瑞心里清楚，当时的自己根本抗拒不了赌一把的诱惑。乱世即将到来，要是不赌一把，就这么一步步沦为饿殍吗？

"热垒降温了，人们都要吃不饱肚子了，谁还有心思买你的发条机？以后热量供应粮食生产都不够，哪来的热流给发条机充能？"卡尔如同魔鬼，循循善诱，"最近生意不好吧？清醒点吧，你快破产了。"

鲍瑞很清醒，自诩为东海最精明的商人。鲍瑞清醒得每天夜里都睡不好觉，是啊，货卖不出去，吃不到美食，几年以后可能肚子都填不饱，离破产也不远了，需要一个全新的机会。

"你想想，鲸鱼那么大，食粮必然不小，极上界一定有足够多的鱼类来供养它。只要我们找到了……"

"我们就富可敌国了，数不尽的贝钱，还有美食！"鲍瑞仿佛听到无数美味的蓑衣海兔嗷嗷叫着，等待自己的品尝，已经一年没吃过了啊！

卡尔恨铁不成钢地叹了口气，"我们就解决了饥荒的问题啊！别提钱了，这是会记载在史书上的壮举！"

不敢下注的商人不是好商人，鲍瑞年轻时白手起家，深知这一法则。填饱肚子靠的从来就不是教团说的对海神的信仰，而是靠抓住机会的眼光和勇气。

在那小子的忽悠下，鲍瑞乖乖地将卖不出去的几大箱子发条机拱手送上，变卖了城中心的店铺购买粮食，从最好的供货商那里买来造船的蝓胶，他们在远离教团的郊外，偷偷筹划着极上界的远航。

远离了海底的下层界，远离了变得萧条了的中层界，远离了罕有生物的上层界，发条机带动小齿轮，小齿轮带动一圈圈大齿轮，再催动螺旋桨，一路向上，鲍瑞和卡尔的上浮艇就这样缓慢地驶入了从没有人到过的极上界。

他们行驶得很慢，每两天才上浮五十海尺，时不时还歇一阵子，这比饥荒到来前的自行车慢多了。那个时候，能源充足，城里到处都是热流阀口，把发条机通过充能器与阀口相连，冷热对流就能让充能器的涡轮转动，涡轮再带动发条机的轮轴收紧簧片，就能把能量储存在小小的发条机里。那时候鲍瑞生产的大食王发条机用的是最好的簧片材料，储能性能傲视群雄，带动起自行车来，一会儿就能从金梯螺城跑到三千海尺外的珊笛城。

"我们真的要开这么慢吗？"刚出发十几天时鲍瑞就质疑过。

"你要是想死，饿死也比被水压弄死舒服。"卡尔回应道，"你还是绝食饿死吧，省下粮食我能开到更远。"

上层界人迹罕至，是因为那里比海底的水压低很多，常年生活在海底的人类和其他生物，一旦在上层界待了一小会儿，就会浑身酸痛，体表器官肿胀突出，严重的情况下，甚至还会晕眩和窒息。

学者们解剖过这样死去的鱼类，它们鳞片狰狞地突起，鱼皮肿胀，肌肉糜软，内脏里面出现各种凹陷和坏死的血斑。学者们推测这是由于上层界水压太低，鱼体内的高压难以平衡，从而破坏了体内的组织。

卡尔对此想到了一个办法，如果很缓慢地上浮，逐渐地适应低压，每次等到身体内的高压和外面的低压缓慢平衡，身体适应了低压之后再进一步上浮降压，那么也许就能最终适应上层界乃至于到达极上界。

他之前已经用鼓头鱼和戟乌贼试验过,摸索出了现在这个上浮速度。

靠着这个办法,卡尔他们成功到达了极上界,虽然身体依然时不时酸痛瘙痒。

"极上界深处有游动的热垒吧。"刚进入极上界的日子里,卡尔闲极无聊,总是提出各种各样关于鲸鱼存在原因的猜想,"只有这样,才能给生物提供热量。"

"傻娃子,那么个大块头,没有鱼鳍也没有腕足,还没有大食王牌发条机,哪能飘得起来嘛。"

"不学无术啊,大叔,只要热垒和鱼一样轻,它就能飘起来。鼓头鱼睡着的时候不扇鱼鳍,也没沉到海里啊。"卡尔鄙夷道,心想,毕竟商人只知道钱啊,只要是和钱无关的生活细节,就从来不会去留意。

"我跟你说啊,极上界的尽头,其实和我们住的海底一样,也有土有石头,只不过石头下落的方向正好是反的。"鲍瑞说,"我早就听说了,所以那里的热垒也是长在土里的。"

"瞎扯吧你。"

"真的,这可是我在回音峡谷里遇到的一个苦行僧说的。"鲍瑞感叹道,"他可是我见过的最有学问的人呢,脑袋上满满地全是皱纹!"

"这是宗教异端啊异端!两百年前教团抓到这样的人都是要绞死的啊!"

"呸,你小子不是不信海神吗?"鲍瑞嘲讽道,"不过话说回来,那样的话,到了那儿是不是就省点发条机了啊,自由下落不就行了?"

"你想想啊,如果极上界的尽头石头真的是反方向下落的,假设这是个连续变化的过程,现在发条机就应该转得越来越省劲儿,可是有吗?五天换一个机子,消耗一直没变过。"

"那你说鲸鱼靠啥生活?"鲍瑞突然有点担心,"不会真的有海神吧?神不会取了我这条老命吧。"

"放心吧,就算真的有神,如果神不愿意被打扰,为什么没有阻止我们上去呢?"

起初,世界一片死寂,没有声音。

是神创造了热垒,生命也由此诞生,从此,世间有了声音。

拥有六只腕足、发达的声带和耳朵的海底人类依靠声波来交流,依靠回音来认识周围的环境。在两千年前的原始社会中,乐师有着独特的地位,有着与神沟通、祭祀祖先的殊荣。到了现代,城市里到处都有被水流驱动的水铃和贝键琴,酒馆和大街上常有打着行板的吟游诗人,而巡回演出的交响乐队到来时更是万人空巷。

海地人把耳朵伺候得很好,就算是嗜好美食的鲍瑞,也承认忍受噪音是比缺乏美食更痛苦的事。

然而大多数人类都没意识到,比噪音更可怕的是没有声音的空寂。

在进入极上界后的第一个月里,除了无边无际的海水和孤独的上浮艇之外,空无一物,鲍瑞和卡尔说的话抵得上平常几年说话的量,卡尔如今连鲍瑞小时候邻居家的女孩最喜欢唱哪首歌都了如指掌。

卡尔本来话不多,父亲从小教导他,身为学者要少说多听,没有什么比满嘴言之无义的蠢话更让人厌烦的了。如果一个学者说的比知道的多,那么又如何能对知识抱有谦卑之心呢？

卡尔一度觉得和鲍瑞待久了，所以自己变蠢了，否则哪来的这么多话呢？

后来他才意识到，他和鲍瑞只是在下意识地避免面对沉重的空寂。如果他们不说话，周围就没有别的声音了。不，还有一成不变的螺旋桨搅动水流的声音，但那是一成不变的没有活力的声音。就像周围无尽的深海，单调、死寂。

极上界简直是没有声音的地狱，怎么可能是神的居所呢？如果真的有神，他不会被这无尽的沉默折磨疯了吗？

在极上界的第二个月，空寂如同紧紧箍住身体的刑具，越来越沉重，使劲挤压着。他们焦躁不安，胸口憋着劲儿，难受得癫狂。他们需要更大的声音，更有变化的声音！更多的爆炸般的声音！

于是他们开始争吵，用最大的音量怒吼，用最恶毒的言语咒骂。

他们使劲砸那些报废了的发条机，捶打簧片，用骨刀在上面刮拉出刺耳的噪音。噪音像刀子割开他们的神经，他们如痴如狂，甘之如饴。

"粮食只够一个月的了。"鲍瑞沙哑着嗓子，低沉地说道。

没有回应，十几天没有争吵了，一天也说不着几句话了，现在一点点的声音听起来都像是刺耳的尖啸，但声音不从脑子过，激不起一点波澜。卡尔已经麻木了，死气沉沉，几乎不再对鲍瑞的话做出回应。

"我们回去吧。"鲍瑞说，"我认输，没有什么鲸鱼，没有食物，什么都没有。"

"不。"卡尔猛地抬起头，嘶哑着嗓子，恶狠狠地说。

"已经三个多月了。我要命啊，破产就破产吧，不能把命搭进去。"

"回去的过程能快很多，适应高压比低压快很多倍。"卡尔从麻木中清醒过来，他不能放弃，他可以疯，但他得救出父亲，找到了极上界的鱼群才能救父亲，"口粮够，我们每天少吃点。"

"失心疯的鱼崽子，我怎么就信了你的鬼扯啊！"鲍瑞无力地抓挠着自己的头，痛苦万分。

第四个月的末尾，他们第一次见到了奇角鱼。

那时他们已经好几天没说过话了，卡尔换发条机时的机括声传到艇外，然后激起微弱的回声传回来。

他们好一会儿都没反应过来，卡尔在缓慢地挪动着四只下腕足，鲍瑞失神地躺着发呆。

突然之间，他们意识到刚刚听到了什么，鲍瑞猛地坐起来，两人的十二只腕足一起激动地颤抖。

"啊！啊！"鲍瑞大吼着。

声波穿透船壁，很快又传回来，带回那个奇怪形状的鱼的信息。

那条鱼比海底常见的鼓头鱼大上几圈儿，头大身子小，最奇怪的是脑袋上挺着个长长的触角状的东西。

也许是被大吼惊动，鱼悠悠地摆了摆尾巴，然后向上游去。

"跟上啊！靠！"鲍瑞手忙脚乱地摸向发条机组，"快！提快速度跟上啊！"

"笨！"卡尔迅速拉开舱门，游了出去。

"热能枪！带上热能枪！"鲍瑞喊道，"你才笨啊！"

卡尔追着鱼跑了好几十海尺，最终还是被鱼给溜了，骤然减低的水压让卡尔浑身不适。

父亲是对的！卡尔心中狂喜万分，极上界真的有鱼！

一个多星期之后，他们才遇到第二条奇角鱼。

这条鱼在离上浮艇十几海尺的地方缓缓游动。为了不惊扰到鱼，他们轻轻地敲击船壁来发出声波，通过轻微的回声观察鱼的动向。

这次他们有了新的发现，不止有奇角鱼，有两三只比海蛞蝓还要小点的鱼围绕着奇角鱼的触角转来转去。

"听到那几条小鱼没？哎呀呀，虽然不够塞牙缝的！"鲍瑞喜滋滋地戳了戳卡尔，小声说，"但是有小鱼了，大鱼还会远吗？哈哈哈……"

突然，奇角鱼的头顶突然咧开大嘴，水流飞旋，那几只小鱼一下子就被吃掉了。

"哎哟，这家伙怎么嘴长在脑门上啊，怪吓人的。"

"奇怪啊。"卡尔狐疑道，"为什么要送上门来被它吃？"

"嘿，这你就不懂了吧。"鲍瑞得意扬扬地说，"北海那边有种臭臭的海葵，但海蛛就喜欢那味道，可是前赴后继去送死呢。"

"有可能，我去闻闻。"卡尔轻轻拉开门，游了出去。

"嘿，啥都想研究的学者……"鲍瑞自言自语道，"不过，这个鱼好不好吃啊。"

几天之后，他们遇到了一小群奇角鱼，散布在周围几十海尺的水域中，被诱捕的小鱼有好几种，有种长得很像缩小版的海底虾蛄。

"没有能诱捕小鱼的味道，什么味道都没有。"卡尔喃喃道，"有什么地方不对劲。"

"哪里奇怪了，人家味道就是小嘛。你闻不到不代表小鱼闻不到。"鲍瑞突然拽了卡尔一把，"哎哎哎，你看你看，那两条鱼又要凑一块交配了。"

"不对啊，这么多奇角鱼在这儿，你听到过它们的叫声吗？"

"是没有哈，这是挺怪的，鼓头鱼都会噗噗叫呢。"鲍瑞依然在专心关注交配的两条鱼，摇摇头，叹了口气，"哎，真是羡慕啊，你看他们开心的。"

"这没道理，这一大群鱼在一起，不发出声音，怎么知道周围的情况呢。"卡尔皱起眉头，"没有声音，怎么区分哪条鱼交配，又是怎么找到对方在哪儿呢？"

"嘿，夫妻之间的心灵感应你知道不？哎，你还年轻，不懂大人的这些事情。"鲍瑞打趣道。

"水温！"卡尔说，"而且水温比一个月前高了！你注意到没有！"

"对啊，这不明摆着吗，否则哪儿来的鱼呢？"

"热垒可能不远了。"卡尔的一只右下肢轻轻拍打着两只左下肢，"我要去抓条鱼回来。"

几个星期过去了，自从馋心大动的鲍瑞不顾卡尔的劝阻，试吃奇角鱼之后，餐桌上已经有六种新的鱼类被品尝过，其中奇角鱼最难吃，肉质很柴，但是有只大虾吃起来十分肥美。

鲍瑞的心中充满了胜利的喜悦，且不提破产的阴云已经散去，光是作为第一个吃到这些异域美食的人类，他美食家的灵魂就体验到了巨大的幸福。人类历史上有几个美食家能经历这种时刻啊——无数前所未有的食物扭着腰、排着队等待大嘴的临幸。

但是卡尔心中的疑惑越来越深，水温越来越高，这要是在海底，必须是热垒旁边才有这样的高温，但是这里却还没有出现热垒的边儿；各种鱼类越来越多，但是没有一种鱼会发出叫声，这些鱼仿佛真的有心灵感应一般，不靠声音就能进行复杂的群体活动，不靠回声定位就能捕猎食物。而且这些鱼类有一个共性，它们的脑袋上大多数都有对称的两个小突起，有的突起甚至还能灵活转动。

"海底的鱼没有这样的。"卡尔一字一顿地说，"除了人类。"

鲍瑞摸了摸自己脑袋上的两个很小的突起，"你说盲痘啊，这个没什么用啊，你小学没学啊？这是退化的器官，就像你屁股后面的尾椎骨一样。"

"这些鱼都有盲痘，为什么？"卡尔难以相信自己脑中的那个解释，这不可能是真的。

"你是说，"鲍瑞也严肃起来，"难道我们和这里的鱼是亲戚？我不该吃他们？"

"会不会，他们能通过盲痘交流？"卡尔摇摇头，驱散这个疯狂的想法。

会发现什么呢？卡尔陷入沉思。向上，再向上，我们离真相越来越近了。

海水的断层出现了！海水的尽头！

他们的身体紧张地抖动着，腕足颤动着，紧紧抓在一起，声带禁不住发出战栗的声响。他们在向断层靠近，二十海尺上面，声波在断层那里反弹回来，断层在起伏不定地舞动，那舞动是他们从未听过的，变幻莫测、妖异、魔幻，令人心生畏惧。

"停下吧"，鲍瑞的声音颤抖着，"不能再往前了。"

"别怕，没事的。"卡尔抓紧鲍瑞的手，"就算是神域，也要闯进去听一听神的声音啊。"

"傻小子，你还不明白吗，这是海水的尽头啊！那边连海水都没有！会死的！只要碰到边界就会融化的！"

"就变成灵魂了吗？"卡尔轻声叹道，"外婆说灵魂死后都会去极上界的尽头，就是这里吗？"

"快停下吧，这里还有很多鱼我没有吃过啊！"鲍瑞不住地颤抖着，盐水从盲痘渗出来，"停下来，让我先吃一个月，吃一个月再去送死。"

"你感觉到了吗？一种奇妙的晕眩感，在盲痘上！就像飘带草拂过……痒痒的，比最美的乐曲还要美妙的感觉。"

"昨天就有了啊！盲痘对着上面，感觉就强点，对着下面，就弱点。"

"我的盲痘感觉到了什么，就像是声音探测到的东西有了具体的形状。模模糊糊的，朝着断层，那边更热，但盲痘感觉到的不是热，不，我说不上来。"

"是断层在吸引我们的灵魂，就像海葵和海蛛，这是吸引灵魂的幻觉啊！"

"软，特别温柔，"卡尔觉得灵魂要从体内游出来了，"是从盲痘那儿来的感觉，就像被拥抱在热流里。"

卡尔一把推上发条机的扳子，转速骤然加快，他等不了了。

不管那是神也好，是无边无际的热垒也好，是世界的尽头也好，他只想盲痘体验到这种感觉再清晰点，再强烈点！

螺旋桨轰鸣起来，上浮艇猛地蹿向了断层。鲍瑞啊啊啊地号叫着，卡尔浑身肌肉紧绷，紧紧地捏扳子和鲍瑞的手。

哗啦一声，上浮艇蹿出了断层，小艇带出的水花打在海面上，发出清脆的声响。

在灼热的光中，他们第一次"看见"。

提沙，科幻作者，理论物理博士。代表作品《数学深处的代码》《向上！向上！》。作品曾入围第五届豆瓣阅读征文大赛决选，曾获得第三届豆瓣阅读征文大赛入围奖。

夏日往事

王腾 / 著

老者早就注意到小女孩在不远处注视着自己，但他等了很久才开口。

你一定是从极地那边来的观光客吧？我当然能猜得到，冬天已经持续了这么久，现在还能在外面活动的也就只有你们了。

这么说，你来是想听我讲讲当年的探险？这个我也早就猜到了，现在来找我的孩子们还能有什么别的要求呢？毕竟是个很久远的故事了，那时世界之风都还是相反的方向。嗯，说我拯救了世界可能夸张了点，不管有没有我，世界都是这个样子啊。不过，要说我改变了历史，那还有点道理，这当然不是我一个人的功劳，不过我也不怪大家都这么想，毕竟现在也只有我一个人能讲给你们听了。

其实有很多细节我都没有告诉过别人，但是，你居然能在这里找到我，很奇怪，应该没有人知道我会在这里啊！不管怎么说，这应该算是我们的缘分，那我就全部都告诉你吧。

我年轻的时候正值夏天，强劲的世界之风让整个世界充满了活力，城市和街道可不像现在这么冷清，那时的集市上充满了熙熙攘攘的人群，讨价还价此起彼伏，各种各样的船只在街道和楼宇间来来往往，信差的小艇在大船周围灵活地穿梭，各个城市间的货物、游客、新闻以令人头晕目眩的速度和效率交流着。那是只有出生在夏天的人才能真正理解的世界。有时候，中央广场上还会有博览会，你会看到来自世界各地的珍奇动植物标本和各种新发明的机器，同样来自世界各地的游客，脸上充满着惊异的神情，好奇地浏览每个展品的介绍。真知殿的学者们也时常来到这里给博览会致开幕贺词，同时宣布新的科学发现，有时是游吟歌者来宣读他们新创作的诗篇，无论是谁来，那都是最令人兴奋的时刻。

不过，也只有在停战的间歇才是如此。

我们和极地人的战争在我出生前很久就开始了，我自己曾经就是一艘战舰的舰长。从我记事起，极地人每隔一段时间就会对我们发动一场远征，他们的意志很坚定，不消灭我们绝不停手，所有和谈的计划都失败了，毕竟，极地人的语言和思维，甚至他们的身体构造都和我们有很大区别。不过这也不是所有的原因，因为战争的起因要求我们也必须消灭极地人。所以，总要有一方先被消灭，战争才可能结束。

说到战争的起因，你可能不相信，是和我们宇宙学最伟大的发现有关。

你一定知道宇宙稳恒的说法由来已久，我们很早就模糊地知道世间万物在互相转化，守恒于一个不变的总和。宇宙间充满了风，风是世间一切运动的起因；世间也流淌着泉，泉使所有生命和所有机器得以运转。终于有一天，伟大的贤者们证明了风能产生泉，泉也能产生风。这是足以给我们物理学和宇宙学奠基的发现。

这样的评价一点都不夸张，这个发现解释了世界之风如何在我们的心环里感应出源源不断的泉流,赐予我们生命力,我们是如何发出和接收调制信息的风从而彼此交谈,还有我们是如何用脊环产生的风和无处不在的世界之风发生作用从而能自由运动。所以宇宙的模型变得十分简洁,泉和风是万物的本源和基本元素,宇宙发生的一切都是这伟大的二元转换的体现。

但是,一位叫静海的学者,却指出我们活着的这个事实本身就让人疑惑。

每个人都知道我们生活在世界螺旋里,世界螺旋围成了整个宇宙的边界。世界螺旋里永恒的泉流产生了充满整个宇宙的世界之风——也是世界内部所有泉的来源。可是问题就在这里。我们的物理学表明,只有变化的风才能在闭合回路里感应生成泉,那么既然我们能从世界之风中获得泉流,就表示世界之风是变化的,进而可以推断世界螺旋里的泉流也在变化,更准确地说,在减弱。

那么,世界螺旋里消失的泉去了哪里?这就是让所有人为之沉默的问题。

其他的学者很快给出了回应,这个现象的解释必然是世界螺旋内部泉流总量的增加,既然宇宙是封闭而且动态平衡的,各种变化和转换永不停息,那么任何此消彼长都必然是暂时的。世间万物的复杂性人们永远无法完全把握,而我们都相信科学的目的之一正是让我们能明白起因和结局,而不必追溯每一条具体的变化轨迹。

静海不像其他学者一样止步于这个好听却模糊的回答,她只相信精确的数量,她常常说自己最后的愿望就是弄明白宇宙守恒的常数究竟是多少。这一次，除非亲眼看到方程平衡，否则她不能允许自己对这个问题盖棺定论。

静海研究了所有能找到的历史和地理资料，亲自走访了很多地方，包括调查农业生产和居民迁徙记录，她反复的计算最终指向的结果却是这两者远远不相等。世界螺旋内绝大多数消失的泉完全无法解释去向，虽然现在还没有衡量泉流量的统一量度，但即使算上所有误差也差，好几个数量级。这个结果可信到足以颠覆她的信念。静海不相信宇宙是漏的，那恐怕整个宇宙学的基石就是错的。

她最后得出了一个结论：宇宙间一定存在某种不可逆的变化，一定有独立于泉与风的第三种元素参与宇宙的演化。衰减的泉与风正是转化成了这种不能再自发逆转的元素。这种元素一定适用一种全新的物理量，尽管现在还没有什么手段能测量和感知它的存在，但她相信世界之泉无法解释的减弱正是这个过程的体现。由此得到了一个时间点，在那一刻之后，宇宙间所有的泉与风都变成了那样的元素，而那元素将再也无法发生任何变化。既然宇宙是一个有限封闭系统，那最终一定会达到一个死的平衡，而那个时间距今不到五个世代了。

世界很快走向灭亡的结论引起轩然大波，而她近乎幻想的第三元素更是粗暴破坏了当前宇宙学的简洁和对称美。她无法直接证明世界螺旋是否终将干涸，更遑论证明那"不可逆元素"的存在了，但是她预言的事实也似乎无可辩驳。

宇宙是不是真的要陷入永远冻结谁也不知道，但世界之风在逐渐减弱是真的，看来总有一天会降到零吧。

为了那一天的到来，为了在风停之后活得更久，互相掠夺便理所应当了。没人知道战争是怎么爆发的，原本只是和我们剑拔弩张的极地人突然就发动了全面进攻，而我们的舰队也在全力抵挡，有时将反击的前锋推到他们的城市。这样的拉锯战一直持续到了今天。

我和星蓝的第一次见面，是在终聚地。

那时我已经离开了舰队，在终聚地找到了一个货运差事。她之所以会引起我的注意，是因为那里很少会有人光顾。终聚地是一个安静而神圣的地方，每个人寿命终止后都会被送到这里，然后离散化，和其他的逝者汇聚一处，无数的颈环、脊环、思想体在这里解离到几乎不能再分割的细小尺度，新生儿就在这里诞生，绝大多数时候，记忆都不会在这个过程中损坏，所以我们大部分人都能对很多自己不曾经历的事情记忆犹新。

一般只有刚成为父母的人才会来到这里，或者是为逝者送行的队伍。她看起来太年轻了，不太像是父母，而最近也没有葬礼要举行。我远远地观察她，只是看到她似乎在寻找什么，不过我没想过要去问问，毕竟再过不久，我连自己现在的工作也不用操心了。

奇怪的是，她很快主动找到了我。

那一天我正把最后一批货物搬到船上，眼看着就要迟到了，这时她正好过来搭了把手，时间赶得紧，我们忙碌着各自手头的事情，谁都没说话。不过因为有人帮忙，总算是赶上了交接时间，休息的时候，她告诉我自己的名字是星蓝。

"先不要谢我，我是来求你帮忙的，现在只有你能帮我。"

"你觉得我看起来像是能帮别人忙的人吗？"我说。

"你是船长，我正好需要一位船长。"

"曾经是，现在我没有自己的船了，到了明天，连工作用的这艘也要交还了。"

"我听他们说你撞坏了好几次船，因为你……不喜欢穿过隧道？"

我点点头，"确实是这样。"

"你为什么离开舰队？"

"同样的原因。有一次作战，我们在非常密集的建筑群里被敌舰追击，在那样狭窄的地方，我集中不了精神，我手下的船员也乱作一团，所以被敌舰包围，害我们损失不小。"

"为什么？"

"我一直在做同一个噩梦，我梦见自己一个人身处一个非常黑暗幽闭的地方漂流，四周的空间变成实体向我压过来，我始终克服不了这种恐惧，但这不是能保住工作的理由。"

星蓝若有所思，"这是你引路人的记忆吗？"

"我是个无忆者，"我摇摇头，"我没有继承谁的记忆，没有引路人，再说世界上根本没有我梦见的那种地方……说了这么多，你该明白了吧，我帮不了你，我连自己都帮不了。你要是聪明的话，就去港口那边碰碰运气，过几天应该又要开战，城市封锁后，你哪儿都去不了。哦对了，谢谢你刚才帮忙。"

星蓝没有要走的意思。

"你没听懂吗？"我问。

"我果然没看错，看来你比我想象的还要合适！"星蓝莫名其妙的反应倒是重新引起了我的兴趣。

"因为这样,我们就可以互相帮助了!"星蓝说,"我有一艘船隐藏在一个地方,现在只需要一个会开船的人。你放心,我不会逼你去你不想去的地方。如果成功,我的船就是你的了,你可以重新做你的船长,而且,那时你就自由了。"

星蓝抬手制止了我说话,"你说的对,你确实不像我需要的人选,我之前也找过别人,浪费了很多钱却没有结果,现在我能支付的东西也不多了。"就像是要强调自己的话似的,星蓝从身上摘下来一个精致的饰品,"所以这个东西也可以是报酬的一部分,现在还值不少钱,到时候,你不仅有船,连经营货运船队的钱也有了。你看怎么样?你要是聪明的话,就不会拒绝的。"

那是个表示学者身份的徽印,确实是个很值钱的东西。这么说她是个来自真知殿的学者,也是一个同样走投无路的人。

"那好吧,看来再不领情就有点不识抬举了。"我苦笑着点点头。

"这么说你答应了?"星蓝兴奋地跳起来。

"老实说,你看看我现在,这种价码想拒绝也由不得我自己了。我刚才只不过是想试探下你的开价,希望你别介意……"我接过合同,草草看了下就签上了名字,"倒是你,你把全部家当赌在我身上,你就这么信任我?"

"和你一样,现在除了这样,我还能有什么别的办法?"星蓝说,"哎等等,我还没告诉你我要去哪儿……"

"什么?北极之外?"我感到头晕目眩,"告诉我你是开玩笑。"

"我刚才本打算先说的，不好意思，"星蓝无奈地表示歉意，她看起来很真诚的样子让我发不出火，"我们此行是要去考察北极之外一艘探险船的残骸，我必须找到它。这是我唯一的目的。"

"容我提醒你一下，北极是世界螺旋的尽头，小孩子都知道北极圈附近低风的环境会让绝大多数生物遭受冻伤，在北极之外根本没有任何东西能生存，更别说有人能航行到那儿。"

星蓝没有和我争辩，但她的态度一目了然。

"好吧，就算你说的是真的，北极是极地人的地盘，你打算怎么过去？"

"我不知道，但以前曾经有人做到过，或许我们也能。我的开价我自己也很清楚，所以不可能没有危险。"星蓝转身面向我，"你曾经是一个军人，你一定记得战争为何爆发，你摧毁过多少艘敌舰？你又在这里日复一日搬运了多少货物？你觉得这些最后会改变什么吗？你为什么要拒绝可能会改变一切的机会呢？极地是世界螺旋的尽头，去过那里的探险船见到过什么，在它上面会不会有阻止世界末日的方法，你一点都不想知道吗？"

说真的，虽然我对世界末日不太关心，但不知道为什么，我确实想知道。在这个小地方呆了这么久，第一次有人问我这样的问题，我很惊讶自己的回答完全没有犹豫。哦，同样重要的一点是，没有船长能反悔已经签好的合同。

我们沉默地看着不远处的保育院，它紧邻着终聚地。护工们耐心教导新生儿改变自己的脊环方向，感受着世界之风，然后驾驭它摇摇晃晃地迈出第一步。另一群幼儿笨拙地调整着颈环的姿态和其中泉流的强弱，产生有韵律的风，艰难地拼出一句完整的话。不远处，时间棱锥上的大钟发出了清晰的信号，不知不觉新的一天到来了。日复一日的生活看起来是如此的安宁，足以让人忘记这世上的某处还存在着未知和凶险。

"这个问题我必须要问，你我都知道北极之外是无人能及的死地，如果出了意外，记忆就再也取不回来，你能接受这点吗？"

"我想过很多次了，我不怕真正的死亡。作为学者，我比任何人都清楚自己在时间长河中是多么微不足道，你说我们害怕死后失去意义的亿万世代，又可曾为之前没有自己参与的亿万世代而悲伤呢？"星蓝说，"那你呢？你也不害怕吗？"

"我无所谓，我没什么记忆值得流传下去。"我满不在乎地回答。

我一直很好奇星蓝能在什么地方隐藏一整艘船，结果真的让我大吃一惊。

星蓝带我沿着一条估计只有她知道的密道，偷偷来到了索引方碑的里面，索引方碑是现存最古老的建筑，它的价值可想而知。除了开放参观的时间，这里根本不允许别人随意靠近，但星蓝利用她作为学者的便利，把这里变成了最安全的隐蔽点。

"我们的合同里可不包括一起犯罪。"我抗议道。

"有什么关系？世界可能就要毁灭了，如果我们都死光了，这个方碑要给谁看？而现在，这个象征着我们历史开端的方碑却能帮助我们拯救未来，你不觉得这样让它更有意义了吗？"

她的船就藏在一个挖空的洞里，我必须先着手进行改造。

目前为止，我们对北极之外唯一知道的，就是那里几乎没有风，所以我们要先准备很多蓄流环，这样能尽可能久地维持生命，另外无风环境中的航行动力需要截然不同的原理。首先我从星蓝给我的零件中组装武器，普通舰炮发射的原理最简单，炮弹和炮座各自带有方向相反的风，松开束缚，强大的斥力就会把炮弹弹射出去；有些舰炮是无后坐力的，因为它也会向反方向发射一枚炮弹，让船的航行不受影响。此外还有结构更复杂、威力也更大的轨道加速炮，但我在这里没法制作。

舰炮不仅能用来自卫，在没有风的环境下船要机动，就只能靠舰炮发射的后坐力。此外，我还要制作让船能在坚固物体表面行动的装置，那些东西我起名叫滑轮，滑轮的制作很费工夫。渐渐地，星蓝也开始着急了，她时不时催促我快些。

"快也没用，"我回答，"要潜入北极现在只有一个途径，过几天在北极圈边界附近有一场会战，那时防守相对空虚，我们就贴着世界螺旋内壁悄悄越过防线，这是唯一可行的办法。"

休息的时候，我也会被索引方碑上密密麻麻的文字和图画所吸引，那些古老的文字我看不懂，但星蓝应该能解释给我听。

"这是一组名为《造物律》的诗集，是我们的创世神话，它描述了一个没有边界的宇宙，居住其中的缓行者一族创造了我们的宇宙万物。"星蓝说，"只不过，关于那些创世者的本尊却众说纷纭，这里面有些诗篇说他们没有实体，缓行者能驾驭泉和风的力量实现无数不可思议的奇迹，因为他们本身就是泉与风的灵态化身，而另一些诗篇则暗示缓行者的生命不需要泉和风，他们自有无穷无尽的生命之源。"

不过缓行者的形象在这些古老的壁画里看起来都一样。星蓝指给我看，在每一幅画中他们都像立柱一样直立在固定的接触面上，他们的躯干对称分布着四个条状外延和一个顶端的圆形突出。缓行者本身的形态上中完全看不出任何用来移动和交流的器官，即使所有这些零散的描述全都有真实历史的影子，缓行者也一定是与我们截然不同、完全无法理解的生命形式，从任何角度看，他们和这个世界也没有任何直接关联。

先民或许见过些我们无法想象的事物，但在他们眼中，万物还是神秘与混沌的组合，神话中并没有关于世界最初状态的记载，看来要想弄清消失的世界之泉去往何处，唯一办法就是沿着它的路径走下去，就像那艘传说中的探险船一样。

我很想知道星蓝给我的这么多零件来自哪里，得到的回答是，这些零件、这艘船，是好几代人在这里慢慢累积起来的，包括星蓝在内的所有一代代引路人，都为了这同一个目标。

这让我更好奇为什么。

"静海是我最早的引路人，"星蓝想了很久，终于告诉了我，"终其一生，静海都觉得是她的发现让整个世界陷入战争，而学者的信条使她不能对事实和证据视而不见。她的爱人远光船长是一位探险家，他不辞而别前往北极，追寻世界之泉流去的方向，他相信他的发现能够挽救这个世界，但他就此一去不回。现在我很确信他成功离开了北极，他的下落也一定在北极之外的某处。"

"但那不是你的记忆，"我说，"那是命运给你的沉重负担。"

"我继承了她的记忆，也同样继承了她的情感和愿望，命运强加的和我自己想要的，又怎么能分得开呢？我的每一代引路人都想见证这场漫长追寻的完结，和她们一样，我也希望自己就是最后一个，"星蓝说，她的目光与我相对时，我觉得那是盛满无数故事的深井，那是我永远无法理解的体验。

"你也觉得是新发现导致了战争吗？"临走之前，星蓝问我。

"或许把结论直接归因给未知的新事物是不合适的，"我想了想说"未知令人恐惧，让人不知所措，有些事是不能只靠想的。"

"远光船长曾经对我……我的引路人说过，人们用两种方式关心这个世界：一种用头脑将万物抽离成精简的模型，用思想描绘从未见过的事物；另一种则要面对危险，但回报是能亲眼看到世界用简单的规则创造出的无限种奇迹。或许他是对的，你也是对的，想知道北极之外有什么，我们去那里看一看不就可以了吗？"

我又想起了那个熟悉的噩梦——整个世界向我坍缩，向我挤压过来，前面只有一条道路，但那不是出口，它通向的是永恒的冻结。

"其实，我也不确定有些事是不是应该被知道。"我用自己才能听到的声音说。

一切准备妥当，我们的船沿着世界螺旋的中轴线驶向北极。随着离城市越来越远，掠过我们身边的建筑和渡船也越来越稀疏，这里向所有方向看去都是一望无际，有时候让我有种置身于无限大空间的错觉，似乎在这个空间中没有中心，或者说每一点都是中心，没有参照物让我判断自己是运动还是静止。星蓝说她的名字也是取自《造物律》中的诗篇，据说造物主的世界里有被称为"星空"的概念。

城市、街道、乡村、森林、荒漠，即使是世界上最寂静的地方也没有完全失去活力。我们看到运输队跨越荒漠来往于每个城市之间。信差们骑着速度最快的天威隼一闪而过，它们强大的爆发力让所到之处裹挟着一阵令人眩晕的强风，一瞬间就越过了视线之外，我至今都没有能看清过一只成年天威隼的样子。他们传递着世界各地的所见所闻，收集着游吟歌者们最新的诗歌，核对着每个时区的标准时间。路上星蓝还遇到了她的博物学家朋友，他们遥远地互相问候，他们要去南极观察半个世代才会遇到一次的现象——深潜鲸的幼体从极地之外鲸落墓地的洄游。生物学家们一直想要记录这些孤独的庞然大物完整的生命周期，它们耗尽维持生命的最后力量前往极地以外没有风的死地，在那里分解，诞生的一群群后代在世界之风微弱牵引下回归，开始新一轮回的生命旅程。

而在更远的地方，双方的舰队已经开始零星地集结了，一场新的战役马上就要在那里爆发，按照先前的计划，我们改变方向，离开中轴线，向着世界螺旋的内壁驶去。

对于像我这样一直生活在中轴线附近城市里的人，第一次如此近地打量世界的边缘，还是给了我极大的震撼。在我眼中，世界的内壁就是无穷尽的巨柱紧密排列组成的巨墙，人间的一切造物都在它的面前显得无比渺小，实在难以想象究竟人们要怎样做，才能发现这些巨柱实际上是围成整个世界的一圈圈螺线？

"很简单，沿着它一直走下去就可以了啊。"星蓝说，"当年靠近世界内壁的居民的想法和你是一样的，直到一位游民族长发现这些巨柱有微弱的曲率。族长每次途径临近的村落都会测量，而测量曲率也完全相同，所以他推断这些巨柱实际上是封闭的圆环。如果他沿着其中一个巨柱航行，最后就一定能回到原点。他出发去验证自己的假设，过了很久，久到连他出发的村庄都早已消失以后，他真的回来了，却发现自己身处和出发点相邻的巨柱。他很快想明白了，世界的内壁不是紧密排列的圆环，而是相连的螺线，于是世界螺旋就这样命名了。我们从此知道了世界的形状。"

"所以，思想比世界更大。"我感慨道。

"我们不会输给古人的。"星蓝回答。

我们贴着世界内壁航行，从密集的建筑和植物中穿过，头顶上双方舰队的战斗虽然只能模模糊糊看到。但时不时从我们身边掠过的船体碎片和流弹证明了它的激烈程度。不久之后，我们就越过了极地人的防线，北极与众不同的风景也展现在我们眼前。

寻常的植物群落渐渐稀疏了下去。极地人的村落开始零散地分布在广阔的空间中，极地人和我们不太一样，他们的身体条件使他们习惯在北极低风的环境中生活。再往前，就是一片当地植物构成的广阔原野。

星蓝说这种叫风轮花的植物是极地特有的物种。它们圆环状的花盘高高立起，畅饮着世界之风带来的泉流。风轮花的生长情况看起来非常整齐，不同大小的风轮花呈现了非常明显的梯次分布。按照星蓝的解释，风轮花的大小和年龄成正比。那这是否就意味着，整个风轮花种群都有着精确的繁殖间隔？风轮花寿命极长，即使最年轻一代的年龄也超过了我们有记载的历史，从没有人见过风轮花的种子萌发。所以这个问题恐怕只能留给后世的生物学家去解决了。风轮花的种群非常繁茂，几乎填充了所有无人的空间，它们的梯度在距离遥远的观察者看来几乎是连续的，这至少证明了世界的年龄远超过我们的想象，不知道这个世界等待了多少寂静的时光才产生了智慧和文明的火花，最后有了能理解它本身的造物？

远处突如其来的动静打断了我的思考，有几个物体从极地人的聚落中快速离开，向我们冲了过来。

"是巡逻艇，我们被发现了，不过不要紧，我们离北极圈已经很近了，有机会甩掉他们。"我对星蓝说。

"能给他们发信号吗？告诉他们我们没有敌意？"星蓝问。

"我们的船上装了这么多武器，你觉得他们会相信吗？"我摇摇头，不过试试也无妨，我向他们发出了信号。

没有反应，对方的船越来越近，它们的细节已经能看得很清楚了。"他们没发信号，也没回应我们的信号，他们根本就没打算说话。准备战斗吧。"我一边说着，一边解除船尾舰炮的保险。

"等一等，现在就用炮弹，过了北极以后怎么办？"

"你看看，"我指了指敌舰，"看那些风帆和船体的比例，那是轻型追击炮艇，比我们灵活多了，追上我们只是时间问题。它们的圆盘弹是专门切断风帆回路的，现在不动手的话，难道你想让我们靠惯性飘出北极？"

星蓝没有说话，她不熟练的工程头脑正在努力运转着，权衡着各种选择。不过很快，不远处一组建筑吸引了她的注意力，那是能源中心，由一长列巨大圆环组成，可以从世界之风中获得支持城市运转的泉流。

"就是那里，从那些圆环里穿过去！"

"为什么？我们现在又不是赛艇！"我完全不明白星蓝的用意。

"没时间说了！"星蓝直接登上了驾驶舱，随即船的一个夸张急转弯差点把我从船尾甩出去。

"你在开什么玩笑？"我费力地爬回船舱，把星蓝从驾驶位挤开，"真知殿教过你们特技飞行吗？没有的话还是让给我吧！"

"前面那些圆环现在还没接通，待会你要射击前面控制区的杠杆，圆环就会在我们的身后一个接一个地闭合，这样就能甩掉他们了。只有一次机会，就看你的了。"星蓝说。

星蓝坚定的神情并没有化解我的疑惑，但是我没有选择，毕竟我也没有别的办法了。

我们的船速的很快，我集中了最大的注意力，直到周围一切慢了下来，我不需要计算提前量，前半生作为军人的经验会指引我射中目标。就这样，圆环在我们身后开始闭合，时间恰好是我们穿过它之后。

一开始感觉不到，但穿过八九个圆环之后，敌舰果然被甩得越来越远。当然也有一些想要从圆环外面绕过来，但增加的额外路程也同样让他们落后了很多距离。

我很快想明白了，所有的船帆都带有风，同样会在穿过的圆环里感应产生泉，只是这样船的动能就被转换成了泉的流动，船自然就慢了下来。原来如此，我想起来过去有些快速赛艇也会用类似的办法实现紧急制动，现在终于明白这个奇特而有效的战术究竟是怎么回事了。

"看到了吧，不是所有的麻烦都要靠你的技术解决。"星蓝看了看后面，然后得意地对我炫耀。

就在这时，一发炮弹从我们头顶擦过，紧接着又是一发击中了船体，我赶紧奔到船尾查看情况，竟然还是有一艘敌舰追了上来。看来他们看穿了这个策略，它切断了船帆，采取危险的无风机动，真是做出了不惜一切代价也要拦住我们的姿态。

可是无风机动的船敏捷度明显下降，我抓住时机用船尾炮击中了最后一个圆环，圆环的大块碎片挡住了它的去路，此时它已来不及躲避，在与碎片的不断撞击中完全停止了前进。

"这种麻烦，还是得靠我的技术解决。"我对惊魂未定的星蓝说。

我们都笑着长松了一口气。

"看，北极圈就要到了！"星蓝说。

不用看周围，我也知道我们接近了北极的边界，虽说过程非常缓慢，但自己的思维真的变得迟钝了，周围的一切看起来变快了不少，身体也没有过去灵活了。尽管如此，前方的景象仍然令我震撼到忘记了自己的小小不适。

我看到了世界螺旋的内壁，是在每个角度都能看到！世界的直径在这里变小了，前面还会变得更小。在更遥远的前方，世界螺旋的螺线收成了一条中空的通道，这条通道似乎是要通往无限远的地方。

很难形容那种感觉，就像是整个宇宙渐渐压缩到了你抬头就能把握的尺度，尽管前后两个方向的空间都看不到头。我知道我们正身处世界的动脉，赐予整个宇宙生命的世界之泉在我们四周流过，而我们却对此毫无感觉，没有任何迹象能够证明我们正身处一股无比强大洪流的中心。这时候我才第一次打量构成世界边缘的材料，很光滑，和构成我们自己的物质一样。除了后面可视的一切渐行渐远，再也没有任何参照能标志我们的船还在前进。

只有时间证明着旅行的继续，后面的景物渐渐遥远得失去了细节，变成了和前方一样的令人丧失一切信心的空洞。通道越来越窄，我感到了熟悉的恐怖而致命的压迫感，与先前身处无限空间的感觉完全相反，我觉得自己周围填充了无穷多的物质，而我自己身处空间的最后一丝狭缝中，随时都会被挤压到无限小。这里的景象、这种感觉，和困扰我多年的噩梦，完美地重合在了一起。

我之前真的来过这里。

但除此以外，再也没有别的线索。它就像是记忆之海里绝无仅有的一滴，我竭尽全力还是一无所获，终于，稀薄的风让我无法继续思考，但是恐惧却如同一块去不掉的背景，我的全身止不住地颤抖，船也不安地摇晃了起来。

"没事的，也许这一切都是命运的安排。"星蓝对我说。她按住了我控制方向的手，力量微弱却坚定。船渐渐稳定了下来，我的恐惧也同时在渐渐消退。

毕竟在那个噩梦中，我只是孤身一人。

这次旅行的长度要比我们估计的长很多，已经要开始消耗返程的储备了，而前后望去都仍然是没有区别的深不见底。我的全身都已绷紧，一旦储备减少到危险程度，我就立刻向前发射所有炮弹迅速返航，尽管我们可能再也不会有第二次机会，但数字是不会同情我们的，无论什么选择也总比在这北极之外冻死要好。

就在这时，一个物体渐渐从前方黑暗中浮现，挡在了前面的去路上，一艘船的残骸！那不是极地人的船，竟然真的在那里！它孤独地飘浮着，仿佛时时在否认自己是周围虚空的一部分。

更令人惊讶的是，这艘船并没有完全死去，测风仪告诉我们它的引擎中还有泉的流动。在它航行的时代，将引擎中的泉灌注给人的技术还没有出现，但现在，这些泉足够支持我们登船做进一步研究。

似乎真的是命运的安排。

我们都想象过自己会在船上看到什么，也许是冻结成雕塑的船员还保持着生前的动作，也许是最后一个幸存者躲在里面，等着我们去唤醒，这只是个一厢情愿的想法，毕竟它已经沉睡了好几个世代。

事实是，船上一无所有，没有人，没有物品，什么都没有。仿佛这艘船是凭空出现在这里，在它身上不曾发生过任何故事。

星蓝把船里里外外搜索了三遍，然后默默地回到了我身边。我从没看到过她这样沮丧的样子，明明这是属于几个世代前另一个人的思念。

"星蓝，我很遗憾，但我们得走了。"我说。

"你不觉得，这艘船是有意布置成这样的吗？"星蓝突然抬起头，没头没脑地说，"这艘船的样子，就好像是有意要告诉别人这里什么也没有……"

"星蓝，我们做不了什么，没人能在这里做什么。"

"……如果他能有办法到这里，那极地人也能，"星蓝没有理我，"或许他是为了隐藏什么东西，还要让外人不会起疑心……"

"那好吧，我们再找找。"我说，其实我没有指望真的找到什么。

但我作为船长的敏锐观察还是很快发现了异常，我发现了一块排列不正常的装甲板，那是只有熟悉船只结构的人才能发觉的异常，我打开了里面的夹层，果然在里面发现了东西。

一个盒子，里面是一块谁也没见过的石头，还有一封信。

我们激动地打开了这封沉睡了世代之久的遗书。

亲爱的静海，我真的希望能亲自告诉你我所看到的一切，但是如果你看到这些文字，就表示我的任务已经失败，我再也不能返航，在这里我一无所有，这是我唯一能留下来的东西。

虽然这样说很过分，但请你务必理解我的不辞而别，因为如你所知，极地人现在是我们的敌人，我们处在开战的边缘，与他们的联络是严重的犯罪。而我接下来要做的事，却不能没有他们的帮助。现在我不会要求你原谅我的一意孤行，但我要求你原谅你自己。我一直坚信并不是你的发现让我们的种族自相残杀，因为世界的真相不会偏袒任何人，而且此时此刻，能制止这场悲剧的，如果真的存在，也只能是更多的真相。

距离前人发现世界螺旋的全貌已经过去了四五个世代，我肯定不是第一个想要去探索世界纵向尽头的人，但迄今为止，我们对于极地之外没有风的环境完全无能为力。南北极一直以来就被视为是宇宙的尽头，在那之外就是拒绝一切生命的死神领域，但如果真的有什么样的发现能拯救我们的世界，答案必然隐藏在那里。

你无法想象我有多少次想告诉你我所有的计划，想让我们一起沿着世界之泉流去的路线，去见证世界尽头之外的一切，但我知道这次旅程凶多吉少，它的风险只能由像我这样的人来承担。

我们的探险队秘密到达了北极，我已经记不清这一路上遇到了多少阻碍，稀薄的风让队员们身体虚弱，而当地人的戒备和敌意更像是一堵越不过去的墙。我们用了很久才学会了他们的奇特语言，努力去了解他们的生活和文化，然后用我们的知识作为交换，最终，我们的诚意奇迹般地获得了一些极地人的理解。我衷心感谢这些在异国他乡结交的友人，是同样的梦想联结了我们两个世界，而我们共同的努力，一定能把它的边界推向更远的地方。

在新朋友的指点下，极地人社会更加丰富的细节展现无遗，我甚至参观了一艘战舰的建造，缺乏工业技术的他们擅长直接改造自然界的资源。首先他们教会了我们如何加工风轮花，风轮花圆环状的主干从世界之风中汲取能量，里面充满了循环不息的泉流，极地人把它用作船的风帆和引擎，一个完全长成的风轮花足够为整艘战舰提供动力。

我们一起采集了足够多的风轮花，在北极圈外往返了很多次，我们精心地在路线转折处布置了很多风轮花，它们能产生足够强的风，让我们的船靠近时受到转向的斥力。简单说，我们所做的一切就相当于把导航系统和动力系统都放在了路上而不是船上，所以我们的极地探险船就能前所未有的轻巧。就这样，结合了我们先进的导航理论和极地人精湛的加工技术，我们足以完成前人不曾想象过的壮举。当我们用尽了所有我们能支配的资源以后，在当地猎户的帮助下，我们找到了一条正在游向极北之外的深潜鲸，我们把探险船的缆索套在了它的脊背上，开始了前途未卜的旅程。

北极之外是无穷无尽的狭窄通道，不管在这里往返多少次，前方那充满无限压迫而又同时无限深远的景象仍然让人从心底战栗不已。最终，深潜鲸耗尽了它的生命之泉，在鲸落墓地死去，那里不断有新的骸骨堆积，又同时被新的一代消耗，所以那里的样子在不同的年代里截然不同。鲸落墓地的存在一直只是个残缺的传说，这一次我们很高兴能亲自了结这个悬案。

越过鲸落墓地，我们的船沿着先前布置的路线继续向前，我们经过最后一个中继站后,就只能沿着惯性向前航行,我们不知道前面还有多远,但这是力所能及的最远距离了。不知过了多久,大约是越过了半个世界螺旋的距离,终于,一个无法跨越的障碍出现在我们眼前。

毫无疑问,这就是世界真正的尽头!它是一堵无限延伸的巨墙,我们向任何方向都看不到它的边界,通道的内壁分化出无数的立柱连接在这面巨墙上,很显然,这表明世界之泉流向了这堵墙的内部。

我们的船无法在这里减速,仍然以惯性向着巨壁前进,很快我们结结实实地撞在了巨壁上,幸好,船并没有严重受损。

令我们所有人更为吃惊的是,我们看到的巨壁只是薄薄的一层,它并不坚固,刚刚那一下,船就已经撞穿了巨壁的表面。

在巨壁的里面,也不是大家想象中宇宙之外的混沌和虚空,恰恰相反,当我们把船拖出来后,发现薄薄的表层内部填充了截然不同的另一种材料,这种材料从没有人见过,质地十分怪异,似乎暗示它和这世上所有东西都有根本性质的不同。这时,从导航员那儿传来了更让我们惊喜的报告,刚才与巨壁撞击时产生的震波被仪器精确记下了,并且根据收到的回波,这面巨壁的更深处是空的,那里一定还有别的东西。

巨壁的厚度是有限的,可以用震波的数据推算出来,它并不像我们想象的那样厚。如果我们能再组织一次同样的远征,我相信我们一定能洞穿那层填充材料,到达巨壁的后面。那里一定有一切的答案。

但是现在我们的补给已经很少了,于是我们只能收集了数据,以及那些材料的样本,踏上了归程。

回到北极营地,我们马上着手准备第二次远征,队员中的学者也开始研究那些来自巨壁内部的材料标本。很快我们就发现了令人吃惊的性质，这种材料竟然能完全阻断泉的流动，我们把它命名为"绝流岩"。

这个世界里的绝大多数物质都不会对泉流造成任何阻碍，少数材料会造成泉的减弱，但除了空间，绝对没有什么东西能让泉彻底无法通过，这超出了所有人的常识和想象。不久之后，绝流岩的存在，连同我们远征的秘密暴露了，在极地人眼中，这种能完全阻挡泉流的物质，显然是站在生命的绝对反面。北极圈在极地人的文化中，是生与死的边界线，而我们就这样擅自越过界限，入侵死神的冥府，我们带回的绝流岩，正是最为不祥的预兆。

协助我们的极地人被视为罪不可赦的叛徒，我的队员也遭到了残忍的对待，他们的记忆被彻底抹除，以防止后人知晓这次亵渎的远征。

只有我一个人逃了出去，我是唯一的幸存者，然而这么多人中，只有我一个人不是无辜的。我不仅没有制止战争，反而给了他们更坚定的理由去摧毁我们，我看到了极地人的武装舰队整装待发，我看到了他们的祭师对军队宣布要将我们所有人献祭给死神以求得他对世界的宽恕。我知道战争就要爆发了，而且怕是要持续好几个世代，这是对于我，历史上最大的罪人，合情合理的惩罚。

我带着绝流岩以最快的速度驾船冲向北极之外，我用尽了所有的动力，越过了再也无法返航的极限，追击我的舰船一艘艘放弃了追击，我的船慢慢失去了推力，在虚无中漂流，直到我再也感受不到世界之风。很奇怪，上一次我到这里时竟然没有注意到这种感觉，它让我想起了一个很少用到的词，那个词应该叫做宁静，无论如何，这里确实是个让我满意的葬身之处。

我无法返回终聚地,我的记忆将和我的队员们一样,被永远淹没在时光深处,但我并不为此感到绝望。我记得哲学家曾经谈论过,我们记忆和情感的遗传代表了我们没有谁会真正的死亡,我并不同意。因为我不是这些记忆,也不是这些情感。我是它们创生和组织起来的模式,所以不管发生什么,我都注定一去不复返。

现在我必须用这样的办法记下我所经历的一切,我也不会盲目乐观,或许需要经过好几个世代,才会有下一位访客到达这里,到时候读到这些文字的,一定是继承你记忆的人吧。要是那样的话,我亲爱的探险者同行,你也一定能明白我的感受。虽然我相信生命只是被生与死括在中间的短暂时光,但它总会留下些什么痕迹能绵延久远,就像你读到这里,虽然我和你的引路人都逝去已久,但我们仍然以这样的缘分相遇了。无论世界是不是将要毁灭,这样的奇迹都会让身处时间长河这一端的我,感到无限的宽慰。

我的生命之泉即将冻结,周围的一切看起来越来越快,或许我是第一个孤独面对死亡的人,但我仍然觉得这样的结局充满了美感。不久之后,深潜鲸会吞噬我的身体,构成我的物质会被同化和吸收,参与新生命的组成,伴随它们一代代的远行、死亡,新生和回归,从某种意义上说,我将永远进行着我的极地之旅。

再见了,愿我们于存在的边缘之外相会。

远光船长,草就于北极之外
给我永远的爱人我与星蓝都沉默不语，我们各自淹没在自己的思绪之中，我的心结解开了。我想象着远光船长的记忆，越过了几个世代的洗练，历经了数不清生命的循环，最终，这仅存的碎片到达了我出生的终聚地，成为了我的一部分，冥冥中指引我们相会在这里。曾经的噩梦消失了，在世界之外令人绝望的虚无中，我第一次感到厚重的时光也站在了我的身后，恐惧早已远去，我的心中无比平静。

星蓝和我的目光相对，不需要用语言告诉对方，我们都知道了接下来要做的事。

探险船残骸中的泉流可以给我们的舰炮补充能量，保证我们能继续无风机动，也可以维持我们自己的生命。根据那封信附带图表的描述，我们完全可以到达世界真正的尽头，然后用我们剩余的所有炮弹击穿世界巨壁。

我们踏上了旅程，探险船的残骸在身后渐渐消失不见，它再次归于孤独与沉默，像是一座没有字的纪念碑。

"前面好像还有别的东西。"

走过很长的距离后，又一次，我们遇到了不怀好意的接待。

一大群球体密集地漂浮在前面的航路上，当船再靠近时，我们看清楚了它的真面目。

"是浮雷！"我对星蓝喊道，"快把船帆放平，船帆产生的风会把它们吸过来！"

浮雷其实是风轮花的果实，在战争中，极地人经常把它们播撒在航道上阻止对方舰队前进。它会爆裂出带有锋利边缘的种子，就算船员幸免于难，与它相撞也将严重降低船的速度。这想必就是极地人阻止外人的最后一道防线。

"它们在必经之路上，我们躲不开的。"

"没办法了，只能发射船尾炮来进行无风机动了。没事的，我们的船体能顶住几颗浮雷的撞击。"我言不由衷地安慰道。

船与浮雷区越来越近，它们终于展示了自己令人心悸的速度，而我们的无风机动不可避免地让这样已经极度危险的相对速度还要变得更快更致命。尽管我用尽全力让船左右躲避，可是浮雷越来越密集，它们铺天盖地向我们涌来，时不时有浮雷撞在我们的船上，让整艘船沐浴在利刃的暴雨中。

我们的船经不住更多的考验了，船体几乎要被撕碎，船的速度也大大降低，最后一大群浮雷马上要撞上来了，情急之下，我把船帆高高立起，船帆产生的风立刻吸引了前面涌来的浮雷。就在它们要撞上的一瞬间，我立刻将船帆整个切断然后抛弃，随即，船帆牵引着浮雷的碎片消失在后面的黑暗之中。

前方的航路又重新空旷起来，偶尔还会有几颗零星的浮雷向我们冲来，但构不成任何威胁了，如同音乐高潮过后的余响。

"我们成功了！"我忍不住欢呼起来，我确信最坏的已经过去了，虽然还看不到，但前面不远处就应该是道路的尽头，再也没有什么能拦住我们的去路了。

"星蓝？"

没有回答，星蓝一反常态地沉默了，我回到船舱里找她，她还在那里，一块浮雷的碎片击穿了船舱，切断了她的心环。

"没什么关系……真是的……一生最美好的一天还是给毁了……"星蓝艰难地对我笑着说。

我站在星蓝的身边，却没有任何办法能挽救这一切，这里没有合适的急救设备。我能感受到风阵阵的扰动，我知道当一个回路被切断时，泉会在两端来回流动并不断衰减，这个过程会在周围产生微弱的风变化。这种风的扰动就像时钟一样精确，但这一次，它是生命流逝的倒计时。

时间不多了。

我的内心充满了焦虑，剩下的路程也显得无比漫长。不知过了多久，终于，这条感觉没有尽头的通道走到了终点，眼前豁然开朗。在这个时刻，我才完全体会到"世界尽头"这个词应有的感觉。

无比宏伟的巨壁出现在我们面前，它是一个完美的几何平面，没有任何曲率，往任何方向看去，都只能看到无限的深远。巨壁的边界，如果真的有的话，也一定遥不可及。我们来时的通道也如远光船长的记载一样，内壁分化出无数立柱与巨壁连接，世界之泉就这样流进巨壁。我再次试着向最远处看去，我们现在的观测技术比那个时代要强不少，虽然不能直接看到，但仍然可以判断巨壁并不是真的无限大，但显然我们不可能去探索它的边界了。

巨壁无比的宏伟和简洁让我们失去了速度的参照，也让我们在震撼中忘记了自己仍然以高速向巨壁冲去。

"看那边，快往那里去，我们就要错过了！"星蓝指着一个方向说。

我把目光投向了星蓝说的方向，那里有一个斑点，是简洁的巨壁上一块无比醒目的异物，它在渐渐地扩大。我马上明白了，那就是之前探险船的撞击点。

做最后选择的时刻到了，如果我们现在返回，可能还来得及，但如果我们把最后的资源用于击穿巨壁，我们将只能选择前进，巨壁后面是什么，我们的命运会如何，谁也不知道。

我用目光询问星蓝，星蓝说话已经很艰难了，她只是向我用力地点了点头。

我把船头校准到了撞击坑的方向，然后发射无后坐力炮，一枚接一枚的炮弹击中巨壁的内层，撞击坑越来越深。但是先前躲避浮雷时消耗了太多的储备，现在我们的炮弹所剩无几，而巨壁还是没有被击穿。

如果关于巨壁厚度推算的记载是正确的，那再差一点就能击穿它了，但万一记载是错的呢？要是我们所有的努力，根本就只是在巨壁表面戳了一个微不足道的瑕疵呢？

但我没有时间怀疑，也没有时间恐惧了，唯一的选择就是孤注一掷。

我把所有的炮弹装在了船尾舰炮上，将它们全部向后发射出去。

巨大的反冲力让船到达了前所未有的速度，巨壁上的撞击点以爆炸似的速度在扩大，向我们猛扑过来。

我把自己和星蓝固定在了船的底舱，等待即将到来的撞击。

一瞬间，狂暴的冲击波传遍了我们全身，船舱中细碎的小东西向前猛地飞了出去，船身剧烈地颤抖着，似乎下一秒就要散架。

终于，一切恢复了平静。

我解开了固定装置，回到甲板上。眼前是一片空旷，巨壁在我们的身后，撞击坑也在我们的身后。

和刚才的景象看起来完全一样。

"我们是被弹回来了吗？"星蓝问。

"不，我们已经穿过了巨壁，"我指了指身后的撞击坑，那已经是一条打通的隧洞。很显然，我们已经到达了巨壁的另一边。所以巨壁的两面是完全对称的。

也就是说，巨壁分为了三层，奇异的绝流岩层被夹在了中间。巨壁的两端构造完全一样，包括那无数的立柱，在远处的前方，收成一条细细的通道。

前面那条通道通向哪里呢？是另一个世界螺旋吗？我不相信，最合理的答案应该是最简单的答案，我想那条通道的尽头，就是世界螺旋的南极。

但是，眼前的现实还是颠覆了我们对物理学最基础的认识，整个世界并非是一个联通的回路，却可以让泉在如此长久的时间中单向流动，就像是泉流进了巨壁，却不再出来。

星蓝想要说什么，她指了指自己破碎的心，我又重新注意到从星蓝断裂的心环那儿传来的有着固定间隔的脉动。

有着固定间隔……

这个过程不是无限快的，那么如果这个间隔能够进一步拉长呢？如果放大到世界的尺度呢？我不知道巨壁为什么要造成这个样子，绝流岩存在的意义是什么，但我们完全可以让思维跳跃一下，我想这就是一种特定的构造，能将泉保存起来的构造！而且，还让泉与风的转化封闭，不会向外衰减，这显然也是可能的。

没错！这才是世界今后的命运，不断减弱的世界之泉既没有消失，也没有耗散。世界螺旋本身的风在减弱，而相应的结果是世界巨壁存储的泉在增加，但巨壁一定是有限的，所以也不可能容纳无限量的泉。终会有一天，当巨壁蓄满之后，世界之泉会倒流，重新在世界螺旋中产生反向的世界之风，此消彼长，永无止境。至于那预言之中的世界末日，我相信那正是巨壁蓄满的时刻。现在，我们可以断言在那之后世界之泉还会回归，风也会重新充满宇宙，所有的生命还将继续。

所以，宇宙的模型不应该是一成不变的，也不是趋向零的，而是在振荡的周期变化中永不收敛。我们的生命需要宇宙的变化而存续，而宇宙又不可能朝一个方向永远变化下去，一个永生的宇宙，只能是振荡的！宇宙在振荡中永远保持着活力，而我们也能度过风停的时刻，继续历史新的一页。

"星蓝，我们的世界不会毁灭！我们能活下去了！"

"真不错，我也不是很想死哪……"星蓝自嘲地回答。

"星蓝……"

情况已经很严重了，我从心底明白，无论再怎么努力，星蓝都绝对不可能坚持到我们到达南极的时候。

但人总是喜欢用不切实际的愿望说服自己。

"把我留在这里吧，"星蓝把学者徽印交到我手里，"除掉我的质量，你才能到达南极，这个是应该给你的报酬，拿着这个去真知殿，他们就会让你发言，把一切都告诉他们，你必须赶到。再说，某种意义上，这是我欠你的不是吗？"

"不，根本就不是这么回事！"我一把推开了星蓝给我的东西，"我不是远光，你也不是静海，这是我们自己的故事，我们应该创造另一种结局……"

"确实不一样啊，"星蓝说的话已经开始越来越慢，"我们还没扯平，你看，我可没有不辞而别啊。"

来自星蓝心环的脉动渐渐衰弱下去，里面的生命之泉完全干涸了，我有一种冲动，想要把星蓝带回去，把破碎的心环接好，让生命之泉再注入星蓝体内，然后星蓝就会慢慢醒来，懒洋洋地问我睡了多久。

但这只是一个美好的幻想而已。

生命不能逆转，即使整个世界都能获得新生。

"……星蓝，谢谢你。"

我目送星蓝在世界巨壁宏大的背景中渐渐消失不见，然后，我奔向了眼前的黑暗。

黑暗再次吞噬了我，我抛弃了所有能抛弃的一切，然而最后的储备还是要耗尽了，我的船完全失去了一切动力，不断在通道的内壁上撞来撞去。我的思维开始模糊，最后只留下一个简单的冲动，那不是求生的冲动，我感觉累极了，我想就这样冻结在这里。乐观点想，也许不久之后的探险船就能很容易往返于极地之外，那就让他们来取走我的记忆吧。我亲眼见证了世界的尽头，我知晓了宇宙未来的命运，在我孤独而空虚的生命最后，却拥有一段短暂而精彩的相伴时光，在离开时，我是一个付出爱也得到了爱的人，这一路的喜悦和悲伤会在后人的心灵中再次回响，当他们为我默哀时，也会知道，我度过了世上最为幸福的一生。

"对不起了，各位。"我终于放开了船的驾驶位。

就在这时，数不清的深潜鲸幼体从我身后狭窄而深远的虚空中浮现，在世界之风遥远而微弱的牵引下，它们还是汇聚成了一股势不可挡的涌流，而我的船也在它们构成的汹涌的浪涛中重新获得了前进的速度。我并不是宿命论的崇拜者，但也许吧，就连死神也不忍心让我在这旅程的结局到来前放弃。

我的船就这样从南极圈之外回到了世界螺旋，坠毁在南极的荒原上，我失去了意识，直到在南极附近旅行的商队发现了我，把我救回。

后面就是大家都知道的故事。尽管消除世上的短视、愚昧和隔阂还是花了相当长的时间。你可以说我们的世界很有耐心，因为它并不在意我们对它的想法，也可以说世界没有耐心，因为它变化的脚步也不会等待我们。理智最终还是压倒了敌意，和平很快恢复了，因为在世界之泉倒流之后，风的强度又会渐渐重返顶峰，那时风的变化率接近零的冬季也注定会来临。在冬季中我们无法从世界之风中获得能量，我们的后代不能独自撑过冬季，那需要我们整个种族共同的努力。

毕竟现在我们知道了，冬季只是一个季节，还是会等来万物复苏的时候。

这大概是最后一次讲这段历史了。

也许这是作为一个无忆者的补偿，老者也没想到过自己能活过好几个世代的时间，一直到冬季的到来。离冬至还有近一个世代，老者知道自己不可能看到下一个夏天，但时不时找到他的访客，还是会给他独处的生活带来不少久违的生气。老者目送着沿途驻足的一个个听众离开，学者、游吟歌手、信使……而这个故事也将会以各种各样的形式传递下去。等最后一位听众离开后，老者迟缓地回去整理自己当年远征的图表和标本。他无言地注视着自己的老探险船，他就要离开这里了，在所剩不多的余生里或许永远不会再见。它见证了自己最值得回忆的日子，他无法用一个形容词来概括这一切带给他的回忆。或许美好的人生也是如同宇宙一样，是在振荡中体现活力的吧。在这个年纪，他已经很少思考未来，不过他有时也会想，后人将会以怎样的感情来装饰这一段记忆呢？人群聚集时嘈杂的风此时已经平息，只留下世界之风永恒的背景。

但他片刻的平静还是被打断了，一个清晰的波动传了过来，在空无一人的大厅无比明显。

"你真的相信宇宙的命运是那样吗？"最早来的小女孩似乎不愿接受故事的结局。

"为什么不？"老者忍不住仔细打量着头一次遇到的怀疑者。

"在你的故事中，你还是没有解释为什么普通的蓄流环折断时泉会衰减，同时我们能在周围感到扰动，但是和这个宇宙本身相似的构造就不会产生这个现象。"

真是聪明的孩子。

"我只能说，积累对现实世界的认识和数学恰恰相反，我们可以从最基本的原理延展出整个数学体系，却只能从现实中观察现象的规律然后逐渐回归基本的原理。我可以肯定地告诉你，我们的宇宙模型不会导致任何衰减，因为我们之后无数的实验证明了这一点。但是，泉与风的本质是什么？描述它们互相转化的具体理论是什么？那是我还无法回答的问题。至于衰减时我们能感觉到的扰动，我猜那应该不是简单的泉，或者风导致的，也许是新的东西，该给它起新的名字了。"

小女孩满意地笑道："你也终于把原因归为未知的新事物了。"

这句话让老者怔住了，他这时才发觉这些话语的波动是他再熟悉不过的韵律，他仔细感受着由思想本身产生的极为微弱的风变化。那是只有非常了解对方才能够辨别出的模式。他再也没有怀疑了，可还是谨慎地问道：

"你……继承了星蓝的记忆？"

"是的，所以我才知道你一定会在这里。"小女孩说，"不过，你可不要说好久不见啊。"

老者的脸上浮现了一抹微笑，但是无数复杂的情感从他的目光中流出，仿佛那段逝去已久的时光在这一刹那汹涌而过。

"当然了，我很高兴认识你。"老者最后点点头说。

小女孩准备离开了，老者却陷入了沉思，那段历史感觉恍若隔世，星蓝的生命即将到达尽头的时候，自己告诉了她一个美好的答案，他说服了星蓝关于宇宙的永生。星蓝也满意而平静地离开，但他却为此隐藏了真正的答案。在那之后他一直无法得到自己想要的安宁，因为哪怕他假装自己最后的醒悟没有发生，他在真相面前主动让步，也是对星蓝的不敬。现在是一个机会，从某种意义上说，他终于能了结这个遗憾。

"我还没有回答你的问题。"

"嗯？"小女孩停在了门口。

老者犹豫了很久,最后一字一顿地说

"不,我不相信这个答案,我不相信宇宙的永生。"

老者带小女孩来到了真知殿的深处,在那里,他和星蓝远征北极的探险船、他的地图和手稿已经成为了这里的展品,成为这个世界文明史上最珍贵的纪念。老者在还属于他个人管理的用品中、拿出了几个他保存完好的风轮花的标本。

"就在巨壁的秘密揭开的时刻,我很快就猜到了风轮花的生长为何存在固定的梯度。因为风轮花的种子只在宇宙的每次振荡开始,风的强度最大且变化率为零的冬至才会萌发,后来我知道了它们的生长速度和风的变化率成正比。风轮花已经有很多代了,可见宇宙已经存在了很久。后来我又去过北极很多次,用了不少的时间,精确测量或者平均统计,仔细比较每一代的风轮花,我得到了一个无法拒绝的结论——风轮花的生长速度在每次的振荡中越来越慢。"

"风轮花繁衍的周期从没有过任何变化,换句话说是宇宙振荡的振幅在降低。排除了其他的可能,那就一定存在完全独立于风与泉以外的变量使世界的活力在非常缓慢地流失……我想,恐怕静海最终是对的。"

小女孩没有说话,她仔细品味着这些话的意思,然后询问地看向老者。

"没错,宇宙的结构本身确实是一个理想的振荡系统,周而复始直到无穷,但有一个因素不是振荡循环的,我认为它将终结宇宙的永生。"

"我们。"

"是的,生命的存在、我们的记忆、思想、我们创造和毁灭的一切,这些都是不能自发逆转的事物,生命的每时每刻都是不能被完美重复的过程。我们既然存在，积累记忆，改变世界，留下赋予时间以意义的轨迹，这一切注定了宇宙不再是完美的振荡循环。静海的猜测可能是正确的，真的有种我们还没有感知过的物理量，让那些支持我们思考、运动、记忆的能量完全因为它而耗散，再也不能利用，也许它最终会让宇宙停止振荡，也许，这个规律不仅制约我们，也是宇宙其他万事万物的规律，无论是单调还是振荡，万事万物最终的结局，都将收敛到最终的平衡。"

"你把这个秘密留给了自己，假装你没有发现，这是为什么？"

"因为生命造成的耗散微不足道，留给我们的时间还足够漫长。离宇宙真正的死寂还有数不清的振荡周期，让我们的文明正常地继续下去吧，总有准备好面对这个事实的那一刻。我仍然常常在想宇宙创生之初的泉从何而来，说不定泉并不是只能靠风的变化来产生，也许我们能找到其他的方法产生泉来维持生命，能做好准备离开这个宇宙。如果创世神话是真的，外面就是《造物律》中那个没有边界的宇宙，我们没准就能找到创造这个世界的缓行者。我也不知道外面是什么样子，他们在哪里，我们在彼此眼中是什么样子，我们要怎样寻找他们。但是我们还有很多的时间，在那么长的时间里，什么都有可能。"

老者还有个自己的猜想没有说出来，也许那些缓行者对时间的感知与人类完全不同。说不定宇宙的每次振荡对他们来说不过相当于最小的计时单位，说不定这个宇宙本身也不过是他们手中一件微不足道的工具，世间数代人的变迁，只是他们眼中无比短暂的一瞬。

不过他还是一次一次地想象，当自己的种族最终与那些立柱一样的造物主见面时，他们会不会很惊讶地看着我们。

未来总有一天，有人会知道答案。

"可是，当你知道这个最终的真相时，你会感到悲哀吗？"

"既然生活是时间流逝本身才能赐予的奇迹，我们能在时间中感知现在、回忆过去、想象未来就是最珍贵的天赋。宇宙足够大，一定比我们知道的还要大得多。你看，它留了那么多的空白等待我们填补，用心体会这些，悲哀是不会有容身之地的。"

"往后也不会吗？"

"我相信是的，因为到此时此刻，我还是这样想的。"

宇宙：LC振荡电路（只由一个电容器和线圈组成的电路）

风：磁场

泉：电流

世界螺旋：线圈

巨壁：电容器

绝流岩：绝缘体

第三元素：热

王腾，科幻作者。佛罗里达州立大学统计数据科学在读硕士。善于构筑具有严谨设计的幻想世界，在探险和游历故事中展现技术美。

代表作品有《距离的形状》《夏日往事》。曾在《科幻世界》2017年7月刊上发表过专栏《环形世界新考》。

涛声依旧

张冉 / 著

农历八月十六日，老罗对儿子说："该走咯。"

小罗说："走噻。"

他们把丰田海拉克斯的油箱加满，将4个55加仑[①]的油桶固定在货箱，往自制水箱里灌了150加仑的清水，剩下的食物刚好装满车顶的拓乐行李箱。老罗把最后一只桃子罐头丢进驾驶室，扭头问："海椒油还有没得？"

小罗答："没得。"

老罗撇嘴："算喽。"

他用4号钢丝把防雨布绑在货箱上，拎着猎枪跳上驾驶座。后排座堆满杂货店的纸袋，里面装着卫生纸、子弹、香烟、腊肉、机油和小罗的超级英雄玩偶。座位下是铲子、洗脸盆、暖瓶、电水壶、帐篷和被褥。小罗瞧着手机，指示："还是从前那样走嘛，走到沟沟边上转个弯。"

老罗发动车子："要得。你看着地图哈，莫睡着了。"

丰田车驶上街道，老罗回头看一眼屋子，房子虽破，修修补补也住了

---

① 1加仑≈3.79升。

两年，难免有点感情。刚到堪萨斯的时候，小罗一眼挑中这栋住宅，费尔菲尔德镇尚未倒塌的屋子为数不少，小罗却对白色墙壁和圆形阁楼窗户情有独钟。

"老汉，走右边，万一能打个兔子。"小罗并未回头看一眼，兴致勃勃，仿佛春游。

车轮碾过一片盛开的黄玫瑰。镇子东北部道路基本被毁，成了天然的花圃，七个月前他们在这儿打到一只野鹿，随后又连续猎到野兔。老罗找了点柏树枝，在后院架起棚子，把一两顿吃不完的肉熏成腊肉，焖点米饭，腊肉蒸熟，带着油扣在饭上，小罗说那是他这辈子吃过最好吃的东西。老罗心想这小子真没见过世面，又想自己见过的世面或许小罗再也见不着了，心里不得劲，想多打点野味吃，却从此再没碰到什么猎物。

世界毁灭三年，他们已习以为常。最初，能偶尔碰到些人，老罗用磕磕巴巴的英语跟人家交流，请人家喝杯竹叶青茶，说自己是个在维加斯工作的中餐馆厨子。旧历年餐馆放假，他到科罗拉多带儿子爬向日葵山，爬的过程中看到一条新闻，有个会飞的船还是石头什么到了太平洋，停在那儿不动了。他爬到山顶，忽然天崩地裂，山峰起起伏伏，海水涨了又落，刮风下雨，电闪雷鸣。几天后他们下山，发现一切都完蛋了，到现在不知道怎么回事。那些人也说不知道怎么回事，有的人从华盛顿和纽约逃向内陆，有人想到佛罗里达试试运气，全都满脸凄惶、一头雾水，又带着独活的兴奋和狠劲。他们喝完茶背起包上路，老罗不想动弹，就在费尔菲尔德找点吃的，劈柴烧水，煮饭熬汤，养活小罗。这天算见了鬼，时而下雨，时而下雪，有一次大风把半个房顶掀掉，第二天又稀里哗啦掉冰雹。老罗在中国时修过汽车，干过工地，算个巧手的人，东拼西凑，缝缝补补，护着小罗从六岁长到九岁。

后来，他们碰见的人越来越少，今年以来，没见过一个活人，不知道大家都跑哪儿去了。老罗每天拽着小罗说会儿话，下盘象棋，从儿子眼里也看出寂寞。他从DVD店里找出的几百张盘，小罗快看完了，他找回的游戏小罗也玩腻了，他摆弄柴油发电机的时候，小罗也不爱在旁边瞧了。老罗知道，这样下去，别说小罗，他自己总有一天也得发疯。

有天老罗撬开间中国超市的门，找着本几年前的日历，瞧着上面的中国字，忽然打了个激灵。一回家，他就对小罗说："小罗，我们回家嘛。"

小罗捧着游戏机："老汉你瓜戳戳的，本来就是在家。"

老罗把日历盖在游戏机上："你看这个红圈圈。"

"过年？"

"过年。"

"啥子意思。"

"莫得啥子意思，回老家过年。"

念头一旦产生，像灶火一样烧着心，又热又疼。老罗老家在四川西昌海南乡，邛海边的镇子，十六岁离家到成都打工，二十岁娶了个贵州媳妇，三十岁离婚，带孩子辗转到了国外，出来久了，家乡的风景就淡了，很少念及邛海边的老父母。逃命到堪萨斯在白房子里住了一周，他才忽然想起父母，夜深时候狠狠哭了一回。回家过年，这个念头显得非常陌生，小罗两岁时回过一次老家，料想没什么记忆。老罗本人偶尔会记起湖边的老宅，闻见大蒜炖黄桶鱼的味道，那情景隔着一层纱，不清不楚。

可世界毁灭三年后，回家过年的念头在心里涨啊涨啊，把老罗烤得坐立不安，——必须得做点什么了。

小罗问："老家在哪哈儿？"

老罗答："西昌邛海。"

"那是在哪哈儿？"

"中国。"

"有多远？"

"挺远。"

"能走得到？"

"一定能。"

"哦，那走噻。"

一周后，农历八月十六，他们开着丰田车踏上归乡之路。GPS没有信号，小罗摆弄手机地图和指北针，指引老罗开到小镇边缘，沿着那条吞噬了小半个镇子的深沟向东前进。三年来他们从没离开过费尔菲尔德，老罗心里有点空，又被什么填得满满当当，就像当年刚来美国时候一样。

长满青草的道路弯弯曲曲向前，消失在断崖边，那条沟逐渐加深，成了一道峡谷。车子在草木和石块上颠簸，怕路不好走，出行前老罗特意调高悬挂，换上22寸越野轮胎，正好派上用场。

"就这方向，一直走。"小罗的兴奋感很快用完，捂嘴打起哈欠。

"小罗，万一我们到不了老家，也回不了美国，你怕不怕？"

"怕个锤子。"

"一点都不怕？"

"老子困了，要睡瞌睡。"

九岁孩子靠在皮质座椅上，很快打起小呼噜。老罗开着车，专注地躲避石块和灌木丛，后座的杂物叮当乱响，他担心货箱里的油桶会倒下来，不时回头看看。不知开了多久，峡谷开始收敛，前方的地面支离破碎，像被踩了一脚的椒盐薄脆饼干，老罗不得不向南兜个圈子，绕过这片区域。感觉到肚子饿的时候，他刚好驶上一条基本完好的公路，锈迹斑斑的路牌显示通往圣路易斯方向，他对这个地名没什么概念。又开了一个半小时，倒塌的立交桥将道路堵死，老罗驶下路基，穿过一片半死不活的松树林，看到城市的轮廓。

圣路易斯是一片低矮的灰白色废墟，看起来不止一次遭受火灾，老罗摁了几声汽车喇叭，没有得到回应。

小罗睡眼惺忪地问："到老家了吗？"

老罗答："快了。"

整整一天，没有碰到任何人。傍晚时分，路面变得非常糟糕，大地像鸡蛋饼一样褶皱堆叠，几乎找不到车子能通过的地方。老罗试着爬上一道皱褶，纵使用了低速四驱慢慢前进，还是重重地磕到发动机下护板，幸好油底壳没有受伤。

小罗说："老汉，前面就是芝加哥。"

老罗试图在青蓝色的天幕里看出几点灯火，可并无收获，他调转车头向北前进，直到筋疲力尽。将车停在路边，他加满油箱，搭起帐篷，跟小罗合吃了一个午餐肉罐头、一瓶运动饮料和两张夹煎鸡蛋的煎饼。

小罗玩了一会儿游戏，问："为啥子看不见人？"

老罗不知该怎么回答，等想出答案的时候，小罗已蜷在帐篷里睡着了。

"因为人都在回家的路上。"老罗小声说。

第二天下起暴雨，挡风玻璃外白茫茫一片，花一上午时间只前进了30英里。下午两点，天突然放晴，阳光烘烤着漫山遍野的烂泥，丰田车继续向东北方向奔跑。平均每天开十个小时车，老罗觉得身体还撑得住，小罗表现得有些倦怠，总是在打盹，幸好车子音响可以连接手机，小罗播放器里的歌他们都听过几十遍，可自从网络消失，iTunes再也连接不上，这些歌反而成了重要的东西。

车子穿越美加国境的时候，老罗正跟着音乐哼莱昂纳德·科恩的《Suzanne》，虽然比起半懂不懂的美国歌，他更喜欢刀郎和凤凰传奇。小罗指着车轮扬起的长长灰尘说："老汉，那儿有个牌牌，写着边境到喽。"

他们此站从底特律出发，根据地图，沿路应该能看到五大湖中的伊利湖和安大略湖，但一路上只有松散土壤和烟尘，几乎没什么植物，更别提水面了。老罗说："遭不住，越走越害怕，啥子都不对劲。"

小罗说："怕啥子，我就不怕。"

随着丰田车一路向东北行驶，气温也降了下来，父子俩翻出厚衣服套上，老罗帮儿子整顿利索，背心掖进秋裤，秋裤塞进袜子。第十五天的时候，他们穿越魁北克，到达纽塔克，北美大陆的边缘。这里气温大约5度左右，大地尚未冻结，土地上有一道道的冲刷痕迹，车轮很容易陷进松软的砂土中。

按照地图，前方应该是250英里宽的戴维斯海峡，老罗从地图手册里看到这个海峡冬天会结冰，想越过冰面继续前进，可挡风玻璃外只有一望无际的灰绿色砂土，看不到大海在何方。

"搞错方向了？"老罗皱着眉头。

小罗嚼着牛肉干答："不可能，刚才我看见写着纽塔克和奥拉其维克。"

老罗挂挡起步，下了一个长长的缓坡，在漫天烟尘里向东行驶，一个小时，两个小时，大海迟迟未曾出现，他终于忍不住转向南方，开出40英里后，一线蓝色出现在地平线，海边到了。按照地图位置，他们现在正处于戴维斯海峡中央，深达两千米的海面上。

父子俩对着地图研究很久，小罗用圆珠笔画了两条线，将北美大陆和海峡对面的格陵兰岛连了起来。"我觉得我们没走错，是这儿长出一条路子来。"

"摆龙门阵哦。路是能长出来的？"老罗说。

话虽如此，他听儿子的话开车向东，果然毫无阻碍地到达格陵兰岛。名叫戈特霍布的小镇看不出原来模样，只有一片建筑物的地基残留。老罗越发糊涂，搞不清这世上发生了什么事情，小罗却不较真，催着他继续前进。

他们从南端横穿格陵兰岛。白天长得令人难以忍受，晚上只有短短一会儿，老罗昼夜无休地开着车，在理应到达格陵兰东侧边缘的时候，再次看到大陆延伸出去，像阶梯一样向下跌落，不见一丁点海水。他小心地降下陡坡，任凭车轮在大量的沙子里打滑。坡底还算比较平坦，他绕着奇形怪状的白色石头前进，第二天又开始爬山，登上山峰之后，发觉峰顶非常平坦，残破的道路引领他们进入城市。在空无一人的城市废墟里，老罗发现自己正站在雷克雅未克的中央——他们到达了冰岛。

"狗日的大海……哪儿去了？"老罗不禁问自己。

小罗说："狗日的。"

老罗说："不许骂人。"

穿过冰岛，他们看到了大海，海水蓝得有点奇怪，又说不出哪奇怪。冰岛东侧依然有一条宽阔的陆桥伸展向前，老罗开车降下缓坡，在礁石、盐块和水坑间穿行，忽然小罗叫："老汉快看。"

车子经过一座雪白而具有许多锐利尖角的高山，两人眯缝眼睛，看山尖反射的破碎阳光。直到丰田车开出10英里之后，老罗才猛然惊觉那是一头鲸鱼的骨骼。他对小罗说："大海还在，就是水少了几十米，几百米。"

孩子回答："那人都去哪哈儿了？"

老罗想了想，决定假装没听见这个问题。

他们开了两天时间，遇到一座非常陡峭的山脊，不得不绕到陆桥边缘，勉强从最平缓的地方爬过去。车子多次磕碰底盘，轮胎也爆了一只，老罗只有两只备胎，换胎换得又累又心疼，浑身上下都是咸的，全世界都白惨惨的刺眼。

又是两天的旅程，他们听着痞子阿姆的歌爬上缓坡，到达挪威。奥斯陆算是受损不太严重的城市，他们在城外找到一间超市，稍作休整，老罗没找到食物和水，不过从废汽车里弄了100加仑的汽油。他们没有进城，第二天继续向东前进，傍晚就到了斯德哥尔摩。小罗看到一只野鹿从车灯前跑过，操起雷明顿猎枪开了三枪，没打中鹿，倒把翼子板铁皮掀飞一块，气得老罗左手握住方向盘，右手狠狠抽他两巴掌。这时城市的方向忽然传来枪声，似乎是有人在回应，老罗最初觉得惊喜，想了想，还是开车绕过布鲁玛机场，离开了瑞典的首都。

他们这样走走，停停，仍没跟任何人见过面、说过话。进入俄罗斯境内不久，车子终于坏了，老罗钻到车底下摆弄半天，举着冻僵的手，张开沾满机油的嘴说："彻底坏球喽。"

小罗答："再找个车噻。"

他们换了一辆不认识牌子的俄罗斯汽车继续上路。这车油漆掉得七七八八，后挡风玻璃碎了，副驾驶座上有个大洞，老罗用纸箱把玻璃一堵，拿棉衣把座位垫平，油桶塞进后座，打开机器盖，拆下化油器和滤芯看看，灌上汽油机油，拿电瓶一搭，一次就打着了火。

天越来越冷，道路时有时无，俄罗斯似乎遭受比较严重的地震袭击，很难见到完整的建筑物，能找到的食物也越来越少。幸好下雪之后，老罗不再担心喝水的问题，铲一脸盆雪劈柴煮化了就是水，喝口热水，身体也暖和。

在俄罗斯和哈萨克交界的地方，老罗出了次车祸，他开着开着睡着了，车子撞树，父子俩脑袋上都磕出了大包。车子倒不严重，水箱橡皮管有点漏水，老罗捂着脑袋，用胶布和塑料袋堵个严实。这以后他开车更加小心，慢慢穿过哈萨克斯坦，沿新藏路一路往东，一路上也没见着人。车爬上青藏高原，在川藏线走了两天，道路被水冲断，再也过不去了。老罗决定带着小罗步行前进。

他们裹着最厚的衣服，背着行李，手牵手走在宗拉山。小罗问："人到底去哪哈儿了？咱们活着，还有好多人也活着啵？"

老罗答："肯定有好多人活着，可是这世界太大喽，别个都各活各的吧。"

他们花了二十天时间走到理塘，上S215往九龙县方向走，老罗算算日子，马上就要到过年，可实在走不动了，就说："前面就快到大凉山，到了大凉山就到了西昌，到了西昌就到了邛海，咱们就到家啦。"

小罗说："回家过年，能放鞭炮。"

老罗笑："你晓得个锤子鞭炮。"

他们爬一座山。

老罗说："翻过这座山，就能看到山脚脚下面的城，就到家啦。"

小罗说："回家过年，能吃坨坨肉。"

老罗笑："你晓得个锤子坨坨肉。"

他们爬到山顶。

小罗问："到老家了吗？"

老罗没说话。

他们站在山顶，看着山下的海。蓝色的海水罩在雾里，偶尔露出一个白生生的山尖，远处飘着云和烟，看不清海有多广，可老罗知道，他们的老家就在这海水底下。

小罗问："这就是邛海？"

扑通一声，老罗背上的包裹掉下来。他说："不走了，吃饭。"

他升起酒精炉，抓把雪把脸盆抹干净，又铲一盆雪，用火煮成水，淘米煮饭，一边找出最后一块腊肉，用小刀一片一片切好，码在米上，再把包里剩下的罐头、榨菜、腐乳一口气打开，就着火炉热热，用小罐头盒分别盛了。米饭一熟，香气飘出来，就觉得没那么冷了，小罗流着鼻涕叫："香！"

父子俩一人一碗腊肉饭，呼噜呼噜往嘴里扒拉。

小罗鼻尖见汗,说:"过年真好!"

老罗放下碗,瞧着山下的海。一路上的海水,原来跑到这里来,把四川淹了一半。这水要有几十米深,几百米深,老家就在几十米深、几百米深的水下面,这辈子再见不着。

他喉结咕噜着,慢慢咽下一口喷香滚烫的腊肉饭,说:"唉,对喽,这就是邛海。"

小罗问:"那老家呢?"

老罗没答,说:"过年好。"

小罗说:"好嘞!"

海水拍打山岩,依旧是那时的涛声。

新闻:……不明飞行物体指向日本海以东洋面,它具有极大的质量,其悬停姿态完全违背已知的物理规律,而单位体积质量超出人类所掌握的所有高密度材料,一个肉眼可见的海水圆锥体升起,太平洋水位正在引力作用下快速升高,在新年到来的日子里,我们必须很遗憾地通知您:不明飞行物体带来的是灾难,是海啸、地震和生态大灭绝,地球的样子即将被重新雕塑。为什么?会怎样?该怎么做?所有问题都无法回答……

张冉,处女作《以太》获第二十四届中国科幻银河奖"杰作奖"、第四届华语科幻星云奖最佳短篇小说金奖。发表中短篇小说二十余篇,出版小说集《起风之城》《炸弹女孩》等。

作品多获华语科幻星云奖、银河奖。